JN045387

Ronso Kaigai
MYSTERY
266

オールド・アンの囁き

Ngaio Marsh
Scales of Justice

ナイオ・マーシュ
金井美子［訳］

論創社

Scales of Justice
1955
by Ngaio Marsh

目次

主要登場人物

ケトル……スウェヴニングズの看護婦
ミスター・オクタウィウス・ダンベリー・フィン……ジェイコブス・コテージの住人
サイス中佐……アップランズの住人
カータレット大佐……ハマー農園の住人
ローズ・カータレット……カータレット大佐の娘
キティ・カータレット……カータレット大佐の後妻
サー・ハロルド・ラックランダー……ナンズパードン館の住人
レディ・ラックランダー（ラックランダー夫人）……サー・ハロルドの妻
ジョージ・ラックランダー……ラックランダー夫妻の息子
ドクター・マーク・ラックランダー……ジョージの息子
ロデリック・アレン……ロンドン警視庁犯罪捜査課の主任警部
フォックス……ロンドン警視庁犯罪捜査課の警部。アレンの部下
ベイリー……ロンドン警視庁犯罪捜査課の巡査部長。指紋専門
トンプソン……ロンドン警視庁犯罪捜査課の巡査部長。写真専門
ドクター・カーティス……警察医
オリファント……チニング警察署の巡査部長
グリッパー……同巡査
サー・ジェームズ・パンストン……バーフォードシャーの警察本部長

オールド・アンの囁き

ステラに

謝辞

うろこについての学術的アドバイスをくれたマイケル・ゴッドビー（オックスフォード大学修士）、アイリーン・マッカイ、エスクデール・モロニー、そしていつものように、ウラジミール&アニタ・ミューリングに、心からの感謝をこめて。

第一章　スウェヴニングズ

　ケトル看護婦はワッツ・ヒルの上まで自転車を押しあげて一息つくと、軽く汗をかきながら、スウェヴニングズの村を見おろした。立ち並ぶ屋根が周囲の緑に寄りそい、一つ二つの煙突からは、こじんまりとした煙が出ている。マスの住むカイン川がうねうねと草地や小さな森の中を進み、非の打ちどころのない見事さで、二つの橋の下を流れていく。よくよく計算されつくした光景だった。建物であれ庭であれ、風景の美しさを損なうものは、何一つなかった。

「本当に」ケトルは、満ちたりた気分で考えた。「絵画みたいにきれいだわ」ラックランダー夫人が描く淡い色あいの美しい水彩画――何枚かは、まさにこの場所で描かれている水彩画を、ケトルは思い出した。そしてまた、地下で発見されるような絵地図を、彼女は思い出した。家や木や職業を示す小さな挿絵が、地図の周囲にきらびやかに描かれているようなのを。こうやって上から見ると、スウェヴニングズはその手の地図に似ていた。ケトルは野原や生け垣や小川や田園が作る整然とした模様を見おろし、空想の中でそこにふちがカールした札を貼りつけると、慎重に絵地図にふさわしい住人の姿を入れていった。

　ワッツ・ヒルからは、ワッツ・レーンが急な角度で谷へおりていく。ワッツ・レーンとカイン川の間にある丘の中腹は三つの長細い地区に分けられており、それぞれが木立や庭や、かなりの年月を経た家でいろどられていた。それらはスウェヴニングズの三つの名門一族——ミスター・ダンベリー・フィン、サイス中佐、カータレット大佐——の所有物だった。

地図にはジェイコブス・コテージで猫に囲まれているミスター・ダンベリー・フィンと、アップランズで弓を射るサイス中佐の小さな絵も加えなくてはと、ケトルは思案した。隣のハマー農園（今は農園ではなく、だいぶ改造されているが）のガーデンチェアには、カクテルシェーカーを持ったカータレット夫人がおり、継子のローズ・カータレットが優雅に雑草を抜いている。ケトルは谷に注意を向けた。事実、現実の風景のはるか下方に、カータレット大佐のちっぽけな姿が見えたからだった。大佐はボトム橋の東、カイン川の彼の借地にそって歩いており、スパニエルのスキップが、少し後ろにしたがっていた。肩には魚籠（びく）がぶらさがり、手には釣り竿があった。

「イブニングライズね」ケトルは考えた。「オールド・アンを狙っているんだわ」そしてケトルは空想上の地図に、ボトム橋のそばに潜む巨大なマスをつけ加え、カールした札の上に「オールド・アン」と記した。

谷の向こう側、ナンズパードン館の専用ゴルフコースでは、ミスター・ジョージ・ラックランダーが向かいの谷にいるカータレット夫人をちらちらと盗み見ながら（と、ゴシップ好きのケトル看護婦は考えた）、一人でコースをまわっている。ジョージ・ラックランダーの息子、マーク・ラックランダー医師の手には黒い鞄を持たせ、空には古式ゆかしくコウノトリを飛ばさなくては。いわゆる上流階級の人々を全員登場させるためには、スケッチ用の椅子に大きな尻をのせている年老いたラックランダー夫人と、気の毒にも広い部屋で病の床についている夫のサー・ハロルドも入れなければ。屋根は絵地図の流儀にしたがって取りはらい、サー・ハロルドの姿を見せなくては。

地図にはワッツ・レーンが右に曲がりくねっては戻り、上流の人々とケトルが「平民」と呼ぶ人たちとをきっちり分けている様子を、はっきりと示そう。西側にはダンベリー・フィン、サイス、カータレット、そして何よりラックランダーの地所。道の東の端にそって整然と並ぶのは、しっかり手入れされた五つのわらぶき屋根のコテージと、村の商店。モンクの橋を渡った向こうには、教会、牧師館、〈少年とロバ〉亭。

それで全部だ。運転手用のドライブインも、ケトルが軽蔑するオールド・バンの店も、うさんくさいハーフティンバーの建物も、スウェヴニングズの完璧さを損なうことはない。ケトルは息を切らした友人たちをワッツ・ヒルのてっぺんにつれていき、小さな指で谷を指さして、意気揚々とこう言うのだ。「それらはすべてすばらしい」と。ケトルはこの引用句を終えることはないだろう。なぜならスウェヴニングズでは、人も悲惨な状態ではないのだから。

陽気で気立てのよい顔に笑みを浮かべて、ケトルは自転車に乗り、ワッツ・レーンをすべるようにおり始めた。生け垣や木立が飛ぶように通りすぎていく。道は快適になり、右手にジェイコブス・コテージの木の生け垣が現れた。裏側から、ミスター・オクタウィウス・ダンベリー・フィンの声が聞こえてきた。

「かわいい猫たち！」ミスター・ダンベリー・フィンが言った。「クイーン・オブ・ディライト！ほら魚だ」震えるような猫の声が、これに答えた。

ケトルは小道へと曲がり、ペダルを器用に逆に踏んでスピードを落とすと、ぶかっこうにふらつきながらミスター・ダンベリー・フィンの家の門のそばに自転車を止めた。

「こんばんは」門にしがみつき、座席が揺れないようにしながら、ケトルは言った。生い茂った生け垣の、入り口の切れこみをのぞくと、エリザベス朝様式の庭で、ミスター・ダンベリー・フィンが猫に夕食を食べさせていた。スウェヴニングズではミスター・フィンは（彼は近しい隣人には、ダンベリーをつけなくてもいいと言っていた）、かなりの変人だと思われていた。だが、ケトルは彼に慣れていたし、居心地の悪い相手だとは少しも思っていなかった。フィンはビーズの刺繍と房飾りのついた、ぼろぼろの円筒形の帽子をかぶっていた。帽子の上には、今は目からはずされた既製品の読書用めがねがのっていて、ケトルに向かって陽気に揺れ動いていた。

「まるでイニゴー・ジョーンズの作った像のようだな。機械の上の風変わりな異国の女神だ。こんばんは、ケトル看護婦。しかし、車はどうしたんだね？」

「ちょっと、美容整形手術に行ってるんです」ミスター・フィンはこの底抜けの陽気さにひるんだが、ケトルはフィンの反応に気づかず、元気よくあとを続けた。「調子はいかがです？　猫にえさをやっているみたいですけど」

「見てのとおり」ミスター・フィンはおとなしく言った。「家人たちは夕食中だよ。ファーティマ」肉づきのよい尻の上にしゃがみこみ、叫ぶ。「ファム・ファタール、ミス・パディ・ポーズ！　タラをもう一口どうだね？　残さず食べろよ、かわいい猫たち」さまざまな種類の八匹の猫がこの申し出に答えたが、タラの皿に夢中で、反応はおざなりだった。九匹目の母猫はもう食事を終え、トイレにいた。母猫はミスター・フィンに向かって目をしばたたかせると、優しく穏やかな表情を浮かべて、三匹の太った子猫たちのために寝そべった。

「天上のミルクバーが開店したようだ」ミスター・フィンが、手を振ってさし示した。

ケトルは礼儀正しくふくみ笑いをした。「少なくともこの子は、うわついてはいないようですね」

ケトルは言った。「残念ながら、この子と同じ考えではない人間の母親の名前を、何人かあげられるんですが」看護婦らしい率直さをただよわせて、つけ加える。「利口な猫ちゃんだこと！」

「名前は、トマシーナ・トゥウイチェットだ」ミスター・フィンがきびしく訂正した。「トマシーナはよくある間違いから生じたトマスの変形で、トゥウイチェットは……」フィンはおかしな格好の頭をあらわにした。「尊きポターへのオマージュだよ。オスの子猫は、プトレマイオスとアレクシス。母親の激しい執着心に悩むメス猫は、エディ」

「エディ？」ケトルはいぶかしげに繰り返した。

「子猫のエディだよ、もちろん」ミスター・フィンは答え、じっとケトルを見つめた。

しゃれに反応しなくてはいけないと悟ったケトルは、大声をあげた。「よくもまあ！」

ミスター・フィンは短く甲高い笑い声をあげて、話題を変えた。「どういった看護婦の用件があって、暗闇の中、サドルにまたがっているんだね？　誰がどんな苦痛に、苦しんでいるのかな？」

「一つ二つ、訪問を終えてきたところです」ケトルは言った。「でも平たく言うと、これからある大きな家で一晩を過ごす予定なんですよ。年老いた紳士を癒すために」

ケトルは谷の向こうの、ナンズパードン館を見やった。

「ああ、なるほど」ミスター・フィンは物柔らかな声で言った。「そうなのか！　これは聞いてもいいものだろうか……？　もしかして、サー・ハロルドが――？」

「サー・ハロルドは七十五歳ですし」ケトルはぶっきらぼうに言った。「とても弱っていらっしゃいます。とはいえ、あなたは心臓病患者のことを何もご存じないでしょう。またよくなることも、ありえます」

「本当かね？」

「もちろん。昼間は看護をつけていますが、夜の看護がいる人はいませんので、これは一時的なものです。実を言うと、マーク先生のお手伝いをするんですよ」

「ドクター・マーク・ラックランダーは、祖父につきそっているのかね？」

「そうです。別の医師の診断も受けていますが、何よりもご自分が納得できるように。あらまあ、秘密をもらしてしまったわ！　恥を知りなさい、ケトル」

「私は、口が堅い」ミスター・フィンは言った。

「私だって、本当はそうなんですけどね。とにかく、先を急いだほうがよさそうですわ」

ケトルはおずおずとペダルを逆に踏み、ミスター・フィンの庭の門の隙間から抜け出そうともがき始めた。フィンは満腹になった子猫を母猫から離し、無精ひげがのびたままの頬を、子猫にこすりつけた。

「意識はあるのかね？」

「あったりなかったり。少し混乱もしています。ああ、またよけいな噂話をしてしまったわ！　そうそう、噂で思い出しましたが」ケトルは目をしばたたくと言った。「大佐がイブニングライズを狙っていましたわ」

すぐにミスター・フィンの顔に、尋常でない変化が現れた。フィンは顔を赤黒く染め、両目を光らせて、犬のように歯をむき出した。

「彼の娯楽に大いなる災いあれ」フィンは言った。「どこにいたんだね？」

「橋のすぐ下です」

「彼には危険を冒させておこう。私が当局に報告するよ。どんな針を持っていた？　何かつかまえたのかね？」

「見えませんでした」すでにこの会話における役割を後悔しながら、ケトルは言った。「ワッツ・ヒルの上からでしたし」

ミスター・フィンは、子猫を元に戻した。

「隣人のことをこんなふうに言うのはなんだし」フィンは言った。「衝撃的でもあるんだが。しかし、よくよく考えたうえで言わせてもらえば、カータレット大佐は釣りで不正をはたらいていると、私は思う」

今度はケトル看護婦が、顔を赤くする番だった。

「おっしゃるようなことは何も存じませんけれど」ケトルは言った。

ミスター・フィンは腕を広げた。「パンくずに虫、魚のつかみ取り、なんでもありだ！　それと同じくらい、卑しいこともだ」

「誤解なさってるんですよ」

「ミス・ケトル、私はのぼせあがった輩の勝手気ままな蛮行を誤解したりはしない。できるものなら、カータレットの友人たちを見るといい。きみの胃袋がそれに耐えられるほど丈夫なら、サイス中佐を見てみるといい」

「まあ、気の毒な中佐が何をしたって言うんですか？」

「あの男は」ミスター・フィンは蒼白になり、一方の手で母猫を、もう一方の手で谷の方角を指さした。「暇さえあれば酒を飲み、馬鹿げた弓遊びにうつつをぬかしている大酒飲みの不法戦士――士官室のキューピッドは、こともあろうにトマシーナ・トゥウイチェットの母親を殺したのだ」

「きっとわざとじゃなかったんですよ」

「どうしてわかるんだね？」

ミスター・フィンは庭の門に寄りかかり、ケトルの自転車のハンドルをつかんだ。帽子の房飾りが顔に落ちかかると、フィンはいらだたしげにそれをはらった。そしてその声は、何度も繰り返され、大いに楽しまれた物語を語る時のものになり始めた。

「マダム・トムズは——これがその猫の名前だが——夕方の涼しい時間、いつもふもとの草地を散歩していた。体が大きかったので、彼女はめだつ的だった。サイスは——ワインを飲んで赤くなり、自分はえらく人目を引くとうぬぼれていたに違いないあの男は、弓を射るために芝地にいたのだろう。例の破壊の道具、六十ポンドと聞いているあの弓はサイスの手元にあり、やつの心は血を欲していた。そしてやつは、空中に矢を放った」ミスター・フィンはしめくくった。「矢が、サイスのあずかり知らぬ場所に落ちたのだと言われても、私は決して信じない。やつがわざと狙って的にしたのは、間違いなく私の美しい猫だった。トマシーナ、私のかわいい獣、おまえの母親の話をしているんだよ」

母猫はミスター・フィンに向かってまばたきをし、ケトルも同じようにした。

「この人は、やっぱり少しおかしいんだわ」ケトルは考えた。優しい心の持ち主だったので、彼女の心は漠然とした同情心でいっぱいになった。

「猫たちだけをおともに、ひとりぼっちで暮らしていれば」ケトルは思った。「別に不思議なことではないわね」

ケトルはフィンに輝くような看護婦の笑みを向けると、お決まりの別れの言葉を述べた。

「では」門のそばの停泊地をあとに、ケトルは言った。「お元気で。それが無理ならお気をつけて」
「それじゃあな」ミスター・ダンベリー・フィンは、目に穏やかならぬ表情を浮かべて答えた。「猫殺し。わすれることなどできるものか。おやすみ、ケトル看護婦」

二

ミスター・フィンはやもめだったが、サイスは独身だった。サイス中佐はミスター・フィンの隣の、アップランズと呼ばれるジョージ王朝風の家に住んでいた。伯父から受け継いだもので、小さいが彼には大きすぎる家だった。元海軍の二等水兵とその妻が、彼の世話をしていた。庭の大部分は荒れるにまかされていたが、家庭菜園とアーチェリー用の芝地は、夫婦とサイス中佐自身の手で維持されていた。カイン谷を見渡すその芝地は、明らかにサイスの唯一の関心事だった。晴れた日には一方の端に、台にのった的が置かれる。そして夏の夕方には、サイス中佐がもう一方の端に立ち、伝統的な姿勢で六十ポンドの弓を射るのを、ナンズパードン館からも見ることができた。サイスは弓の名手として名高く、どれだけ足元があやしかろうと、いったん箱をあけて弓を引きしぼれば、その姿勢は岩のようだと言われていた。サイスは孤独で、目的のない人生を送っていた。サイスが同情を受け入れるそぶりを見せていれば、皆はこぞって彼を気の毒がっただろう。だが、サイスはそうしなかったし、実際、サイスと仲良くなろうというどんな小さな試みも避け、まわれ右をして一目散に立ち去るのだった。酒場で目撃されたことは一度もなかったが、パブの偉大な支援者ではあった。現にケトルが草木の生い茂った私道をペダルをこいでのぼっていくと、〈少年とロバ〉亭から来たとおぼしき若者が、ペダルをこいでおりてくるのに出くわした。彼の運搬用の瓶箱は空っぽだった。

「ぼうやがいるわね」ケトルは、そんな言いかたをする自分に一人悦に入りながら考えた。「どう見ても、さっきまでロバ亭にいたように見えるけど」

ケトル自身もサイス中佐のための瓶を持っていたが、それはチニングの薬剤師からのものだった。ケトルが家に近づくと砂利を踏む足音が聞こえ、向こう側の端をのろのろと進むサイスの姿が見えた。手に弓を持ち、腰に矢筒をつけている。ケトルは自転車でサイスのあとを追った。

「どうも！」ケトルは明るく呼びかけた。「こんばんは、中佐！」

自転車がふらふらと揺れ、ケトルは自転車をおりた。

サイスは振り返り、一瞬ためらってからケトルのほうへやってきた。

サイスは金髪に近い髪と日に焼けた肌をした、うらぶれた男だった。今もなお海軍のにおいをただよわせていたが、彼が近づいてきた時、ケトルはウイスキーのにおいもするのに気づいた。青い瞳が当惑したように、ケトルの瞳を見つめた。

「失礼」サイスはあわてて言った。「こんばんは。失礼した」

「通りがかりに立ち寄って処方箋をお渡しするよう、マーク先生に言われました」ケトルは言った。

「これです。前と同じ混合薬ですから」

サイスはさっと手をのばして、薬を受け取った。

「ご親切にどうも。本当にすまなかった。急ぐことはなかったのに」

「なんでもないことですから」ケトルは答え、サイスの手が震えていることに気づいた。「弓をやりに行くところだったんですね」

「ああそう、そのとおりだ」サイスは大声で言い、ケトルからあとずさった。「ともかく、ありがとう、本当にありがとう。感謝する」

「ハマー農園に行くところなんですが。ここを通り抜けてもかまわないでしょうか。敷地内の通行できる道におりられる小道があったでしょう?」

「もちろんだ、かまわない。手伝わせてくれ」

サイスは薬を上着のポケットにつっこむとサドルとハンドルにかかるように弓を置き、ケトルにかわって自転車を押した。

「お邪魔してしまいましたね」ケトルは愛想よく言った。「私が弓を持ちましょうか?」

サイスは逃げ腰になったが、家の端へ向かって自転車を押し始めた。ケトルは弓をかかえてあとに続きながら、神経質な患者にするように温かな声で話しかけた。二人はアーチェリー用の芝地、小さなカイン谷の息をのむほど美しい景色を望む場所に出た。マスのいる流れが夕暮れの光の中で銀色に輝き、両側にはベルベットのような豊かな草地が広がり、木立はさながらピンクッションのようだった。何かの前ぶれのような光が、風景全体を今はわすれられた物語のきらびやかな挿絵のように変えていた。ボトム橋の下ではカータレット大佐が釣り糸を巻きあげ、丘の上のナンズパードン館のゴルフコースでは、年老いたラックランダー夫人と初老の息子ジョージが、食後の散歩をしていた。

「気持ちのいい晩ですね」ケトルはうれしそうに叫んだ。「それに何もかもが、すぐ近くに見えます。中佐、ちょっとお尋ねしたいんですが」ケトルはあとを続け、その呼びかけにサイスがひるんだのに気づいた。「あなたのこの弓で、ラックランダー夫人を射抜くことはできるんですか?」

サイスは小さな谷の向こうのほとんど四角く見える姿にさっと視線を投げ、二百四十ヤードの距離がある標的について何事かをつぶやくと、もたもたと話を続けた。ケトルはその様子にがっかりし、思った。「あなたには、もうちょっと刺激が必要なようね」

サイスは育ちすぎた低木の間の不安定な道を自転車を押してくだり始め、ケトルはぎくしゃくとあとを追った。

「聞いた話なんですが」ケトルは言った。「前に谷で、予期せぬ的を射たことがあるそうですね」

サイスはぴたりと足を止めた。サイスの首の後ろに、汗の玉が浮かぶのをケトルは見て取った。

「アルコール中毒、無気力、不面目」ケトルは思った。「自分の面倒をちゃんと見ていたころは、いい人だったに違いないわ」

「くそ！」サイスは自転車の座席にこぶしをたたきつけ、叫んだ。「血まみれの猫のことを言っているんだな！」

「ええまあ」

「畜生、事故だったんだ！　あの不愉快な男にもそう言った！　ただの事故だ。私だって猫は好きなのに！」

サイスは振り向き、ケトルと向かいあった。瞳は涙でくもり、唇は震えていた。「私だって猫は好きなのに」サイスは繰り返した。

「誰にだって、あやまちはあります」ケトルは思いやりをこめて言った。

サイスは弓に手をのばすと、道のつき当たりにある小さな門を指さした。

「ハマー農園への門だ」サイスは言い、これ以上ないほどのぎこちなさでつけ加えた。「すまなかった。私はこのとおり最低の道づれだが、薬を持ってきてくれてありがとう。本当にありがとう。感謝する」

ケトルはサイスに弓を渡し、自転車を受け取るとざっくばらんな口調で言った。「マーク・ラックランダー先生はとてもお若いですが、看護婦生活三十年の私が出会った中でも、優秀な開業医です。中佐、もし私があなたなら、彼と現実的な話をしてみますね。手伝ってくださってありがとう。おやすみなさい」

ケトルは自転車を押して門をくぐり、ハマー農園のきちんと手入れされた雑木林に入ると、花壇の間の道を進んでいった。家のほうへと進むと、背後のアップランズから弓のうなる音と、矢が的に当たるトンという音が聞こえてきた。

「かわいそうに」なかばむっとし、なかば思いやりをこめて、ケトルはつぶやいた。「かわいそうに！　あの人を災いから遠ざけてくれるものは、何一つない」なんとなく落ち着かない気分になりながら、ケトルは自転車をカータレット家のバラ園のほうへ向けた。すると庭ばさみの音と、女性の静かな歌声が聞こえてきた。

「夫人かミス・ローズのどちらかね」ケトルは考えた。「美しい音色だわ」

男の声が加わり、第二パートを歌った。

来るがいい、来るがいい死よ、
この身を杉の柩に横たえよ。

少しばかり陰気だけれど、総じていい感じだとケトルは思った。バラ園は木の生け垣に囲まれていて、ケトルからは見えなかったが、通ってきた道はバラ園の中に通じており、家に行くならそこを通らねばならなかった。ゴム製のオーバーシューズをはいた足が敷石の上で小さな音をたて、自転車がケトルの横でひかえめにかたかたと鳴った。このうえなく親密な空気の中に踏みこもうとしているような、奇妙な感覚をケトルはおぼえた。緑のアーチつきの入り口に近づくと、女性がふいに歌うのをやめ、言った。「この歌が一番のお気に入りなのよ」

「喜劇の恋歌がこんなに悲しいなんて」男の声が言い、ケトルは驚いてぴたりと足を止めた。「おかしなことだよな。そうは思わないかい、ローズ。ローズ……いとしいローズ……」

ケトルは自転車のベルを鳴らして緑の入り口をくぐり、右手を見た。ミス・ローズ・カータレットとマーク・ラッククランダー医師が見間違いようのない雰囲気で、おたがいの目を見つめあっていた。

三

ローズ・カータレットはバラを切っており、花をマーク・ラッククランダー医師が差し出すかごの中に入れていた。ラッククランダー医師は、髪の根元まで赤くして言った。「おや、これは！　こんばんは」「まあ、こんばんは、ケトル看護婦」ローズ・カータレットも言い、頬を染めたが、ラッククランダー医師よりはかすかな反応だった。

ケトルは言った。「ごきげんよう、ミス・ローズ。ごきげんよう、先生。近道を通ってきたんですが、かまわなかったでしょうか」ケトルは礼儀正しくラッククランダー医師を見やり、自分が現れたわけを説明しようと言った。「はれものができている子供がいましたよね」

「ああ、そうだな」ラックランダー医師は言った。「ぼくも彼女の様子を見てきたところだ。きみの家の庭師の女の子だよ、ローズ」

二人はそろってケトルに話しかけ始め、ケトルは気さくに耳をかたむけた。彼女はロマンチストだったので、ラックランダー医師の顔には興奮が、ローズの顔には恥じらいが浮かんでいるのがうれしくてたまらなかった。

「ケトル看護婦は」マーク・ラックランダー医師は素早く言った。「親切にも今夜、ぼくのおじいさんの世話をしてくれる予定なんだ。ケトルなしではどうしていいかわからなかったよ」

「それで思い出しましたが」ケトルが口をそえた。「急いだほうがよさそうです。でないと、仕事に遅刻してしまいますから」

二人は微笑み、うなずいた。ケトルは両肩をまっすぐにし、おどけた様子で自転車を見やると、自転車を引いてぎくしゃくとバラ園を通り抜けた。

「さてと」ケトルは考えた。「もしあれがそうじゃないというのなら、私は若者の恋を一度も見たことがないってことになるわ。まさに晴天のへきれきだったけど。ちっとも知らなかった。やれやれ！」

濃くておいしいお茶を飲んだあとのようにこのできごとに元気づけられ、ケトルはナンズパードン館へ行く前の最後の寄港地である、庭師のコテージへ向かった。地区看護婦の制服をまとった肉づきのよい姿がちょこまかと庭の囲いの外に出ると、ローズ・カータレットとマーク・ラックランダーは顔を見あわせて、神経質な笑い声をあげた。

「あの愛すべきケトルは、本当にすばらしい女性なんだが」マークは言った。「この特別な時間は彼女なしで過ごしたかったな。このままここにいるわけにもいかないし」

「パパに会うんじゃないの？」

「そうだけど、待っているわけにはいかないんだ。たいしたことができるわけじゃないが、皆ぼくにいてほしいと思っているから」

「パパが帰ってきたら、すぐ伝えておくわ。もちろんすぐにあがってくるから」

「感謝するよ。おじいさんが、ぜひ来てほしいと言っているんでね」

マーク・ラックランダーはかかえているかご越しにローズを見つめ、落ち着かない声で言った。

「ダーリン！」

「だめよ。絶対にだめ」

「だめだって？　ぼくに近づくなと言うのかい、ローズ？　すべて間違いだったと」

ローズは小さく不器用なしぐさをし、口を開こうとしたが何も言わなかった。

「それなら」マークは言った。「ぼくがきみに結婚を申しこむつもりだって、言ったほうがいいのかな。ぼくはきみを心から愛しているし、ぼくたちは似合いの一組だろうと思っているんだが。間違っているかい？」

「いいえ」ローズは答えた。

「そうだろう。どう見たって、ぼくたちはお似合いなんだ。なのに、いったいどうしたっていうんだ？　ぼくを兄のように慕っているなんて言わないでくれよ、信じたくないから」

「信じる必要はないわ」

「だったら、どうして？」

「婚約なんて考えられないからよ。まして、結婚だなんて」

「ああ！」マークは大声をあげた。「やっぱりこうなるのか！　そしてぼくが懸念したとおりになるんだな。ああ、たのむからこのいまいましいかごをおろさせてくれ！　さあ、ベンチへ行こう。この問題を解決するまで、ぼくは帰らないからね」

　ローズはマークについていき、二人はバラの入ったかごを足元に置いて、庭用の椅子に腰をおろした。マークはローズの手を取り、彼女の手からぶあつい手袋をはずした。「さてと」マークはせまった。「ぼくを愛してくれているのかい？」

「そんなふうに、怒鳴らなくてもいいわ。ええ、愛していますとも」

「ローズ、ダーリン！　混乱しすぎて、いいえと言われるかと思ったよ」

「聞いてちょうだい、マーク。あなたには同意できないことかもしれないけど、それでも聞いてほしいの」

「わかったよ。なんなのか予想はつくけど、それでも……聞くことにする」

「わかるでしょ、家族が住む場所が問題なのよ。私がすぐ手のとどくところにいることがパパにとってどれだけ重要か、あなたにわかってもらいたいの」

「きみがくだけた話し方をすると、変な感じだな……。幼い子が目を閉じて、おもちゃの鉄砲を撃ってるみたいだ。わかった、きみのお父さんはきみにそばにいてほしい。結婚してもそうなるだろうし、そうできるだろう。週の半分はナンズパードン館で暮らせるだろうからね」

「それですむような話じゃないのよ」ローズは口ごもり、マークから体を離すと、両手をにぎり膝の間に置いた。ローズは長いホームドレスを着て、髪を後ろにまとめて編みこんでいたが、一房の細いほつれ毛が額の上で輝いていた。薄化粧だったが、彼女は美人だったので、それで十分だった。

ローズは言った。「パパの再婚が失敗だったのは、議論の余地がないわ。今、私がパパを置いていったら、パパは間違いなく生きる意味をなくしてしまうわ。絶対に」

「馬鹿げてる」マークは落ち着かない様子で言った。

「パパは私なしじゃいられないのよ。私が小さいころからね。ばあやも私も家庭教師の先生も、みんな兵隊だった。いろんな国に行き、あちこち旅をした。戦争が終わって、パパがあの特別な仕事をもらってからは、ウィーンやローマやパリにも行った。パパが別れて暮らすのをいやがったから、私は学校にも行ったことがなかったわ」

「そんなのはよくないに決まっているよ。人生の半分しか、生きられてないじゃないか」

「いいえ、いいえ、それは違うわ、絶対にね。すごく恵まれた日々だった。他の女の子たちの手のとどかない、ありとあらゆるすばらしいものを見聞きし、知ることができたんだもの」

「だとしても……」

「いいえ、本当にすてきだったのよ」

「独力でやっていくことを、許してもらうべきだったんだ」

「許してもらうなんて言葉は、ふさわしくないわ。ほしいものはほとんどなんでも手に入ったんだもの。それに、私が独力でやったらどうなったか、見てちょうだい！　パパが仕事でシンガポールへ派遣された時、私はグルノーブルに残って大学の講義を受けていた。パパの帰りは遅れに遅れて……あとでパパがひどく途方にくれていたことがわかったわ。そして……あそこにいた時に……パパはキティに出会ったのよ」

マークは手入れの行きとどいた医師の手で顔の下半分を隠し、その陰であいまいな音をたてた。

「おかげで最悪なことになってしまったし」ローズは言った。「どんどんひどくなっているわ。私がシンガポールに行っていたら、こうはならなかったと思うのよ」

「どうして？　お父さんはやっぱり彼女に出会っただろう。もし出会わなかったとしても、ぼくの美しいローズ、運命の尻尾をよりあわせることができるなんて思ってはいけないよ」

「もし私がシンガポールに行っていたら……」

「いいかい」マークは言った。「こう考えたらどうかな。きみがぼくの妻になってナンズパードン館に引っ越したら、お父さんと義理のお母さんは、すぐに仲直りする気になるかもしれない」

「いいえ、マーク。その可能性はないわ」

「どうしてわかるんだ？　ねえ、ぼくたちは愛しあっているんだよ。ぼくはきみが好きすぎてもうがまんできないくらいだし、ぼくをこんなに幸せにしてくれる相手は、ほかにいないだろうとわかっている。きみもそうだと思わないなんて、とんでもない話だ。引きさがるつもりはないよ、ローズ。ぼくと結婚してくれ。もしお父さんのここでの生活が満たされないものになるなら、その時は何か方法を考えようじゃないか。もしもあの二人が別れたら、お父さんはぼくたちの家へ来ればいい」

「だめよ！　わからないの？　パパはそんなのには耐えられないわ。自分を邪魔者だと思うに決まってる」

「お父さんに話すつもりだよ。きみと結婚したいって」

「マーク、ダーリン！　お願いだからやめて……」

マークはローズの手にしばらく自分の手を重ねてから立ちあがり、バラのかごを持ちあげた。「こんばんは、カータレット夫人」マークは言った。「祖母のために、庭から花をいただいていました。ハマー農園のこのバラにかけては、ぼくらはあなたにとてもかないませんね」

緑のアーチの入り口から入ってきたキティ・カータレットが、思案顔で二人を見つめていた。

四

二番目のカータレット夫人はエドワード時代風の名前が似合わない女性で、キティという顔には見えなかった。ぬけるように色が白く、化粧なしでも漂白したように見えた。体は念入りにととのえられ、顔は手入れの行きとどいた美しい仮面のように、たくみに作られていた。彼女の最大の武器は、意識して身につけた謎めいた雰囲気だった。この雰囲気がひとりでにキティ・カータレットという宿命の女を作りあげていた。いわばキティは、厄介な存在にしたてあげられた女性なのだった。キティは手のこんだ服を着て、おそらくは庭にいるからだろうが、手袋をはめていた。

「会えてうれしいわ、マーク」キティは言った。「あなたたちの声が聞こえたような気がしたものだから。仕事でいらしたの？」

「まあ、それもあります」マークは答えた。「お宅の庭師の女の子を診るついでに、カータレット大佐への伝言を持ってきたんですよ」

「それはご親切に」キティは言い、マークと義理の娘を交互に見やった。それからマークに近づき、手袋をはめた手でかごから黒ずんだ色のバラを取ると、口元へ持っていった。

「いい香りだこと！」キティは言った。「香りが強すぎて困るぐらいだわ。モーリスはいませんけれど、長くはかからないから。あっちへ行かない?」

　キティは先に立って家のほうへ歩き出した。キティが通った道には、バラのものではないかすかなエキゾチックな香りがただよっていた。歩く時、キティは背中をぴんとのばして、かすかに尻をゆすっていた。「高くつきそうな女性だな」マーク・ラックランダーは思った。「だが、超一流ってわけでもなさそうだ。いったいなぜ、大佐は彼女と結婚したんだろう?」

　キティ・カータレットのピンヒールが敷石にあたってこつこつと音をたて、彼女はクッションを積みあげた庭用家具のほうへ向かった。白い鉄のテーブルの上には、デカンターとブランデーグラスののった盆が用意されていた。キティは揺り椅子に腰をおろすと足をあげ、マークに見えるように足の位置をなおした。

「あら、ローズ」キティは義理の娘をちらりと見やると言った。「ちょうどいい手袋をはめているわね。マークのために、あなたと同じ名前のとげだらけの花をどうにかしてちょうだい。箱か何かがいるわね」

「どうぞおかまいなく」マークは言った。「そのまま持っていきますから」

「そんなわけにはいかないわ」キティ・カータレットは囁いた。「医者なんだから、そのきれいな手にひっかき傷をつけてはだめよ」

　ローズはマークからかごを受け取った。マークはローズが家に入るのを見送っていたが、キティの声に、ふいに向きを変えた。

「一杯いかが?」キティは言った。「モーリスのお気に入りの、上等なブランデーなのよ。私はほんのちょっぴりでいいけど、あなたは大きなグラスで召しあがるといいわ。本当はクレーム・ド・ミントのほうが好きなんだけど、モーリスにもローズにも品がない好みと思われているから、がまんしなくてはいけなくて」

マークはキティにブランデーを渡すと、言った。「あなたがかまわなければ、ぼくはいりません。いちおう仕事中ですから」

「本当に？　庭師の子供以外に誰のところへ行くの？」

「祖父のところです」

「まあ、気づかなくて悪かったわ」キティは落ち着きはらったまま答えた。「サー・ハロルドのおかげんはいかが？」

「残念ですが今日の夕方は、あまり具合がよくありませんでした。そういうわけなので、もう帰らなくてはなりません。リバーパスを通れば大佐に会えるかもしれませんし」

「きっと会えると思うわ」キティは気のない声で同意した。「モーリスがあの伝説の魚を追って、ミスター・フィンの漁区に侵入していなければね。もちろん、ミスター・フィンがどう反論しようと、あの人は典型的な旧家の州民だから、そんなことをしようなんて思いもしないでしょうけど」

「では、あちらの道を行くことにします。大佐に会えるといいんですが」マークは礼儀正しく言った。

キティはバラの花を振ってマークを放免し、左手を差し出したが、マークから見ると、そのしぐさは悲惨なぐらいあかぬけていなかった。マークは左手でキティの手を取り、きびきびと振った。

「お父様に伝言をお願いできるかしら？」キティは言った。「あなたのおじい様のことを、お父様がどれだけ心配しているか私は知っているから。何か手助けができればと、伝えて」

手袋をはめた手が、マークの手をぎゅっときつくにぎりしめてからひっこんだ。「わすれないでちようだい」

ローズが箱に入れた花を持って、戻ってきた。「くそ、このままローズを置いていきたくない。まだプロポーズの途中だっていうのに」マークは思い、静かに言った。「お父さんに会いにいこうよ。ろくに運動もしていないいんだろう」

「いつも休まず動きまわっているわ」ローズは答えた。「それに、リバーパスを歩くような靴と服じゃないし」

キティ・カータレットが小さく笑い声をあげた。「かわいそうなマーク!」キティは囁いた。「でもローズ、どっちにしてもお父様が来たみたいよ」

丘の中腹の小さな林からカータレット大佐が現れ、芝生の下側ののびほうだいの草をかき分けてのぼってきた。後ろには年老いた忠実なスパニエル、スキップがしたがっていた。夕暮れの光がうすれて消え、色あせた灰色になっていく。銀色に染まった草木や芝生や花、影に包まれ、ゆるやかな弧を描くマスの住む川が、そろって夜の到来を告げていた。カータレット大佐はそれらを背景に、実体と魂の両方が形となったもののように動いていた。遠い過去からいくつもの静かな夕暮れを超えてきたかのように、カイン谷をのぼってくるのだった。

芝生のそばにいる一団に大佐は手をあげてあいさつし、マークは彼に会おうと丘をおりた。義母の高まる好奇心に気づいたローズは、かなり心配しながらマークを見守った。

カータレット大佐はスウェヴニングズ育ちだった。その本性は田舎の村人そのもので、土に属する者の雰囲気を決して失うことはなかった。とはいえ、芸術が趣味で、外国で政府の仕事を処理する能力も持っていた。こうしたおかしな取りあわせが、大佐に特別な影響を与えることはなかった。彼の人となりは、話さなければ表に出なかったからだ。

「こんばんは、マーク」おたがいの声が十分聞こえる距離までくるとすぐに、大佐は大声で言った。

「おい、どう思う？　オールド・アンをすんでのところでしとめ損なったんだ」

「まさか！」マークはそれ相応の熱をこめて叫び返した。

「間違いない！　オールド・アンだ！　いつものように橋の下に潜んでいたよ。確かに見たんだ……」

息を切らして丘をのぼりながら、大佐はとびきりの手ごたえと勇ましい格闘、切れた釣り糸というお決まりの話を語り終えた。ほかのことで頭がいっぱいだったマークも、興味を持って耳をかたむけた。オールド・アンは、スウェヴニングズでは有名な存在だった。巨大で狡猾なそのマスは、この土地のすべての釣り人の絶望の的であり、あこがれの的でもあった。

「そんなわけで、やつを逃がしてしまったんだ」大佐はしめくくり、マークに向かって親しみをこめて大きく目を見開くと同時に、にやりと笑ってみせた。

「やれやれ！　だが成功していたら間違いなく、フィンに殺されていただろうがな」

「まだ交戦中なんですか？」

「ああ。やつはまったく手に負えないよ。自分の漁区に不法侵入したと、私をさんざん非難しおった。本当にどうかしている！　祖父どのの具合はどうかね？」

「残念ですが、急速に弱っています」マークは言った。「できることは何もありません。ぼくがここにいるのも、祖父のためなんです」マークは大佐に、祖父からの伝言を伝えた。

「すぐに行く」大佐は言った。「車のほうがよかろう。着替えてくるから、一、二分待ってくれるかね。きみもいっしょに来るだろう？」

だがマークはふいに、またローズと顔をあわせるのは耐えられないと感じた。そこで、リバーパスを通って帰ります、大佐の到着にそなえて、祖父に準備させておきますからと答えた。

マークはしばらくその場にたたずみ、夕闇の向こうの家を振り返って見た。ローズが部屋着のゆったりしたすそを持ちあげて芝生を走ってきた。大佐が釣り竿と魚籠をおろし、帽子を取ってはげ頭を光らせながらローズを待ち受けている。ローズは両手を大佐の首にからませてキスをし、二人は腕を組んで家に入っていった。カータレット夫人のハンモックが前後に揺れ始めた。

マークは顔をそむけ、急ぎ足で谷をくだるとボトム橋を渡った。

カータレット大佐の釣り糸をくわえたオールド・アンが、のどかに橋の下に潜んでいた。

第二章　ナンズパードン館

サー・ハロルド・ラックランダーは、部屋の中を動きまわるケトルを見つめていた。マークがすさまじい不快感をやわらげるものをくれたので、サー・ハロルドは重病人の特権である哀れな唯我独尊状態を、束の間楽しんでいるように見えた。サー・ハロルドは昼間来る看護婦よりも、ケトルのほうが好きだった。なんといってもケトルはチニング近くの村出身の地元民だったので、テーブルの上の花がナンズパードン館の温室のものであるというのと同じ満足感をおぼえるのだった。

サー・ハロルドは、自分が余命いくばくもないことを知っていた。孫は多くを語らなかったものの、孫の顔や妻と息子のふるまいを見れば、死が近いことを読み取ることはできた。七年前、マークが医者になりたいと言い出した時、ラックランダー家のただ一人の孫がと、サー・ハロルドは激怒した。できるかぎりマークがその道へ行きづらくなるようしむけたりもしたが、自分の上にかがみこむのが、ラックランダー家の者の鼻であり、必要な手当をしてくれるのが、ラックランダー家の者の手であることを、今、彼は喜んでいた。病よりも耐えがたい痛みにさいなまれてさえいなければ、近づいてくる死が自分を高みへと押しあげることに、サー・ハロルドは一種の喜びをおぼえたかもしれない。だがサー・ハロルドは罪悪感にさいなまれていた。

「長い間」サー・ハロルドは言った。サー・ハロルドは必要最小限の言葉しか使わなかった。言葉を発するたびに、おとろえていく体力を一定量消費するような気がするからだった。サー・ハロルドが容易に姿を見て、声を聞き取ることができる位置にいたケトルが言った。「マーク先生が、大佐はすぐに来るからとおっしゃっていました。釣りをしていたんですって」

「釣れたのか？」

「わかりません。大佐ご自身が話してくれるでしょう」

「オールド・アン」

「ああ」ケトルは安心させるように言った。「そう簡単にはつかまらないでしょうよ」ベッドからしのび笑う気配が伝わってきて、不安げなため息が続いた。ケトルはその日のうちに骨より奥にひっこんでしまったように見える、顔をのぞきこんだ。

「だいじょうぶですか？」ケトルは聞いた。

どんよりした両目が、彼女の目を探し、「書類は？」と尋ねた。

「おっしゃるとおりの場所にありました。向こうのテーブルにあります」

「こっちへ」

「そのほうがよろしいのなら」ケトルは巨大な部屋の向こうの暗がりへ行き、しばられ封印された包みを持って戻ってきて、ベッド脇のテーブルに置いた。

「回顧録だ」サー・ハロルドは囁いた。

「すごいですね」ケトルは言った。「大変な作業だったでしょう。本の著者になれるなんて、すてきだと思いますわ。さあ、少しお休みにならなくては」

ケトルはかがみこんでサー・ハロルドの顔を見つめ、サー・ハロルドは落ち着かなげに見つめ返した。ケトルは笑みを浮かべてうなずくと、しりぞいて絵入り新聞を取りあげた。しばらくの間、広い寝室の中で聞こえるのは、病人の息づかいと新聞を静かにめくる音だけになった。

ドアが開いた。入ってきたのはマーク・ラックランダーだったので、ケトルは両手を後ろにまわして立ちあがった。マークの後ろには、カータレット大佐の姿もあった。

「変わりないかい、ケトル」マークが静かに尋ねる。

「ほとんど」ケトルはつぶやいた。「いらいらしていらっしゃるようですが、大佐とお会いになれば喜ばれるでしょう」

「まずは少し、ぼくが話をしたいな」

マークは巨大なベッドまで歩いていった。サー・ハロルドは心細げに孫の顔を見あげ、マークはそわそわと落ち着かない老いた祖父の手を取って、すぐに言った。「おじいさん、大佐が来られましたよ。話しますよね？」

「ああ。すぐに」

「わかりました」マークは祖父の手首に指を置いたままにし、カータレット大佐は肩を張り会話に加わった。

「やあ、カータレット」サー・ハロルドはケトルが小さく悲鳴をあげるほどの大きな声で、はっきりと言った。「来てくれてうれしいぞ」

「こんばんは、サー・ハロルド」大佐はサー・ハロルドよりも二十五歳若かった。「お加減がよろしくないようで残念です。私に会いたがっていると、マークから聞いたのですが」

「ああ」サー・ハロルドはベッド脇のテーブルに目を向けた。「あれを」サー・ハロルドは言った。

「受け取ってくれ。今ここで」

「私に読んでほしいと?」カータレット大佐は、ベッドの上にかがみこみ尋ねた。

「読んでくれるなら」少し間があり、マークはカータレット大佐の手に包みを渡した。サー・ハロルドは両目に恐ろしいくらいの関心を浮かべて、それを見守った。

「祖父はあなたに回顧録を編集してほしいそうなんです、大佐」マークは言った。

「ああ……もちろん」わずかな間のあとで、大佐は答えた。「喜んで。あなたが信頼してくださるならですが」

「むろん、信頼しているとも。心から。もう一つ話がある。少しいいか、マーク」

「かまいませんよ、おじいさん。ケトル、ちょっと話さないか?」

ケトルはマークについて部屋を出た。広い階段のてっぺんにある暗い踊り場で、二人は立ち止まった。

「そう長くはかからないと思うよ」マークは言った。

「大佐のおかげでサー・ハロルドが元気になってよかったですわ」

「こうすると決めていたからね。もう生きることはあきらめているんだと思う」

ケトルは同意した。「不思議なことに、彼らは生にしがみつくことも、あきらめることもある」

階下の玄関ホールのドアが開き、階段に光がおし寄せてきた。手すりの向こうをのぞいたマークは、祖母のどっしりと幅の広い体を目にした。その手がさっとひらめいて階段の手すりをにぎり、ラックランダー夫人は大儀そうに階段をのぼり始めた。マークの耳に、夫人の苦しそうな息づかいが聞こえてきた。

「気をつけて」マークは言った。

ラッククランダー夫人は足を止め、上を見ると言った。「おや、ドクターじゃないか！」マークはそのあざ笑うようなせりふに、にやりと笑ってみせた。

夫人は踊り場にたどり着いた。古いベルベットのディナードレスのすそが夫人のあとを追い、たっぷりした胸の近くでは、毎晩適当につけているダイヤモンドが上下するたび燃えるように輝き、きらめいた。

「ごきげんよう、ケトル」夫人はあえいだ。「この子を手伝いにきてくれてありがとう。あの人の具合はどうだい、マーク？　モーリス・カータレットは着いたのかね？　なんで二人して、こんなところにいるんだい？」

「大佐は来られていますよ、おばあさん。おじいさんが彼と二人きりで話したがったので、二人きりにしているんです」

「あのいまいましい回顧録のことだろう」ラッククランダー夫人は腹立たしげに言った。「そういうことなら、あたしも入らないほうがよさそうだね」

「長くはかからないと思いますから」踊り場には大きなジャコビアン様式の椅子があった。マークがそれを前に引っぱると夫人は腰をおろし、古いスリッパから驚くほど小さな足を出して、じろじろと二人を見た。

「あんたのパパは客間で寝ていて、モーリスに会いたいとぼやいているよ」夫人は言い、巨体をケトルのほうへ向けた。「優しいケトル、つきそいを始める前に、あたしがこの大きな両足を動かす手間をはぶいてもらえないかね。ひとっ走り下の客間まで行って、眠りこけている息子を起こして、大佐が来たと伝えておくれ。あの子から飲み物とサンドイッチももらうといい。どうだい？」

「はい、喜んで。ラックランダー夫人」ケトルは言い、きびきびと下におりていった。「私を追いはらいたいのね」ケトルは考えた。「それにしても如才ないやりかただわ」

「ケトルは利口な子だね」ラックランダー夫人はうめくように言った。「自分を追いはらいたかったんだと、見抜いていたよ。マーク、あの人を不幸にしているものは、なんなんだい？」

「おじいさんは不幸なんですか？」

「ごまかすんじゃないよ。ひどく気をもんでいたじゃないか……」夫人はふいに口をつぐんだ。膝の上で、宝石をつけた手がぴくりと動く。「ハルは心に何かをかかえている。あたしにそのわけがわからないのは、結婚生活で二度目だよ。モーリスと回顧録に関係があるんだろうか？」

「そのようですね。おじいさんは大佐に回顧録を編集してもらいたがっていました」

「二十年前、ハルの考えていることが初めてわからなくなった時は」夫人はつぶやいた。「本当にみじめな思いをしたもんだ。そして今、別れの時が来ているとなると……来ているんだろう、マーク？」

「ええ。おじいさんはとても弱っています」

「わかっているよ。だけど、あたしはそうじゃない。もう七十五歳で怪物のように太ってはいるけど、生きる気力は持っている。まだね」ラックランダー夫人は、ぜえぜえあえぐような声を変えると言った。「片づけなきゃならないことも残っているからね。たとえば、ジョージのこととか」

「父さんは片づけなければいけないような何かをしでかしたんですか？」マークは穏やかに尋ねた。

「あんたのパパは、五十歳でやもめでラックランダーだ。不吉なことが三つもそろってる」

「いくらおばあさんでも、その三つを変えることはできないでしょう」

「できるとも。たとえ……モーリス！　どうなっているんだい？」

カータレット大佐がドアをあけ、包みを腕にかかえたまま、部屋の入り口に立っていた。

「来てもらえるかね、マーク？　急いで」

マークは大佐の横を通り抜け、部屋に入った。ラッククランダー夫人も腰をあげ、考えられないような速さであとに続いた。カータレット大佐は戸口で夫人を止めた。

「ラッククランダー夫人」大佐は言った。「少しお待ちください」

「一秒も待てないね」夫人は強い口調で言った。「中に入れておくれ、モーリス」

階下の玄関ホールでは、ベルがひっきりなしに鳴り響いていた。夜会服を着た背の高い男をつれたケトル看護婦が、急ぎ足で階段をのぼってきた。

カータレット大佐は階段の上の廊下に立って、皆が部屋に入るのを見守った。

ラッククランダー夫人はすでに夫のかたわらにいて、マークは右腕で祖父を支えながら、左手の親指をベッドの上に置かれたベルのボタンにのせていた。サー・ハロルドは口を開き、なかばあくびをするように息をはいていた。寝具の下では、足を曲げたりのばしたりしているような動きが続いていた。

ラッククランダー夫人は大きな体を夫に寄りそわせ、サー・ハロルドの両手を自分の手で包んだ。

「私はここだよ、ハル」夫人は言った。

ケトルが手にグラスを持って現れた。

「ブランデーです」ケトルは言った。「古いやりかたですが、効果はあります」

マークはグラスを、祖父の開いている口元へ持っていった。「さあ」マークは言った。「楽になります。飲んでみて」

サー・ハロルドの唇の端が閉じた。

「少し飲んだようです」マークは言った。「これから注射をしますから」

ケトルがマークと位置をかわり、向きを変えたマークは、自分が父親と向きあっていることに気づいた。

「何かできることはあるか？」ジョージ・ラックランダーは尋ねた。

「ここにいてくれるだけでいいよ、父さん」

「ジョージもいるよ、ハル」ラックランダー夫人が言った。「みんなここにいるからね」

ケトル看護婦の肩にもたれた顔の後ろで、とぎれとぎれの声がもれた。「ヴィク……ヴィク……ヴィク……」鼓動さながらのその声はすぐにやんだが、時計のように聞き取りやすかった。皆は愕然として、顔を見あわせた。

「なんだって？」ラックランダー夫人が尋ねた。「なんのことだい、ハル？」

「ヴィクという名の人がいるのでは？」ケトルがすかさず提案する。

「ヴィクなんて者はいない」ジョージ・ラックランダーがじれったそうに言った。「マーク、たのむよ、どうにかできないのか？」

「ちょっと待って」マークが部屋の向こう端で答えた。

「ヴィク……」

「教区牧師（ヴィカー）のことかい？」サー・ハロルドの手をにぎりしめ、その上にかがみこんで夫人が尋ねた。

「牧師に来てほしいのかい、ハル？」

サー・ハロルドは妻の目を見つめた。開いた唇の端が、笑みを浮かべるようにぴくりと引きつり、その頭がわずかに動く。

注射器を持って戻ってきたマークが注射をし、しばらくしてケトルは体の向きを変えた。ケトルに言わせれば、この状況はそういうたぐいのものだった。夫人と息子と孫がサー・ハロルドのベッドに集まり、ラックランダー夫人は再び夫の手を取った。

「なんだい、ハル？　どうしたっていうんだい？　ヴィクって牧師のことかい？」

皆を仰天させるほどはっきりと、サー・ハロルドは囁いた。「おまえに知られずにすんだようだ」

妻をじっと見つめたまま、サー・ハロルドは息を引き取った。

二

父親の葬儀の三日後の午後遅く、サー・ジョージ・ラックランダーはナンズパードン館の書斎に座り、ファイルや机の中身を調べていた。ジョージは普通にととのった顔立ちの、ハンサムな男だった。かつて黒かった髪は彼に最もふさわしい形で白髪まじりになっていて、こめかみと額の上は白い羽毛のようになっていた。当然ながら唇はきっぱりと結ばれ、その上にあるのはそこにあってしかるべき、かぎ鼻だった。いわば彼は、アメリカの雑誌にのっているイギリス紳士の挿絵のようだった。そのような男性にとっての、危険な年齢にさしかかってもいたのだが、五十歳にしてはすこぶる元気だった。

サー・ハロルドは何もかもを整然と残してくれており、トラブルはほとんどないと思われた。サー・ハロルドの日記のページをめくっていた時、この一族は本当に、「ラッキー・ラックランダー」

というあまりにも世に知られたあだ名にふさわしいと、ジョージは思った。たとえば八代目の大富豪の准男爵は、宝石への情熱を大規模な投資へと発展させ、現金化が可能な巨万の富を作った。ラックランダー所有の名高い競走馬は、目を見張るほどの成功をおさめた。不思議でもあり他に例のないことでもあるが、ラックランダー家の者は過去百年の間に、最も有名な賞金レースで三度も勝利していた。

もちろん、ジョージ自身はいささか不運と思われるかもしれないのは事実だった。マークが生まれた時、妻を亡くしたからだ。だがジョージの亡き妻はあきれるほど愚鈍な女で、思い出そうとしてももうはっきりとは思い出せないことを、ジョージは認めねばならなかった。そう、あんな女はほかには……。ジョージは自分の姿をきびしく点検し、親指と人さし指で口ひげをなでつけた。そして、まさにその瞬間、執事が入ってきて、カータレット大佐が会いたがっていると告げると、落ち着かない気分になった。なんとなく、この訪問はよくないことのように思われた。ジョージは暖炉の前の敷物の、落ち着ける場所に陣取った。

「やあ、モーリス。会えてうれしいよ」大佐が入ってくるなりジョージは言った。大佐の顔色をうかがってから、声音を変えてつけ加える。「何か問題でも?」

「まあね」大佐は答えた。「実を言うと、問題は大ありなんだ。ジョージ、いろいろあったばかりなのにきみをわずらわせてすまないが、実のところ、私はえらく悩んでいてね。私に課せられた責任を、きみと分かちあいたいんだ」

「私と!」安堵のような感情とある種の驚きをこめて、サー・ジョージは叫んだ。大佐はポケットから二つの封筒を出すと、机の上に置いた。宛名が父親の筆跡で書かれていることに、サー・ジョージは気づいた。

「まずは手紙を読んでくれ」小さいほうの封筒をさし示して、大佐が言った。ジョージは大佐を不思議そうに見やり、めがねをかけると、封筒から一枚の紙を取り出して読み始めた。読むうちに、ジョージの唇は徐々にぽかんと開いていき、顔からは表情が消えていった。ジョージは一度、何かを問いかけるかのように大佐の不安げな顔を見あげたが、気が変わったらしく、また手紙に目を落とした。

そしてついに、紙がジョージの手からすべり落ち、めがねがジョージの目からベストの上におろされた。

「まったく理解できない」ジョージは言った。

「できるはずだ。これを見ればね」大佐は言い、大きなほうの封筒からうすい原稿の束を取り出してジョージ・ラックランダーの前に置いた。「これを読むには十分かかるだろう。かまわなければ、待っているよ」

「モーリス！　どうか座っていてくれ。なんてことだ、葉巻と飲み物を！」

「いやいいよ、ジョージ。煙草を吸うから。いやいや、行かなくていい。自分のがあるから」

ジョージは驚いたように大佐を見るとまためがねをかけ、読み始めた。読み進むうちに、その顔には続き絵広告さながらに、さまざまな変化が現れた。ジョージは血色のいい男だったが、今その顔は、すっかり色を失っていた。唇からも目からも、確固たる自信が消えうせた。原稿の束を持ちあげた時、つかんだ手の中で原稿は震えていた。

読み終えるまでに、ジョージは一度だけ口を開いた。「こんなのは嘘っぱちだ。何があったかはわかっているし、皆よく知っていることだ」ジョージは指で唇をさわり、最後まで読み続けた。最後のページが前のページの上に落ちると、カータレット大佐は原稿をまとめて封筒の中に入れた。

「ジョージ、本当にすまない」大佐は言った。「きみをこんな状況に追いこみたくはなかったんだ」

「きみがなぜこんなことをするのか理解できない。どうして私のところへ原稿を持ってきたんだ？どうしてこいつを、火の中にほうりこんでくれなかったんだ？」

カータレット大佐は陰鬱な表情で言った。「きみが話を聞いてくれないことはわかっていたよ。言っただろう、よくよく考えたうえでのことだと。サー・ハロルドは私に決断をまかせた。そして私はこの原稿を」大佐は長い封筒を持ちあげた。「出版せねばならないと決めた。絶対にだ、ジョージ。他の道は考えられない」

「そんなことをしたら私たちがどうなるか、きみは考えたのか？　考えてくれたのか？　とても承知できないよ。モーリス、きみは古くからの友人だ。友達だと思うからこそ、父はこの件をきみにまかせたんだ。ある意味では」この問題は自分の手にあまるという思いと戦いながら、ジョージはつけ加えた。「ある意味では、私たちの運命をきみに託したということだ」

「もしそうなら、これほどありがたくない遺産はないが、もちろんそんなことはないよ。きみは、ことを深刻にとらえすぎているんだ。信じてくれジョージ。これがきみたちにとってどれだけつらく苦しいことか、私にはわかっている。だが世間はきみが思っているよりももっと慈悲深い見かたをすると、私は思う」

「いつから」ジョージは意外な雄弁さで詰問した。「いつからラックランダーは、手に帽子を持って世間の慈悲を請う存在になったのかね？」

カータレット大佐は困ったようなしぐさでこれに答えた。「実に申し訳ないが」大佐は言った。「その手のせりふは、聞こえはよくても何の意味もないと思うね」

「鼻持ちならない態度はやめろ」

「わかったよ、ジョージ。了解だ」

「考えれば考えるほど悪くなる。なあモーリス、あたりまえの良識という理由だけでも……」

「私なりに、あたりまえの良識にしたがったつもりだが」

「母はきっと死んでしまう」

「ラッククランダー夫人が、ひどく苦しむだろうことはわかっている。彼女のことも考えたよ」

「マークのことはどうだ？　私の息子は、まだ若者で仕事についたばかりだっていうのに、すべて台無しだ！」

「仕事についたばかりの若い一人息子はほかにもいるさ」

「マークも死んでしまうぞ！」ジョージはわめいた。「マークに耐えられるはずがない。息子はもう終わりだ」

「マークの家名も、その父親もか？」

「きみの屁理屈につきあう気はない。あえて言うが、私は時代遅れの価値観にしたがって生きている単純な男だからな。だから、協力しあってきた旧家の人々や友人たちの情を信じているんだ」

「他の旧家や友人たちがどんな犠牲をはらうことになってもか？　馬鹿を言うのはやめたまえ、ジョージ」

ジョージの顔には急激に血の気が戻り、ほとんど紫色になっていた。ジョージは聞き取れないほどの声で言った。「その封筒と父の原稿を渡してくれ。たのむよ」

「無理だよ、ジョージ。なあ、私が原稿を捨てたり燃やしたりできると思っているのか？　くもりなき良心がそうすべきではないと言っているのに？　私はこの仕事がいやでたまらないと言っているじゃないか」

カータレット大佐は封筒を上着の胸ポケットにしまった。「もちろん、ラックランダー夫人やマークとは、好きに相談してくれてかまわない。きみの父親は何も条件をつけなかったからな。ところで、きみが二人にすべてを話すことにした時のために、手紙のコピーを持ってきた。これだ」

大佐は三つ目の封筒を出して机の上に置き、ドアに向かった。「ジョージ」大佐は言った。「どうか信じてほしい。すまないと思っている。本当に申し訳ない。他に道があれば、私は喜んでそうしただろう。なあ？」

ジョージ・ラックランダーは不明瞭な音をたてただけだった。そして、太い指を大佐につきつけて言った。「こんなことになったのだから、きみの娘と私の息子との仲はもう終わりだというのは、言うまでもないな？」

大佐は長いこと黙っていたので、炉を囲む壁の上にある時計の音が、二人の耳にとどくほどだった。「二人の仲なんて、私は何も知らない」とうとう大佐は言った。

「誤解などしていないさ。だがもう、議論する必要もないことだ。マークも……そしてローズもきっと、かなわぬ恋だとわかるだろう。我々の幸せをこわすのと同じように、ローズが幸せになる機会をこわす覚悟も、きみは当然できているのだろうな？」ジョージはしばらくの間、大佐の無表情な顔を見つめてからつけ加えた。「ローズはマークにすっかり夢中だ。きみはそれを理由に、私の言葉を聞き入れることもできるはずだ」

「マークがきみにそう言ったのなら――」

「誰がマークから聞いたと言ったかね？ ……わ、私が言うのは――」

豊かなよくとおる声がとぎれとぎれになり、そのまま小さくなって消えた。

「ほう」大佐は言った。「ならどこでその情報を仕入れたのか、聞いてもいいかね？」

二人はじっと見つめあった。奇妙にも、はっと息をのみあれこれ憶測するジョージ・ラックランダーの表情は、そのまま大佐の表情でもあった。「とにかく、そんなことはたいしたことじゃない」大佐は言った。「きみに情報を伝えた人が誤解しているに決まっている。もうここにいる理由もなさそうだ。それじゃあな」

大佐は出て行った。ジョージは立ちすくんだまま、大佐が窓の向こうを通りすぎるのを見守った。ジョージはある種のパニックに襲われていた。机の上の電話を引き寄せると、おぼつかない手でカータレット大佐の家の番号をまわす。女性の声がそれに答えた。

「キティ！」ジョージは言った。「キティ、きみか？」

三

カータレット大佐は、リバーパスと呼ばれる私有地内の道路を通って家に帰った。その道はワッツ・レーンの上の端から、ラックランダー家の専用ゴルフコースを取り巻くように、ナンズパードン館の敷地を通ってのびていた。うねうねと曲がりくねりながらボトム橋まで続き、向かい側をのぼれば、カータレット家の林に出る。道はそこからサイス中佐、ミスター・フィンの地所の低い部分を横切り、ワッツ・ヒルの頂上のすぐ下で、再びワッツ・レーンとまじわっていた。

カータレット大佐はみじめな気分だった。責任に押しつぶされ、ジョージ・ラックランダーとの仲たがいのせいで、動揺もしていた。尊大な頑固者だとはいえ、大佐はジョージのことを生涯の友人だと思っていたのだから。そして何よりも、ローズとマークが恋仲だという事実に大佐はひどく狼狽しており、ジョージ・ラックランダーにその情報を伝えたのはおそらく妻だという推測にも、顔をゆがめずにはいられなかった。

丘の斜面を歩きながら、大佐は小さな谷と、ジェイコブス・コテージ、アップランズ、ハマー農園の庭を見渡した。ミスター・フィンが猫を肩にのせ、素早く動きまわっていた。「しなびた老魔法使いのようだ」マスのいる川をめぐってフィンともめている大佐は考えた。つめものをした的に弓を射るサイスもおり、そしてハマー農園にはキティがいた。体にぴったりはりついたベルベットのズボンと、燃えるような色のトップを身につけ、尻を独特の格好で振りながら、家から出てきている。手には長いシガレットホルダーを持っていた。キティは谷の向こうのナンズパードン館を見ているようで、大佐は胃のあたりが不快にうずくのを感じた。「どうすればいいんだ！」なかば無意識に大佐は考えた。「どうすれば！」ローズは夕方のおつとめをしており、庭のしぼんだ花を切っていた。

大佐はため息をつき、丘を見あげた。そこには自転車を押してワッツ・レーンをのぼり、重い足取りで家路につくケトル看護婦がいた。生け垣の隙間から看護婦の制服と帽子が見え、また生け垣の奥に消えた。「スウェヴニングズでは」大佐は考えた。「彼女は循環小数さながらに、消えることなくひょっこり現れる」

大佐は丘のふもとのボトム橋までやってきた。大佐の釣り場とミスター・ダンベリー・フィンの釣り場はボトム橋を境に分かれており、下流が大佐、上流がミスター・フィンの漁区だった。二人がもめているのは、ボトム橋の真下の領域にかんしてだった。ミスター・フィンの釣り場から自分の釣り場に入った大佐は、低い石の手すりの上で腕を組み、下を流れる緑色の水を見つめた。最初はぼんやりながめているだけだったが、しばらくすると大佐はある場所に注目した。カイン川の左の土手、古い小舟が停めてある、こわれたボート小屋の近くに淵があった。その奥底の暗がりの中で、ひそやかに影が動き、渦を作っていた。オールド・アンだ。

「きっと」大佐は考えた。「夕食の前に来れば、少しは気が晴れるだろう。オールド・アンは私のほうにいるだろうし」オールド・アンから目をそらし、ジェイコブス・コテージのほうを見あげた大佐は、ミスター・フィンがまだ猫を肩にのせたまま微動だにせず、双眼鏡でこちらを見ていることに気づいた。

「くそ！」大佐はつぶやいた。橋を渡り、ジェイコブス・コテージから見えない場所へ出て、家路につく。

道はせまい草地を横切り、ワッツ・ヒルの下部をのぼっていた。大佐の敷地の林とサイス中佐の敷地の木立で、大佐からは三軒の地所の上の部分は見えなかった。ぎこちないゆっくりしたかけ足で、誰かが道をおりてきた。ぜえぜえと苦しそうな息づかいが聞こえ、相手の姿がきちんと見える前から、大佐はおりてくるのがミスター・フィンだとわかった。フィンは古いノーフォークジャケットを着こみ、ツイードの帽子をかぶっていた。帽子の帯にはマス釣り用の毛針がつき出し、読書用めがねがアイルランド人のパイプのように押しこまれている。フィンは念入りに集めた釣り用の道具を運んでおり、急いで心を落ち着けたような雰囲気をただよわせていた。ミセス・トマシーナ・トゥウイチェットもいっしょだったが、彼女の種族の流儀にしたがい、二人の関係はまったくの偶然であることがほのめかされていた。

道はせまく、どちらかがゆずる必要があったので、隣人たちとの口論にあきあきしていた大佐は道の片側に寄った。ミスター・フィンは無表情なまま大佐のほうへ近づいてきたが、トマシーナがふいにかけ足で前に出た。

「やあ、猫くん」大佐は身をかがめ、親指をぱちんと鳴らしてみせた。トマシーナはしばらくそちらをながめていたが、ほかのことに気を取られたのか、しっぽの先をぴくりと動かして、大佐のそばを通りすぎた。

身を起こした大佐は、ミスター・フィンと向かいあっていることに気づいた。

「こんばんは」大佐は言った。

「これは大佐」ミスター・フィンは見苦しい帽子に指をふれ、頬をふくらませて息を吐くと、前に進んだ。「トマシーナ」フィンはつけ加えた。「もう少し行儀よくしなさい」

気まぐれを起こし、大佐を気に入ったトマシーナが戻ってきて、大佐の足元でおなかを見せて転がったのだった。

「いい猫だ」大佐は言い、つけ加えた。「釣りを楽しまれますように。そういえば、オールド・アンが橋の下にいましたよ。私のほうに」

「本当かね?」

「おわかりでしたでしょう」大佐は分別にさからって、つけ加えた。「双眼鏡で私を見張っていたようですから」

もし寛大な態度を取ろうと考えたとしても、ミスター・フィンはすぐにその考えをかなぐり捨てた。フィンは網で好戦的なしぐさをし、言った。「私が知るかぎり、この辺の景観にかんして特別な禁止令は出ていなかったと思うがね。見たからといって、とがめられることではないし、私が知っているかぎり、カイン川を遠くからながめることについて、土地所有者の権利は何一つない」

「ええ、確かに何もありませんね」大佐は答えた。「あなたはカイン川でも私でも、お好きなものを顔が紫色になるまでながめることができるし、それは私には関係のないことです。しかしもしあなたが……。もし……」大佐は頭をかきむしり、どうしようもない感情の乱れをあらわにして、また口を開いた。「親愛なるミスター・フィン、もしもあなたが知っていたら……ああいや、もう結構！　おやすみなさい」

大佐はミスター・フィンを迂回して、道を急いだ。「あの馬鹿で不愉快な、半分頭のおかしい道化のために」大佐は憤慨しつつ考えた。「私は残りの人生を悲惨なものにしかねない、責任を背負うというのに」

大佐は足を速め、ハマー農園の林の中へ入った。母猫の義務感なのか、猫の不可解な気まぐれを大佐に向けているのか、トマシーナ・トゥウイチェットが時折声を震わせて鳴き声をあげ、夕暮れ時の鳥を探しながら、あとをついてきた。芝生の見える場所まで来ると、弓を手にしたサイス中佐が太ももを震わせ、足をいささかふらつかせながら、やぶの中を捜索していた。

「ああ、カータレット」サイスは言った。「なんてことだ、矢をなくしてしまった！　的をはずれて飛んでいってしまって」

「危険なほど、大きくはずしたんだな？」大佐は少しばかり憤慨して答えた。とはいえ皆が使う道なので、大佐は考えたすえ、捜索を手伝い始めた。葉がガさごそいうのを面白がったトマシーナ・トゥウイチェットも、捜索に加わるふりをした。

「ひどい失策だったのはわかっているが」サイスは認めた。「フィンの姿を見て気がそがれてしまって。私と彼の猫との間に何があったか聞いているか？　あんなひどい話は聞いたことがない。完全な事故だったのに、やつはわかってくれないんだ。私だって猫は好きだと言ったのに！」

サイス中佐は枯れ葉の山の中に手をつっこんだ。トマシーナ・トゥウイチェットが楽しげにその上で飛びはね、サイスの手首に爪をたてた。「このいたずら者め」サイス中佐は手を自由にし、トマシーナをたたこうとしたが、難なくかわされた。そして、二人といっしょにいるのにもあきたのか、トマシーナは子猫のいる家へ帰っていった。大佐もわびを言い、林をのぼって自分の地所へ向かい、芝生の下方にある、開けた場所に出た。

キティ・カータレットがハンモックにのり、黒いベルベットにぴったりと包まれた足をぶらぶらさせていた。炎色のシャツと大きなイヤリングを見せびらかすように身につけている。鉄のテーブルには、カクテルの盆が用意されていた。

「遅かったのね」キティはぼんやりと言った。「三十分で夕食よ。ナンズパードン館で何をしていたの」

「ジョージに会わねばならなかった」

「なんのために？」

「ジョージの父親にたのまれた一件でだ」

「わかりやすいわね」

「ごく個人的なことなんだ」

「ジョージはどんな様子？」

カータレット大佐は、ジョージの赤黒く染まった顔を思い出しながら言った。「まだ動転しているようだ」

「そのうち夕食に招待しないと。ところで、明日、ジョージにゴルフを習うことにしたの。クラブも何本かゆずってくれるって。すてきでしょ？」

「いつそんな約束をしたんだ？」

「ついさっき、二十分ぐらい前よ」キティは大佐を見つめながら言った。

「キティ、行かないでもらいたいんだが」

「まさか、私とジョージがあなたを裏切るなんて思っていないわよね？」

「それは……そうなのか？」大佐は長い沈黙のあとで言った。

「いいえ」

「それでも、明日ジョージとゴルフに行くのはやめにしてもらいたいな」

「まあ、どうして？」

「キティ、マークとローズについて、ジョージに何を言ったんだ？」

「あなたが自分で見てわかるようなことしか言っていないわよ、ダーリン。どう見たって、ローズはマークに夢中じゃないの」

「信じられないな」

「ねえ、モーリス。若い娘がこの先もずっと、パパのことしか頭にないなんて思ってるわけじゃないでしょう?」

「もちろんそんなことを言うつもりはないよ。断じて」

「なら、いいじゃないの」

「だが私は……知らなかったんだ……まだ信じられない………」

「マークなら五分前に悩ましげな顔をしてひょっこりやってきて、ローズと客間にこもっているわよ。見ていらっしゃいよ。なんなら私が許可してあげる」

「ありがとう、キティ」大佐はみじめな気持ちで言い、家の中に入った。

大佐がここまで狼狽し、心を痛めていなければ、自分が来たことをどうにかして知らせるぐらいのことはしただろう。だが、ぶあついじゅうたんの敷かれた玄関ホールを横切り、客間のドアをあけた大佐は、娘が力なく抵抗しながら、マーク・ラックランダーの腕に抱かれているのに出くわしたのだった。

第三章　カイン谷

ローズとマークは驚いた恋人たちがする昔ながらの反応をし、体を離した。ローズは顔を白くし、マークは赤くなったが、どちらも何も言わなかった。

「すまなかった、ローズ。許してくれ」大佐は言い、娘に向かって軽く頭をさげた。

ローズは動揺し、思わず父親にかけ寄ると、父親の頭に両手をからませて叫んだ。「いつかはこうなると思っていたわ、パパ」

マークが言った。「大佐、お嬢さんと結婚させていただきたいのですが」

「私はそんなつもりはないわ」ローズが口をはさむ。「パパが喜んでくれないのなら。マークにもそう言ったのよ」

大佐はひどく穏やかに身を離すと、娘の体に片腕をまわした。

「どこから来たのかね、マーク？」大佐は尋ねた。

「チニングからです。病院に行く日なので」

「そうか、わかった」大佐は娘とその恋人とを見やり、なんと情熱的で傷つきやすく見えることかと思った。「二人とも座ってくれ」大佐は言った。「これから話すことについて、考えねばならんのでね。座ってくれないか」

二人は困惑した様子でしたがった。

「マーク、ナンズパードン館に帰ったら」大佐は言った。「お父さんがひどくうろたえているのがわかるだろう。私がさっき、彼としてきた話のせいで。その話の内容を今ここで繰り返すこともできるが、そうすることにはためらいがある。彼の口からうちあけるのが、望ましいと思うからだ」

「うちあける?」

「いい話ではないよ。ローズとの結婚など、大反対されるだろう」

「とても信じられません」マークは答えた。

「じきにわかる。きみ自身が」すまないローズ、だが事実そうなるだろうと思いつつ、大佐はかすかに微笑んだ。「カータレット家と姻戚関係になることに、これまでとは別の感情を持つかもしれない」

「でもパパ」皮肉な口調がひっかかったのか、ローズが叫んだ。「いったい何をしたの?」

「残念ながら、とても厄介なことだ、かわいいローズ」大佐は答えた。

「まあそれがなんであれ」マークが言い、腰をあげた。「たとえむごたらしい殺人であっても、ぼくのローズへの気持ちは変わりませんから」

「ほう。だが、むごたらしい殺人などではないよ」大佐は穏やかに答えた。

「わかりました」マークはローズに向きなおった。「心配しないで、ダーリン。家に帰ってけりをつけてくるから」

「いいとも、帰ってためしてみたまえ」

大佐は同意し、マークの腕を取るとドアまでつれていった。

「マーク、明日になればきみは、私にいい感情を持てなくなっているはずだ。だが、私がやらされていることを、私はやりたくはないのだと、信じてみてはくれるかね？」

「やらされている？」マークは繰り返した。「それは……はい、もちろんです」マークはラックランダー家の顎をつき出し、ラックランダー家の眉をしかめた。「でも大佐」マークは言った。「父がぼくたちの婚約を歓迎し、それ以外のことをしなかったら、あなたに異論はありますか？　たがいに異論がないのであれば、意見の相違も少なくてすむはずだと、今ここで言っておきたいのですが」

「万一そんなことがあれば、きみの質問はただの空論だな。さて、家に戻る前に、ローズと二人で話すといい」大佐は手を差し出した。「じゃあな、マーク」

　大佐が出て行くと、マークはローズのほうを向き、その手を取った。「実におかしなことだな」マークは言った。「あの人たちはなんでよりによって今ここで、ぼくたちの心を乱すようなことをするんだ？」

「わからないわ。わからないけど、深刻なことなのよ。パパは本当につらそうだったもの」

「まあ、経過も聞かずに診断をくだしてもいいことはないし。帰って何があったのか確かめて、十五分後ぐらいに電話するよ。きみがぼくを愛してくれているってことは、ぼくにとって何よりも大切で何よりも心乱される、最高の喜びだからね、ローズ」マークは新しい言いまわしを作り出そうとしながら続けた。「それにまさるものなどないよ。じゃあまた（オー・ルヴォワール）、ダーリン」

　マークはローズにいつものキスをして出て行った。

　ローズはしばらくの間、じっと座ったままでいた。マークと自分がたがいに抱いている感情を自覚しつつ、胸に抱きしめていたのだった。父親を置いて出て行くことに対するためらいは、どこへ行ったのだろう？　ローズは今、父親の尋常でないふるまいについて、あたりまえの混乱すらおぼえてはおらず、そのことを自覚した時、すっかり心奪われていることを知った。ローズは客間のフランス窓のそばに立ち、谷の向こうのナンズパードン館を見やった。不安になる理由などなかった……全身全霊で、痛いほど幸せを感じていたのだから。今初めてローズは、まじりけのない純粋な愛というものを理解したのだった。

ローズが意識しないうちに時はすぎ、夕食のベルが鳴ると同時に電話が鳴った。ローズは電話に飛びついた。

「ローズ」マークが言った。「ぼくを愛していると言ってくれ。今すぐに」

「愛しているわ」

「きみの神聖な名誉にかけて、ぼくと結婚すると言ってほしい。約束してくれ、ローズ。はっきりと誓ってくれ」

「誓います」

「わかった」マークは言った。「九時にはそっちに戻るから」

「何があったのか、わかったの?」

「ああ。実に厄介だ。それじゃあ、九時に、ローズ」

「九時にね」ローズは答え、うっとりと夕食に向かった。

二

八時になるころには、夜の憂鬱がサイス中佐の中に根をおろし始めていた。五時近く、沈む太陽が船の帆桁の端を越えるころ、サイスはブランデーのソーダ割を飲んだ。酒はサイスの心を奮いたたせ、三杯四杯と飲み進むうちに、ますます気分はよくなった。こういった時、サイスは仕事で大きな成功をおさめる自分を想像するのだったが、ちびちび飲み続けるほどにこうした高揚状態から脱落していくのだった。サイスが弓に熱中するのは気分が落ちこんでいる時であり、ふいに矢が林を越えてふもとのミスター・ダンベリー・フィンの草地に飛びこみ、トマシーナ・トゥウイチェットの母親を殺してしまったのも、そうした死にたいほどの憂鬱におちいっていた時だった。

今夜の憂鬱状態はいつもより深刻だった。おそらく、好意を持っていたカータレット大佐に出くわしたことが、サイスの孤独感を強めていた。おまけに使用人夫婦は年に一度の休暇中で、夕食のためにあれこれする気分にもなれなかった。矢を見つけてのろのろと芝地まで戻ったものの、もう弓をやりたいわけでもなかった。不自由な足が痛んだが、サイスは坂をのぼることにした。

坂の上にたどり着いたサイスが見たのは、道端に座りこみ、さかさまにひっくり返ってサドルとハンドルを下にした自転車を、どんよりとながめているケトル看護婦だった。

「こんばんは、中佐」ケトル看護婦は言った。「自転車がパンクしてしまいましたの」

「こんばんは。本当に？　それは大変だな」サイスはさっとケトルのほうへ近づいた。

「チニングまで三マイルも自転車を押していく覚悟もないので、修理してみようかと思って。でも、ポンプじゃだめみたいです」

ケトルは工具箱をあけ、自信なさそうに中身をながめていた。サイスはその場でぐずぐずとためらい、ケトルがタイヤにてこを使おうとするのを見ていた。

「そうじゃない」とうとう耐えられなくなると、サイスは叫んだ。「そんなやりかたではだめだ」

「でしょうね」

「とにかく、パンクを見つけるためにはバケツの水が必要だ」ケトルが頼りなげにサイスを見やると、サイスはつぶやいた。「さあ！　それをよこして」

サイスは自転車を起こし、まったく聞き取れない声でさらに何かつぶやくと、自分の家の私道にそって自転車を押し始めた。ケトルは工具をかき集め、あとに続いた。その顔には、深い思いやりと興味とがないまぜになったような、奇妙な表情が現れていた。

サイス中佐は自転車を庭師の小屋に入れると、それ以上の会話を一切せずに、タイヤをはずし始めた。ケトルはベンチの上に体を引きあげ、それを見ていたが、そのうちに話し出した。

「ありがとうございます。今日はちょっといろいろあったんですよ。村で病気が流行して、どこもかしこもおかしな症状だらけけと思ったらこれですもの、やれやれですわ！　器用でいらっしゃるんですね。そうそう、夕方、ナンズパードン館に立ち寄ってきたんです」ケトルは言い、あとを続けた。「ラックランダー夫人が足の指を痛めてしまって、マーク先生が湿布を貼ってさしあげるようにと」

サイス中佐がはっきりしない音をたてる。

「新しい准男爵がご自分の責務をどう思っているかについて言わせてもらえば、ひどい顔色でぴりぴりしていましたわ。帰ろうとしたら、入ってこられたんですけどね」ケトルはくつろいだ様子で噂話を続けた。短い足をぶらぶらさせ、時々話をやめてはサイスの手並みをほめたたえながら。「お気の毒に！」ケトルは思った。「震える手に、アル中患者の肌。いい人なのに！」

サイスはパンクをなおすと、チューブとタイヤを元どおりにした。作業を終えて今にも立ちあがろうとした時、サイスは鋭い苦痛の声をあげて腰のくびれに手をやり、再び膝をついた。

「おやまあ！」ケトルは叫んだ。「どうしたんです？　腰痛ですか？」

サイスは小声で悪態をつき、くいしばった歯の間から、もう行ってくれと懇願した。「本当に申し訳ない」サイスはうなった。「許してくれ。いたた！」

えらい看護婦や今風の看護婦よりも、ケトル看護婦が周囲に好かれる理由を披露する時が来ていた。彼女には、あふれる機知とたのもしさと威厳があった。気取りのない、無慈悲なほどにぶっきらぼうな物言いですら、耳に心地よいものになるのだった。サイスはほっておいてくれと懇願しては極度の痛みにおそわれ、激しい呪いの言葉を吐いていたが、ケトルはまるで気にしなかった。ケトルはサイスのそばによつんばいになって肩を貸し、サイスを助けてベンチへと導いた。ベンチとケトルの体を支えにして立つようにうながす。とうとうサイスが体をほぼ二つ折りにしながら立ちあがると、ケトルはサイスを支えて家の中へ入り、わびしい客間のソファーの上におろした。

「どさっとどうぞ」ケトルは言った。サイスは汗をかいてあえぎながらソファーにもたれ、ケトルをにらんだ。「さてと、これからあなたをどうしましょう？　玄関ホールに敷物があったようななかったような。ちょっとお待ちを」

ケトルは部屋を出て、敷物を持って帰ってきた。サイスを「親愛なる中佐」と呼び、痛む箇所を真剣に調べてからその体をくるみ、また出て行って、水の入ったグラスを持ってくる。「好き勝手をやっていると思ってるんでしょうね。アスピリンが二錠あります。とりあえずはこれで」

サイスはケトルの顔を見ずに、アスピリンを受け取った。「心配しないでくれ」サイスは低く言った。「ありがとう。あとは一人でできる」ケトルはサイスを一瞥し、また出て行った。

ケトルがいない間にサイスは体を起こそうとしたが、電流のようなひどい痛みにおそわれ、苦悶しながらまた腰をおろした。ケトルはもう戻ってはこない、痛みが続いている間、どうやって生きていこうかとサイスが考え始めた時、家のどこか遠いところでケトルが動きまわっている音がし、しばらくあとで湯たんぽ二つを持ったケトルが戻ってきた。

「今の段階では」ケトルが言った。「温めるのが一番です」

「どこからそれを持ってきた？」

「カータレット家で借りてきました」

「おいおい！」

ケトルは湯たんぽをサイスの後ろに置いた。

「マーク先生が診てくれるそうですよ」

「なんだって！」

「先生はカータレット家にいらっしゃいました。たぶん、私たちがそこまで年を取らないうちに、このあたりで何か変わったことがあるでしょうね。少なくとも」ケトルは少し腹立たしげにつけ加えた。「あの人たちがそろっていらついていなければ、そう口に出してましたよ、私は」ケトルはサイスの靴をぬがせ始め、サイスはぎょっとした。

「えんやこら（ヨーヒーヴホー）」海軍に敬意を示して、ケトルは言った。「アスピリンはきいていますか？」

「そ、そう思う。たのむから――」

「寝室は上ですよね」

「たのむから――」

「先生のおっしゃることが第一ですが、家政婦の部屋で寝て、階段をのぼらないようにしたほうがいいと思いますよ。つまり」ケトルは快活な笑い声をあげてつけ加えた。「家政婦がいらっしゃらないなら、いつもそうしろってことですけど」

ケトルは彼女の助けがうれしいと信じさせるような、気さくな調子でサイスの顔をのぞきこみ、気がつくとサイスはそれを受け入れていた。

「お茶はいかがですか?」ケトルは尋ねた。

「いや結構」

「先生がいいとおっしゃらなければ、もっと強いのはだめですからね」

サイスは赤くなり、ケトルと目をあわせてにやりとした。

「おや、よくなってきたようですね」

「こんなに迷惑をかけてしまって、実に面目ない」

「自転車のことにかんしては、私も同じですし。ああ、先生がいらっしゃいましたね」

ケトルはせかせかと出て行き、マーク・ラックランダーをつれて戻ってきた。

マークは患者よりもずっと青ざめていたが、サイスのことわりの言葉には断固たる態度を取った。

「わかりました」マークは言った。「ぼくはまったくの部外者ですし。あなたがそのほうがいいのでしたら、医者としての訪問ではありません」

「いやいやドクター、そんなつもりでは。ありがたいとは思っているが……きみもきっと忙しいと……いつもの仕事に戻ったほうが……」

「では、検査ということにしておきましょう」マークは提案した。「あなたを動かすつもりはありませんから」

診察は手短なものだった。「腰痛がよくならなければ、もう少し思いきった方法もありますが」マークは言った。「とりあえずは、ケトル看護婦があなたをベッドへつれていって……」

「ちょっと待ってくれ！」

「……また明日の朝、往診にきますから。ぼくも様子を見にきます。一つ二つ、必要なものがあるので、病院に電話してすぐに送ってもらうようにしましょう。いいですね？」

「ありがとう、本当にありがとう」自分自身でも驚きながら、サイスは言った。「きみだってあまり調子がよさそうには見えないのに。まきこんでしまって、申し訳ない」

「いいんですよ。ここにベッドを運んで、電話をそばに置いておきます。困ったことがあれば電話してください。ところで、カータレット夫人があなたに……」

「とんでもない！」顔を赤黒く染めて、サイスは叫んだ。

「……食べ物の差し入れをしたいそうなんですが」マークはつけ加えた。「でもまあ明日になればあなたも、また起きられるようになるでしょう。当座はケトル看護婦にまかせておけば安心だと思います。では、おやすみなさい」

マークが出て行くと、ケトルがほがらかに言った。「きれいどころをまわりに集めたいわけじゃないなら、私でがまんするしかなさそうですね。では、顔と手を洗って、ベッドに入ってもらいましょうか」

半時間後、容易に手がとどく場所にランプを置き、ホットミルクのカップとバタつきパンの皿を持ってサイスがベッドに寄りかかると、ケトルはからかうようにサイスを見おろした。

「さてと、そろそろおいとましなければ。お元気で。それが無理ならお気をつけて」

「ありがとう」サイスはそわそわと早口で言った。「ありがとう、本当にありがとう、感謝する」

ケトルは大儀そうにドアへ向かっていたが、サイスが彼女を引きとめた。「その……きみはオーブリーの『名士小伝』にくわしくはないだろうな」

「ええ」ケトルは答えた。「結局、どんな人なんです?」

「彼はサー・ジョナス・ムーアという男のことを本に書いていて、それはこう始まる。『彼は臀部を熱湯で温めることで、座骨神経痛をなおした』。少なくとも、きみがこの方法をためそうと言い出さなくてよかった」

「まあ!」ケトル看護婦は喜んで叫んだ。「殻から出ようとしていらっしゃるんですね。では、おやすみなさい」

三

それからの三日間、自転車で仕事に出かけたケトルは、このあたりで何か好ましくないことが進行していると、事あるごとに気づくことになった。彼女はもともとその手のことにはかなり鋭かった。ラックランダー夫人の足の治療をしていても、ハマー農園の庭師の子供のはれものを看ていても、サイス中佐の不思議なほどにしつこい腰痛の世話をしていても、患者のふるまいはぴりぴりと緊張をはらんだものになっており、若いマーク・ラックランダー医師も同様だった。庭で出くわしたローズ・カータレットも、血の気のない白い顔でおどおどしていて、大佐は緊張し、キティ・カータレットはひどく興奮していた。

「ケトル」水曜日、足指への湿布に少しばかりたじろぎながら、ラックランダー夫人が言った。「やましさを治療する薬はないものかね？」

ラックランダー夫人にこうした王政復古期の風習喜劇のようなことを言われても、ケトルは怒ったりはしなかった。二十年ぐらい前からの知りあいである夫人が、親しげな愛情深いとさえいえる物言いをしてくれるのを、ケトルはとてもありがたく思っていた。

「ええ」ケトルは言った。「そういったものへの薬は昔からありませんね」

「そうだね。ところでケトル」ラックランダー夫人は続けた。「スウェヴニングズであたしたちの世話をするようになって、どのくらいになるんだい？」

「チニングの病院にいた五年をふくめれば、三十年になります」

「二十五年も湿布を貼ったり浣腸をしたり、薬をぬったり、患者の体を押したりしていれば」ラックランダー夫人は考えこんだ。「その間にあたしたちのことが、ずいぶんわかるようになっただろうね。人が一番本性を出すのは病気の時だから。そして」夫人はふいにつけ加えた。「一番本性を偽るのは、恋をしている時というわけだ——結構つらいものだね」湿布に注意を向けながら、夫人は穏やかにしめくくった。

「親愛なるラックランダー夫人、がまんが肝心です」ケトルは助言した。夫人はケトルに「親愛なる」と言われるのをいやがらなかったので、ケトルは続けた。「人が恋愛で本性を偽るって、どういうことです？」

「恋をしている人間は」新しい湿布に小さく悲鳴をあげながら、ラックランダー夫人は言った。「無意識のうちに、自分のもっとも好ましい部分を相手に差し出すものだ。オスのキジが春用の羽をまとうように、無自覚にいい人間を装うわけさ。寛容さや優しさ、つつましさといった美徳を見せびらかしてほめられるのを待つ。そしてみっともない部分を隠す天才になっていく。そうせずにはいられないんだよ、ケトル。色恋における行動主義心理学というわけだ」

「まさか」

「ねえ、あたしが言う意味がよくよくわかっているだろうに、わからないふりをするのはやめにしておくれ。あんたはまともな脳みその持ち主だし、スウェヴニングズの誰よりもものわかりがいいようだ。もちろん、おしゃべりの噂好きではあるけど」ラックランダー夫人は言いそえた。「悪意があるわけじゃない、そうだろう？」

「もちろんです。悪意だなんて、とんでもない！」

「だろうね。それじゃ、飾らずに言ってほしいんだが。あたしたちのことをどう思う？」

「つまり、上流階級ということでしょうか？」ケトルは切り返した。

「そういうことだよ」ラックランダー夫人は楽しそうに尋ねた。「あんたはあたしたちを不埒で退廃的な役立たず、時代遅れの異質な人間だと思うのかね？」

「いいえ」ケトルはきっぱりと言った。「そうは思いません」

「わかってるだろうが、そういう輩もいるよ」

　ケトルは腰をおとしてしゃがみ、ラックランダー夫人の小さなかかとをしっかりつかんで言った。

「世間はそうは思っていません」

「おや」ラックランダー夫人は言った。「あんたはエリザベス朝時代の人間だね、ケトル。階級を信仰している、『ユリシーズ』の女性版だ。でも言っておくけど、階級ってものは、今や行動しだいなんだよ」

ケトルは陽気な笑い声をあげ、おっしゃる意味がわかりませんと言った。いろいろあるが、一定基準より下に落ちた人間は、もめごとを求めるだろうと夫人は答えた。「つまり」肉体的な苦痛と精神の集中のせいで眉をしかめながら、夫人は続けた。「相続によって自分のものになった地位にあるごく少数の者は、行儀よくしたほうがいいってことだよ。あたしたちのことをくずだと思っていようがいまいが、結局世間はいまだに、こういう場面ではこのようにふるまってほしいと期待しているものなんだ。そうだろう、ケトル?」

そう思いますとケトルは答えた。

「世間の目が気になるってわけでもないが、まあ、そうは言ってもね」ラックランダー夫人は言った。ケトルが治療を終え、つま先に包帯を巻く間も、ラックランダー夫人はむっつりと考えにふけっていた。

「要するに」高貴な患者はしまいに熱をこめて言った。「あたしたちはたいていのことはやれるが、恥ずべきふるまいだけは別だってことだよ。それだけは避けたほうがいい。ケトル、あたしはとても心配なんだ」ケトルは問いかけるように目をあげた。「教えておくれ。村であたしの孫に対する噂は、何かあるかい?　ロマンチックなやつは」

「少しは」ケトルは答え、しばらく間を置いてつけ加えた。「いいことじゃありませんか。すてきな娘さんだし、おまけに女相続人ですし」

「ふん」

「このごろじゃ、そう馬鹿にできない話だと思いますよ。噂だと、財産はすべて娘さんに行くらしいですし」

「相続人限定だね」ラックランダー夫人は言った。「マークは相続するまでもちろん何も受け取ることはないが、あたしが気になってるのはそこじゃないんだよ」

「ラックランダー夫人、問題がなんであれ、私があなたならマーク先生と話しあいますわ。間違いなく、若者の肩に年長者の頭ってやつじゃありませんか」

「ケトル、見てのとおり、孫は恋をしている。だから気取りかえった態度を取る恐れが、大いにあるんだよ。あたしが指摘したとおりにね。おまけにあの子はもうまきこまれているから、やっぱりあたしがやらなくちゃいけないんだ、ケトル。あたし自身の手でね。家に帰る時、ハマー農園を通るんだろう?」

　ケトルははいと答えた。

「カータレット大佐に手紙を書いたんだが、あんたは親切だから、とどけてくれるだろうね?」

　ケトルはわかりましたと答え、ラックランダー夫人の書き物机から手紙を取ってきた。

　ケトルが帰ろうとした時、ラックランダー夫人はつぶやいた。「ジョージがあれほどの馬鹿なのが残念だよ」

四

　次の日の夕方、ジョージを見かけたラックランダー夫人は、息子が自分の馬鹿さかげんを実にわかりやすく実演してみせていると思った。ジョージはキティ・カータレットとゴルフをやっていた。ラックランダー家の者にとって微妙な年齢にさしかかったジョージは、酩酊でもしているような熱烈さで、キティ・カータレットを溺愛するようになっていた。キティはジョージにとって危険な香りのする女であり、ジョージはそうした感覚にうっとりしていた。キティはジョージが普通はあまり注目されない騎士道精神や、衝動を超越した義侠心の輝きに満ちあふれた存在であると、繰り返し当人に言い聞かせていた。だがごくわずかな褒賞、ホメオパシー療法の薬か何かのように、お粗末な刺激しか与えようとしなかった。そんなわけで、ナンズパードン館のゴルフコースでは、ジョージはキティのスイングをながめ、批評し、なおすことを許されていた。ジョージの関心が純粋な運動とはほど遠いところにあったとしても、キティ・カータレットはかすかに気づいているそぶりを見せるだけだった。観察しようと後ろへさがり、フォームを調整しようと前に出てくるジョージの前で、ひたすらスイングを続けていた。

従僕にスケッチの道具と折りたたみ椅子のついた杖を運ばせ、夕方の涼しい時間にリバーパスをおりたラッククランダー夫人は、二番ティーグラウンドにいる息子とその生徒をパントマイムでも見ているかのようにながめていた。腹立たしいことに、キティ・カータレットが振れそうなものを振りまわしている間ずっと、ジョージが頭を一方にかたむけて足を揺すっているのにラッククランダー夫人は気がついた。夫人は二つの影を、嫌悪をもよおす憶測とともにながめた。「モーリスを遠まわしに攻撃する作戦だなんてことがあるだろうか？　いや、残念だけど、ジョージにそんな脳みそはないね」

二つの影は丘の上の向こうへと消え、ラッククランダー夫人はひどい心痛をかかえて重い足取りで歩を進めた。足指の潰瘍のため、夫人は今は亡き夫の狩猟用ブーツをはいていた。頭には日ざしから目を守るのに便利な、年代ものの使い古しの日よけをかぶっていた。残りの大きな体は、だぶだぶのツイードとテントのようなブラウスで包まれ、その手にはいつもどおり、ダイヤモンドがちりばめられていた。

夫人と従僕はボトム橋に着くと左に折れ、川がカーブし、ハンノキが何本か生えている場所の前で足を止めた。夫人の指示にしたがって、従僕がイーゼルをセットし、水差しを川の水で満たし、キャンプスツールを配置し、そばに椅子つきの杖を置く。全体を見るために作品から距離を置く時、ラッククランダー夫人は巨体を杖で支えることにしていた。

従僕は夫人を残して去った。夫人は好きな時にナンズパードン館に戻り、九時にはディナーのために着替えをし、戻ってきた従僕が荷物を回収することになっていた。夫人はめがねを鼻の上に据え、ケトルがあつかいにくい患者を見るようなまなざしを景色へと向けると、イーゼルの前で威風堂々と作業に取りかかった。

ラッククランダー夫人がその場所、ボトム橋からそう遠くないカイン川の左の草地に身を落ち着けたのは、六時半のことだった。

ミスター・ダンベリー・フィンが釣り道具一式をかき集め、ワッツ・ヒルをおり始めたのは、七時のことだった。フィンはボトム橋へ行かずに左に曲がり、カイン川の上流へと向かった。

村の患者の診察を終えたマーク・ラッククランダーが、徒歩でワッツ・レーンを出発したのは、七時のことだった。ハマー農園で庭師の子供のはれものを切開するつもりだったので、道具を手に持ち、ローズ・カータレットとテニスをする予定があったので、ラケットとシューズも携えていた。マークはまた、ローズの父親ときわめて深刻な話をしたいとも考えていた。

ラッククランダー夫人の手紙をハマー農園にとどけたケトル看護婦が、サイス中佐の家の私道へと曲がり、そのまま玄関へとすべりこんだのは、七時のことだった。

都合よく木立の後ろの人目につかない場所に着いたサー・ジョージ・ラックランダーが、情熱と秘めた動機を理由に、意を決してキティ・カータレットを抱きしめたのも、七時のことだった。

ハロルド・ラックランダーの死によって、じわじわと強く激しいものになりつつあった期待や情熱や恐れが勢いを増し、坂を下るたくさんの流れのようにおたがいに向かい始め、偶然やささいなことで進路を変えながらも、ありふれた深い奔流となる運命にあったのは、この時間のことだった。

ハマー農園ではローズとカータレット大佐が書斎に座り、狼狽しながら見つめあっていた。

「マークからいつ話を聞いた?」大佐は尋ねた。

「あの夜……パパが入ってきて……私たちを見つけたあとで。マークはナンズパードン館でお父さんから話を聞いて、そのあとここへ戻ってきて、私に話してくれたの」ローズは黒いまつげの後ろのニチニチソウのような青い目で、父親を見つめながら言った。「マークにしてみれば、何も起きてないふりをしたって、なんの役にも立たないわけだし。私たちは相手の考えていることをこわいくらいにわかってしまうから」

大佐は手に頭をのせ、恋人同士にありがちな誤解をどう思っているかを示す、かすかな笑みを浮かべた。「かわいそうなかわいい娘」大佐は囁いた。

「パパ、わかっているでしょう。理屈の上では、マークは完全にパパの味方なのよ。だって——どんな場合でも、事実は公にされるべきだもの。それが科学的なものの見かたというものだし」

大佐の笑みがゆがんだが、大佐は何も言わなかった。

「私もまったく同意見だわ」ローズは言った。「科学と同じようなことならね」

「ほう！」大佐は言った。

「でも、違うのよパパ」ローズは叫んだ。「それとこれとは全然違うの！　みんなの幸せを思うなら、まったく馬鹿げているわ。ラックランダー夫人は死ぬほど気をもんでいるって、マークは言っていたわ。サー・ハロルドが亡くなったうえ、こんなことになって、完全にまいってしまうかもしれないって」

大佐の書斎からは自分の家の木立と、木立に隠されていない谷の一部——ボトム橋とカイン川の右側の小さなエリア——を見渡すことができた。ローズは窓のそばへ行き、下を見おろした。「夫人は下にいると思うわ」ローズは言った。「きっと、向こう岸の草地でスケッチをしているのよ。あの人はいらいらしている時しかスケッチをしないから」

「ラックランダー夫人は私に手紙をよこした。話をしたいからスケッチが終わる八時ごろおりてきてほしい、いらいらが少しはましになるよう願っていると。えらく不便な時間だがしかたがない。ディナーはやめにして、イブニングライズを狙うことにするよ。夕食を残しておくようたのんで、キティにあやまっておいてもらえるかね？」

「わかったわ」ローズは無理に明るく答えたが、言葉を続けた。「それにもちろんマークのお父さんのほうが、もっと大変なの」

「ジョージのことか」

「そう、ジョージのことよ。ジョージがすごく頭がいいわけじゃないことは、皆わかっているでしょう？　でもそれでもマークのお父さんだし。彼はものすごく腹を立てていて、それで……」

ローズは息をついたが、その唇は震え、目には涙がたまっていた。ローズは父親の腕の中に飛びこむと、激しく泣き始めた。「若い娘が気丈にふるまったって、なんの役に立つの？」ローズはすすり泣いた。「私はちっとも気丈じゃない。マークに結婚を申しこまれた時だって、パパがいるからできないなんて答えてしまったわ。みじめでしかたなかったから、次に申しこまれた時にはイエスと答えた。そして今、どうしようもないくらいマークを好きになってしまったのに、こんなことになってしまった。あの人たちをこんなにも傷つけなくてはならないなんて。当然耐えなくちゃいけないことだし、ぼくたちにはなんの影響もないとマークは言っていたけど、あるに決まっているわ！　大好きなパパ、マークは別にして、私はパパを世界で一番愛してるっていうのに、マークと結婚して彼の家族がパパをどう思っているかを思い知るなんて、どうしてできるの。そして彼のお父さんは」ローズは泣いた。「マークがもし私と結婚するなら、決してマークを許さないし、モンタギュー家とキャピレット家みたいなことまですると言っていたわ。ねえパパ、マークも私も不幸な恋人になるのがうれしいはずはないでしょう？」

「かわいそうに！」動揺し、感傷的になった大佐は囁いた。「かわいそうなローズ！」無意識に、ローズの背中を何度も強くたたく。

「たくさんの人たちの幸せがかかっているのよ」ローズはすすり泣いた。「私たちみんなの」

大佐は娘の目にハンカチを押しあててキスをし、彼女を脇へ押しやった。今度は自分が窓に近づいてボトム橋を見おろし、目をあげてナンズパードン館の屋根のほうを見やる。ゴルフコースに人影は見えなかった。

「ローズ、わかっているだろう」大佐は声音を変えて言った。「私が全責任を負うことはできない。最後の決定は下されているのだから、私の決断はそれにもとづくものでなくてはな。あまり多くを望まないでほしいが、チャンスはあると思う。ラックランダー夫人と会うまで時間があるし、すまさなくてはいけないことがある。これ以上遅れてもいいことはないし、もう行くことにするよ」

大佐は机に向かい、引き出しの鍵をあけて封筒を取り出した。

ローズは言った。「キティは知っているの?」

「ああ、知っている」大佐は答えた。

「パパが話したの?」

大佐はもう、ドアに向かいかけていた。「ああ、いやいや。キティはジョージとゴルフに行く予定だったからな。ジョージが話したんだろうよ。ジョージときたら、あきれたおしゃべりだから」大佐は振り返らずに答えたが、その声は平然としすぎていて説得力がなかった。

「キティは今、ゴルフ中なんでしょ?」

「キティ? ああ、だろうと思うよ」大佐は言った。「ジョージが誘ったんだろう。外に出るのはキティにとっていいことだ」

「そうね」ローズは同意した。

大佐はミスター・オクタウィウス・ダンベリー・フィンをたずねるため、外に出た。そのままラックランダー夫人との待ちあわせ場所に向かい、イブニングライズでささくれた心をなぐさめるつもりだったので、釣り道具を持っていた。主人とマスのいる川に行く時には、行儀よくするようにしつけられている、スパニエルのスキップもいっしょだった。

五

ラックランダー夫人は巨大な胸にとめてある、ダイヤをちりばめた時計を見て、もう七時であることを知った。三十分も描き続けた結果できあがったのは、あまりにも見慣れたものだった。

「あたしみたいな性格と決断力を持った女が、こんな弱々しいものを生み出せるなんて不思議なことだね」夫人は考えた。「でもおかげで、モーリス・カータレットと会う前に気分よくなれたし、すこぶる結構なことだ。モーリスが時間に正確な男なら――間違いなくそうだろうけど――あと一時間だね」

夫人はスケッチをかたむけ、前景にほのかな緑色を入れた。それがいくらか乾くと夫人はスツールから立ちあがり、少し離れた小さな丘の上まで足音高くのぼっていった。杖についた椅子に座り、ダイヤで飾られた柄つきめがねで、じっと自分の作品をながめる。杖は夫人の足元のやわらかな草原の土にめりこみ、下降をおさえるためについている円盤が、数インチの深さまでうまることになった。ラックランダー夫人はイーゼルに戻る時、杖をそのまま放置したので、地面に直立したままのそれは、遠くから見ると、大きなきのこ型の植物のように見えた。小さな丘やイグサの上ににょっきりつき出したその杖は、遠目のきくミスター・フィンのめがねでも見ることができた。ミスター・フィンはその時、トマシーナ・トゥウイチェットをつれて、ボトム橋の近くまでやってきていたのだが。右手の土手に陣取ったフィンは、少しばかり気取ったしかし器用なやりかたで、オールド・アンが最もよく現れる場所に毛針を投げこみ始めた。フィンに負けずおとらず耳のよいラックランダー夫人は、姿は見えなくてもリールの音を聞いただけで、音の主と釣り人の動きをすっかり察知することができた。同じころ、はるか上のワッツ・ヒルでは、カータレット大佐がジェイコブス・コテージには猫七匹しかいないことに気づいていた。家の周囲を歩きまわり、小さな谷を見おろした大佐は、すぐにラックランダー夫人とミスター・フィンを見つけた。ケトルの空想の地図に描かれた人物のように、一人はキャンプスツールに座り、もう一人はボトム橋の近くでゆっくりと動いている。

「夫人に会う前にフィンと話をする時間はあるが」大佐は考えた。「会えないかもしれないから、これはここに置いていこう」大佐は長い封筒をフィン家の玄関ポストに入れると、心に大きな悩みをかかえながらリバーパスへと向かい、谷へおりた。年老いたスパニエルのスキップが、あとに続いた。

アップランズの客間の窓から外を見ていたケトルは、サイス中佐の林の向こうへ消えていく大佐の姿をちらりと見た。ケトルは筋肉のついた手で、サイス中佐の腰の筋肉を最後に一つたたくと言った。

「大佐がイブニングライズを狙っているみたいですよ。二日前だったら、こんなあつかいには耐えられませんでしたよね」

「ああ」押しつぶされた声が言った。「そうだろうな」

「よかった！　なら私も骨を折ったかいがありました」

「いやいや、ちょっと、ちょっと待ってくれ！」サイスはケトルを見ようと首をねじりながら、早口で言った。「いったいなんの話をしているんだ？」

「はいはい、わかりましたよ。ちょっとからかっただけです。さてと！」ケトルは言った。「今日はこれでおしまいです。ですが、私の手を離れるのは、もうすぐのような気がしますね」

「もちろんこれ以上、ご親切に甘えるわけにはいかないが」

片づけをしていたケトルは、サイスの言葉を聞いていなかったらしく、すぐに手を洗うため出て行った。ケトルが戻ってきた時、サイスは即席のベッドの端に腰かけていた。スラックスにシャツにスカーフ、ドレッシングガウンという格好だった。

「すごい」ケトルは言った。「一人で全部できたんですね」

「帰る前に一杯つきあってほしいんだが」

「仕事で?」

「今は仕事中じゃないだろう?」

「ええ」ケトルは言った。「つきあうのはかまいません。私が帰ったあと、一人でもう半ダース飲むのでなければ」

サイス中佐は赤くなり、他にすることが見つからない人間もいるといったようなことをつぶやいた。

「前に進まなくては」ケトルは言った。「考えて、もっと楽しいことを見つけるんです」

二人は仲間意識のこもった目でおたがいを見やりながら、飲み物を口にした。サイス中佐はステッキを使い、おかしな角度で体を支えながら、彼が海軍の現役軍人だったころのアルバムを出してきた。ケトルは写真をほめちぎり、居並ぶ軍艦や風変わりな士官の一団や港町の風景に、純粋な興味を示した。ページをめくるうちに、ケトルはコルベット艦を描いたたくさんの力強い水彩画や、余白に生き生きとした漫画が描かれた絵入りのメニューを見つけた。ケトルはこれらを絶賛し、ホストの顔に浮かんだ、おびえるような反抗するような表情をながめつつ叫んだ。「まさか、あなたがこれを描いたわけじゃありませんよね！　すごいじゃありませんか！」

サイスは答えず、小さな画帳を取り出すと、無言でケトルにつき出した。そこにはさらにたくさんのスケッチがあった。ケトルは絵のことは何もわからなかったが、自分が好きなものを選ぶことはできると思っており、その絵を心から好きだと思った。事実を飾らずにとらえたその絵に、ケトルは素直な称賛の言葉を贈った。裏返しになっていた一枚のスケッチがケトルの注意をひいたのは、画帳を閉じようとしていた時だった。ケトルはスケッチを表に返した。長椅子に寝そべり、ヒスイのホルダーに入った煙草を吸っている女性の絵だった。背後にはブーゲンビリアが咲きほこっている。

「まあ！」ケトルは叫んだ。「これってカータレット夫人ですよね！」

スケッチをケトルからひったくろうとしたのだとしても、サイスは途中で思いとどまり、急いで言った。「パーティーだ。極東で会ったんだ、上陸時間中に。すっかりわすれていた」

「夫人が結婚する前のことでしょう？」ケトルはいたって無邪気に言い、画帳を閉じた。「あなたなら、スウェヴニングズの絵地図を作ってくれると思いますわ」ケトルは地図を作りたいという、大いなる野望を語ってみせた。ケトルが立ちあがって持ち物をまとめ始めるとサイスも立ちあがったが、サイスは苦痛の叫び声をあげた。

「まだ、仕事が終わっていないようですね」ケトルは評した。「明日もこの時間でいいですか？」

「もちろんだ。ありがとう、本当にありがとう、感謝する」サイスはめずらしく、苦しそうに微笑んでみせ、林への小道を歩いていくケトルを見送った。九時十五分前のことだった。

六

夕方婦人会で過ごしたケトルは、村に自転車を置いてきていた。そうしたわけでケトルは、リバーパスを歩いていた。夕闇に包まれたカイン谷に向かってかたい芝土の道をくだるたびに、ケトルの足がいやに大きな音をたてた。コツ、コツ、コツ。ケトルは丘の斜面をおりていった。一度ケトルはぴたりと足を止め、首をかしげて耳をすました。後ろのアップランズから、聞きおぼえがないこともない弓の音が聞こえ、鋭くつきさすようなうなりがそれに続いた。ケトルは笑みを浮かべ、歩き続けた。夜の静けさをやぶるのは、不規則な田園の音だけで、ケトルの耳にも、涼しげな川の流れが聞こえてきていた。

ケトルはボトム橋を渡らずに、カイン川の右手の未舗装の道を進み、ハンノキの木立や柳の木立を通りすぎた。水際からふもとの草地まで鎌のような形で広がっている柳の木立が、薄闇の中、霧に煙っている。柳の葉と湿った土のにおいを、ケトルはかいだ。一人でいる時たまにあるように、誰かに見られているような感覚をおぼえたが、空想癖があるわけではないケトルは、すぐにその考えを頭から追い出した。

「めっきり涼しくなったわ」ケトルは思った。

柳の向こうからとてつもなく大きな悲しげな声が聞こえ、夜の空気を震わせた。ケトルの顔の近くの茂みからツグミが一羽飛び出し、また震えるような甲高い声が響いた。それは犬の遠ぼえだった。

ケトルは茂みを押し分け、川の近くの空き地へ出た。カータレット大佐の死体のそばで、スパニエルのスキップが、哀れな声をあげていた。

第四章　ふもとの草地

ケトル看護婦は死を見慣れていた。スキップの鳴き声がなくても川辺の草地に頭をあずけ、丸まっている体が、すでに死んでいることは見て取れた。ケトルは死体のそばに膝をつき、ツイードのジャケットとシルクのシャツの下へ、手を当てた。「冷たい」ケトルは思った。帯に釣り用の毛針を刺したツイードの帽子が、死体の顔の上にのっていた。誰かが落としていったようだと思ったケトルは帽子を持ちあげ、静かに手に持った。大佐のこめかみは、蠟人形師の金づちの下に頭を置きでもしたかのようにくだけていた。スキップが頭をのけぞらせ、また遠ぼえした。

「ああ、静かにして！」ケトルは叫び、帽子を戻して立ちあがった拍子に、枝に頭をぶつけた。柳の木を一夜の宿にしていた鳥が目を覚まし、何羽かが鋭い羽音とともに飛び去った。カイン川が水音をたて、頭上のナンズパードン館の森では、フクロウがホーホーと鳴いた。「大佐は殺されたんだわ」ケトルは思った。

お気に入りの娯楽小説に出てくる警察捜査の原則が、ケトルの心に高速でよみがえった。死体に触れてはならない。だが、もう触れてしまった。すぐに警察に使いを出さねばならない。だが、使いに出せる者などいない。死体を放置したくはなかったが、チニングの巡査部長であるミスター・オリファントに電話をかけるかつれてくるためには、死体をこのままにしなければならず、自分がいない間はスパニエルのスキップがそばでほえていてくれるだろうとケトルは思った。あたりはかなり暗くなり、月はまだ出ていなかったが、大佐の両手からそう遠くない草地で、マスのうろことナイフの刃がきらめくのを、ケトルは見て取った。大佐の釣り竿は、川べりの大佐が横たわっている位置から一歩もない場所に据えられ、当然のことながら荒らされてはいなかった。ケトルはふいにクリスチャンネームがジェフリーだとわかったサイス中佐のことを考え、彼が近くにいて助言をくれればと心底思った。自分の衝動に気づいたケトルは仰天し、うろたえながらジェフリー・サイスをマーク・ラックランダーに置き換えた。「先生を見つけないと」ケトルは思った。

ケトルがスキップを軽くたたくと、スキップはくんくん鼻を鳴らし、ケトルの膝に足をこすりつけた。「遠ぼえはだめよ、わんちゃん」ケトルは震え声で言った。「いい子ね！　遠ぼえはやめて」ケトルは自分のバッグを手に取り、踵を返した。

柳の木立を出て進むうちに、ケトルは初めて、カータレット大佐をこわれた蠟人形に変えてしまったのはどこの誰なのだろうと思った。小枝が鋭い音をたてて折れる。「犯人はまだこのあたりにいるのかも！　いやだ、なんて考えなの！」ボトム橋へと続く道を急ぎ足で引き返す間、ケトルは周囲の黒々とした影や、真っ暗なくぼみのことを考えないようつとめた。ワッツ・ヒルにある三つの家――ジェイコブス・コテージ、アップランズ、ハマー農園――は皆、日よけをおろして窓に明かりをともしていたが、どれもはるか遠くにあるようにケトルには思えた。

ケトルはボトム橋を渡ってゴルフコースを囲むジグザグの小道をのぼり、とうとうナンズパードン館の林に着いた。その時になって、ケトルはバッグにフラッシュランプが入っていたことを思い出した。ランプを取り出したケトルは、息が切れていることに気がついた。「急いで丘をのぼりすぎたわ」

とケトルは思った。「落ち着きなさい、ケトル」リバーパスは林を通り抜け主要道路へ続いていたが、木立を抜けてナンズパードン館の庭に出られる脇道があった。ケトルはこの道を進み、やがて広々とした庭に出た。すぐ前に、印象的なジョージ王朝風の建物の正面が見える。

玄関のベルに応えて出てきた従僕は、ケトルのことをよく知っていた。「ええ、また来たわ、ウィリアム」ケトルは言った。「先生はいらっしゃる?」

「一時間ほど前に戻られました」

「至急お会いしたいのだけど」

「皆さん、図書室にいらっしゃいます。確かめて……」

「いいのよ」ケトルは言った。「ああ、いえ、確かめてくれてもいいけど、私もついていくわ。外で話せないか、先生に聞いてほしいの」

従僕はけげんそうにケトルを見たが、ケトルの表情に何か感じるものがあったらしく、広い玄関ホールを横切り図書室のドアをあけた。開いたままのドアから、ケトルは彼がこう言うのを聞いた。

「奥様、ケトル看護婦がラックランダー先生にお会いしたいと」

「ぼくにかい?」マークの声が言った。「おやおや! わかった、行くよ」

「ここへつれておいで」ラックランダー夫人の声が命じた。「ここで話せばいいじゃないか、マーク。あたしもケトルに会いたいからね」これを聞いたケトルは、案内されるのを待たずに素早く図書室に入った。ラックランダー家の三人は椅子に座ったまま体の向きを変え、ジョージとマークが立ちあがった。マークは鋭くケトルを見やり、さっと近づいてきた。ラックランダー夫人が言った。「ケトル! いったいどうしたんだい?」

「こんばんは、ラックランダー夫人。こんばんは、サー・ジョージ」ケトルは手を背中にまわし、正面からマークを見た。「お話ししてもよろしいですか、先生。事故があったようなんです」

「わかった、ケトル」マークは言った。「誰にだい？」

「カータレット大佐にです」

問いかけるような表情がそろってこおりついた。新しく身につけた仮面の奥に、引っこんだかのようだった。

「どういった事故だい？」マークが言った。マークはケトルと祖母、父親の間にいた。ケトルは唇と舌で、「殺された」という言葉をかたちづくってみせた。

「こっちへ来てくれ」マークが低い声で言い、ケトルの腕を取る。

「その必要はないよ」ラックランダー夫人が言った。夫人は椅子から立ちあがると、二人のほうへやってきた。「そんな必要はないからね、マーク。モーリス・カータレットがどうしたって？　あたしをのけ者にしないでおくれ。あたしはたぶんこの家の誰よりも、非常事態への準備ができてる。モーリスに何があったんだね？」

マークはケトルの腕をつかんだまま言った。「わかりました、おばあさん。何があったか、ケトルに話してもらいましょう！」

「それじゃ、話してもらおうか。それにケトル、あんたの顔つきに見あうぐらい悪い話だった場合にそなえて、全員座ったほうがいいだろう。何か言ったかい、ジョージ？」

はっきりしない音をたてていたジョージは、電気にうたれたように言った。「わかったよ、母さん。もちろんそうしよう」

マークはケトルのために、椅子を前に引いた。礼を言って座ったケトルは、膝が震えていることに気がついた。

「それじゃ、聞かせておくれ」ラックランダー夫人は言った。「モーリスは死んだんだね、ケトル?」

「はい、ラックランダー夫人」

「場所は?」サー・ジョージが詰問し、ケトルは場所を伝えた。

「見つけたのはいつだい?」ラックランダー夫人が言った。

「見つけてすぐにここに来ました、ラックランダー夫人」

「でもなぜ、アップランズに行かずにここに来たんだい、ケトル?」

「キティに知らせなければ」サー・ジョージが言った。

「ローズのところに行かないと」マークも同時に言う。

「ケトル」ラックランダー夫人が言った。「あんたは事故だと言ったが、どんな事故だい?」

「大佐は殺されたんです、ラックランダー夫人」

この宣言をしたあとでケトルの心をよぎったのは、三人のラックランダーは世代は違うが、表面的にはとてもよく似ているということだった。だが、ラックランダー夫人とマークの離れた両目とぶあつい唇が、確かな度量の大きさを示しているのに対し、サー・ジョージのそれは、ただただ単純なだけにしか見えなかった。サー・ジョージは愕然として口をぽかんとあけており、間違いなくハンサムな男なのに、その表情は見苦しかった。「だから、あなたにご報告したほうがいいと思いました」誰も口を開かないので、ケトルはつけ加えた。

「つまり」サー・ジョージは大声で言った。「彼はふもとの草地で殺されて横たわっているということとか?」

「はい、サー・ジョージ」ケトルは答えた。「そのとおりです」

「どうやって殺されたんだ?」マークが言った。

「頭を殴られて」

「むろん、しっかり確かめたんだろうね?」

「はい、確かです」

マークは父親を見て言った。「警察本部長に電話しないと。電話してくれないかな、父さん。ぼくはケトルと下へ行ってくるから。警察が来るまで、誰か一人はここに残ったほうがいいだろう。もし警察本部長がつかまらなければ、チニングのオリファント巡査部長に連絡してほしいんだけど」

サー・ジョージが口ひげに手を当てる。「私には責任があるとわかってほしいんだがな、マーク」

「馬鹿を言うんじゃないよ、ジョージ。この子の言うとおりだ」ラックランダー夫人が言い、ジョージは顔を真っ赤にして電話へ向かった。「さてと」ラックランダー夫人は続けた。「ローズとモーリスの奥方はどうしようかね」

「おばあさん……」マークが口を開いたが、夫人は宝石で飾りたてた肉づきのいい手をあげた。

「わかった、わかった。ぜひともあんたがローズに知らせたいんだろう、マーク。けどあたしの考えでは、まずあたしが二人に会ったほうがいいと思う。あんたが来るまで、あたしは向こうで待っているよ。車を出しておくれ」

マークがベルを鳴らすと、夫人は言葉を続けた。「待たなくていいから、ミス・ケトルをつれておいき」相手への威圧的な呼びかけを自制するのは、ラックランダー夫人独自のやりかたで、今、夫人はそのやりかたを使っていた。「ケトル」夫人は言った。「あんたには感謝しているし、強制するわけにはいかないからね。あたしといっしょに来るのと、孫といっしょに戻るのと、どちらがいいかね？」

「私は先生といっしょに行きます。ありがとうございます、ラックランダー夫人」ケトルは言い、静かにつけ加えた。「第一発見者として、証言を求められると思いますから」

ラックランダー夫人の声がケトルを引きとめたのは、ケトルがマークとドアに向かった時だった。

「そしてあたしも」年を重ねた声が言った。「証言を求められるというわけだ。たぶん、モーリスと話をした最後の人間としてね」

二

ハマー農園の客間では、ふつりあいな一団が顔をあわせていた。キティ・カータレット、マーク・ラックランダー、ケトル看護婦は、ラックランダー夫人が大佐の書斎でローズと面会している間、そこで待っていた。マークとケトルが谷で警察を待ち、ジョージがチニングの警察署に電話しているうちに、ラックランダー夫人は巨大な車を走らせ、真っ先にハマー農園に到着していた。自分が治安判事であり、法廷の人間と電話会議をしていると信じられていることを、ジョージは思い出さねばならなかった。

そんなわけでラックランダー夫人は、客間でぴったりした黒いベルベットのズボンと炎色のトップを身につけたキティを見つけ、知らせを伝えることになった。長い人生を多くの大使館で過ごしたラックランダー夫人は、ありとあらゆるおかしな女ものの衣装を目にしてきた。人を食いものにする女の戦術についてもよく知っており、極東ではその手の女を「軽巡洋艦」と呼ぶのが常だった。夫人のキティ・カータレットへの心証は決まっていたが、キティがそうした気質を持っているそぶりを見せても、寛大に受けとめる用意があるように見えた。

「キティ、悪い知らせを持ってきたよ」夫人は言い、キティがすぐさま仰天した表情になったのに気づいた。「ジョージとのことを、あれこれ言いにきたと思っているのかね」夫人はひとりごちた。

「そうなんですか?」キティは言った。「どんな知らせですか?」

「モーリスのことだよ」ラックランダー夫人は、しばらく待ってからつけ加えた。「残念ながら、最悪の知らせだ」夫人が大佐の死を伝えると、キティは夫人を見つめた。「死んだ?」キティは言った。

「モーリスが死んだ? 信じられないわ。死んだなんていったいどうして! 下に釣りに行くと言って、きっとパブにでも寄ったんだろうと思っていたのに」長い爪をきれいにぬった手が、震え始めた。

「死んだなんていったいどうして!」キティは繰り返した。

ラックランダー夫人が具体的な状況を伝えると、キティはすぐに指と指をからませて頭を振り、息をつまらせながら、激しくすすり泣いた。それから部屋を歩きまわったが、まだ尻を揺らしているこ とにラックランダー夫人は気がついた。やがてキティは小さなテーブルにのったグロッグ酒の盆にたどり着き、危なっかしく飲み物をついだ。

「賢明だね」デカンターがグラスに音をたててぶつかるのを見ながら、ラックランダー夫人は言った。キティはぎこちなく飲み物をすすめたが、夫人は落ち着いて辞退した。「それにしても行儀が悪すぎるね。ジョージが彼女と結婚したら、どうしよう?」夫人は心の中で考えた。

マークとケトル看護婦がフランス窓の外に現れたのは、この時だった。ラックランダー夫人は、二人に合図を送った。「孫とケトル看護婦が来たようだ」夫人はキティに言った。「中へ入れてもいいかね？　いい考えだと思うんだが」

「ええ、どうぞ。そうしたければ」キティは頼りない口調で答え、ラックランダー夫人は椅子から巨体を持ちあげて、二人を中へ入れた。

「オリファント巡査部長があちらにいます」マークが小声で言った。「スコットランドヤードに電話すると言ってましたが。ところでローズは——？」

「まだだよ。庭のどこかにいるらしい」

マークはキティのそばへ行き、静かに威厳ある声で話しかけた。夫人は即座に孫のやりかたに賛同の意を示し、自分の言葉で気を静めたキティを、マークがせかしもせずに椅子に座らせるのを見守った。キティがグラスを空にすると、ケトルが当然のように進み出て、グラスを受け取った。この時、明るく愛らしい歌声が玄関ホールで響いた。

「来るがいい、来るがいい、死よ……」

マークが鋭く振り返る。

「あたしが行くよ」ラックランダー夫人が言った。「あの子があんたに来てほしいと言ったら、すぐに呼ぶから」

体格と年齢からすれば信じられない素早さで、夫人は玄関ホールへ出て行った。愛らしい死の歌がやみ、夫人の後ろでドアが閉まる。

キティ・カータレットは前よりは落ち着いていたが、まだ時々激しくすすり泣き、息をつまらせていた。

「ごめんなさい」キティはケトルとマークを順に見て言った。「それにありがとう。ショックだったものだから」

「ええ、当然ですとも」ケトルが言った。

「なんだか信じられなくて。わかってくださる？」

「もちろんです」マークも答える。

「そんなおかしなことって……モーリス！」キティはマークを見た。「誰かにやられたって、どういうことなの？　本当に？」

「残念ですが、そのようです」

「わすれていたわ」キティはぼんやりと囁いた。「あなたはモーリスを見ているのよね。それに、あなたは医者だものね」キティは唇を震わせ、手の甲で唇をぬぐった。頬に赤い筋がつき、それに気づきもしないことが、何より彼女の心のうちを物語っていた。「こんなことってないわ、信じられない。下で釣りをしていたのを、私たちは見ているのに」キティは言い、唐突に詰問した。「ジョージはどこ？」

マークの背中がこわばったのにケトルは気づいた。「父ですか？」マークが聞き返す。

「ああそう、そうよね。わすれていたわ」キティはまた言い、頭を振った。「あなたのお父様なのよね。私ったら、馬鹿なことを」

「父は二、三やらなくてはいけないことがあって。早急に、警察に知らせなくてはいけませんでした」

「ジョージが警察を呼んだの？」

「父が電話をしました。手があいたらすぐにこちらに来ると思いますよ」

「ええ、そうしていただきたいわ」

　ケトルはマークが唇をひき結んだのに気づいた。その時、当のジョージが入ってきて、部屋にいる顔ぶれはますますちぐはぐなものになった。

　ケトルには状況がどうあれ、隅に引っこむ才能があった。今ケトルはその才能を発揮し、開いたフランス窓を通り抜けてテラスへ出るとドアを閉めた。客間から見え、なおかつ真っ暗になった谷と向きあう形で置かれた庭の椅子にそのまま腰をおろす。おそらくケトルのあとを追いたかったであろうマークは、その場に踏みとどまった。恐ろしいほどハンサムで少なからず人目を気にする父親は、まっすぐキティのところへ行った。キティはマークを困惑させたあのしぐさで左手をサー・ジョージに差し出し、サー・ジョージは当惑と服従、苦悩と献身が微妙に入りまじった面持ちでその手にキスをした。

「親愛なるキティ」サー・ジョージはとっておきの声で言った。「実に実に残念だよ。なんて言ったらいい？　何かできることはあるかい？」

　ジョージは明らかにキティの苦しみをやわらげるため、すでに誰よりも貢献しており、彼女の苦しみはその場にふさわしい見せかけのように見え始めていた。キティはジョージの目を見つめ言った。

「本当によく来てくださったわ」ジョージはキティのそばに座り、その手を軽くたたき始めたが、息子に気がつくと言った。「すぐに話をしよう、マーク」

　マークがテラスに引っこもうとした時、ドアが開き、ラックランダー夫人が部屋の中をのぞいた。

「マーク?」夫人は言い、マークは急いで玄関ホールへ出た。「書斎にいるよ」ラックランダー夫人が言い、マークはすぐさま書斎へ行くと、身も世もなくすすり泣くローズを腕に抱いた。

「あたしのことは気にしないでおくれ」ラックランダー夫人は言った。「ロンドン警視庁に電話するところなんだよ。あんたのパパはもう通報したと言ってたけど、ヘレナ・アレンの息子を呼ぼうと思ってね」

ローズの髪にキスしていたマークは、あわてて体を離すと言った。「アレン主任警部のことですか?」

「階級は知らないよ。けど二十五年前、警官になるために政府の仕事を離れる前は、実に有能な男だったからね。電話局かい? こちら、レディ・ハーマイオニー・ラックランダー。……ロンドン警視庁をたのむよ。大至急お願いしたいんだがね、殺人事件にかんすることだから……そう、殺人だよ。すぐにつないでおくれ……ありがとう」夫人はちらりとマークを見た。「こんな状況だし、どうせなら紳士のほうがいいからね」

マークはローズを椅子につれていき、そばに膝をついて優しく涙をぬぐってやった。

「もしもし!」ごく短い間のあとで、ラックランダー夫人は言った。「ロンドン警視庁かい? こちら、レディ・ハーマイオニー・ラックランダー。ミスター・ロデリック・アレンと話をしたいんだが。そっちにいなくても、どこならつかまるかわかるはずだろう……階級は知らないよ……」

貴族的で冷静で自信に満ちた声は、よどみなく続いた。マークはローズの目のあたりを軽くなで、客間でキティと二人きりになったジョージは興奮した声でこうつぶやいていた。「かわいそうに、本当にショックだったろうね、キット」

キティはよわよわしくジョージを見た。「ええ、ショックだったわよ」キティは答え、悪意をこめずにつけ加えた。「みんなが思っているほど、私はしたたかじゃないし」ジョージが支離滅裂な抗議をすると、キティはきわめて穏やかに言った。「みんなにどう言われるかぐらい、よくわかっているわ。あなたは言わなくても、ほかの人はこう言うはずよ。私の悲しみは欲得ずくのもの、あの未亡人がうろたえるのはお金のためだってね。私はよそ者ですもの、ジョージ」

「やめてくれよ、キット。キット、聞いてくれ……」ジョージはキティに訴え始めた。「きみにたのまなくちゃいけないことがあるんだ――もしきみが――あれを見ていたら――つまり、見つけていたらってことだが……」

キティは気もそぞろに聞いていた。「キティ」ジョージは言った。「今こんなことを言うのはひどいとよくわかっているよ。だが、それでも――それでも――よくよくせっぱつまってのことなんだ。わかってくれるだろう」キティは答えた。「ええ、いいわ……でも、少し考えさせて」

テラスにいたケトルは、ふりかかる大粒の雨に邪魔をされた。

「嵐になりそうね」ケトルはひとりごちた。「夏の嵐だわ」

客間に行くのも書斎に行くのも場違いだったので、ケトルは玄関ホールで雨宿りをした。ケトルが雨宿りを始めるやいなや、カイン谷にどしゃぶりの嵐が吹き荒れ始めた。

三

アレンとフォックスは夜遅くまで働いていた。退屈な横領事件について、最後の処理をしていたのだった。十時十二分前に二人が仕事を終えると、アレンは手にしたファイルを音をたてて閉じた。

「つまらないやつだ」アレンは言った。「最大級の刑をくらうことを願うよ。いい厄介払いだ。一杯やって帰らないかね、フォックス。私は妻が留守がちの男で、それにがまんできない。妻のトロイと息子のリッキーは田舎へ行っているんだがね。どうだ？」

フォックスは顎に手をすべらせて答えた。「いいですね、アレンさん。喜んでごいっしょします」

「よし」アレンはロンドン警視庁主任警部室の見慣れた壁を見まわした。「古巣が急に初めて見るもののように見えることがあるが、なんだかぞっとするな。行こうか、機会をのがさないうちに」

二人がドアに行きかけた時、電話が鳴った。「ああ、くそ！」特に敵意をこめずにフォックスが言い、戻って電話を取った。

「主任警部室です」フォックスは重々しく言った。「ああ、ええ、警部ならいらっしゃいますよ」フォックスは穏やかに上司を見つめながら、しばらく耳をかたむけていた。「私は死んだと言ってくれないか」アレンがむっつりと提案する。フォックスは大きな手のひらを受話器に当てて言った。「スウェヴニングズとかいうところの、ラックランダー夫人がお待ちだそうですよ」

「ラックランダー夫人だって？　おやおや！　なつかしのサー・ハロルド・ラックランダーの未亡人じゃないか」アレンは叫んだ。「何があったんだろう」

「アレン警部にかわります」フォックスは言い、受話器を差し出した。

アレンは机の上に座り、受話器を耳に当てた。少しばかり年を取った鋭い声がしゃべり続けていた。

「……階級なんて知らないし、そっちにいるのかどうかもわからないけど、たのむからミスター・ロデリック・アレンを見つけてもらえないかね。こちらはレディ・ハーマイオニー・ラックランダー。

そっちはロンドン警視庁だろう、聞いているのかい？　あたしはミスター・アレンと話がしたいんだよ……」

アレンはおずおずと受話器ごしに名を名乗った。「そうなのかい！」声が答えた。「なんだって最初にそう言わなかったのかね？　こちら、ハーマイオニー・ラックランダー。思い出してもらうのに、無駄な時間を使う気はないからね。あんたはヘレナ・アレンの息子だろう？　こっちはあんたからの確約をもらいたいんだよ。友人がついさっき、殺されてね」声は続いた。「地元の警察がロンドン警視庁を呼んだって聞いたものだから。あたしとしては、ぜひあんたにすべてを取りしきってもらいたいんだ。できるだろう？」

アレンは驚きをおさえながら言った。「警視正が仕事をまかせてくだされば」

「警視正って誰だい？」

アレンは教えた。

「そっちへつないでおくれ」声が命じる。

その時、別の電話が鳴り始めた。フォックスがこれに応え、すぐ手をあげて注意をうながした。

「少々お待ちいただけますか、ラックランダー夫人？」アレンは尋ねたが、夫人は甲高い声でしゃべり続け、アレンは受話器を胸でおさえてその音を止めた。「いったいなんだね、フォックス」アレンはいらだたしげに言った。

「本部からです。スウェヴニングズに行くようにと。殺人事件で」

「水ぶくれのサルどもめ！　私たちがか？」

「そうです」フォックスが無感動に言う。

アレンは受話器に向かって話しかけた。「ラックランダー夫人？　事件をお引き受けできるようです」

「それを聞いて安心したよ」ラックランダー夫人は言った。「あんたはこの手のことにはやたら鋭いようだったからね。それじゃあまた（オー・ルヴォワール）」夫人は予期せぬ当世風の言葉を使い、電話を切った。

その間にフォックスは指示を書きとめていた。「アレン警部にお伝えします」と、電話の相手に話しているところだった。「はい、わかりました。お伝えします。ありがとう」フォックスは受話器を置いた。「殺されたのはカータレット大佐です」フォックスは言った。「バーフォードシャーのチニングに行けば、地元の巡査部長が出迎えてくれるとか。二時間かかりますね。全部ここに書いてありますから」

アレンはすでに帽子とコートと仕事用の鞄をかき集めており、フォックスもそれにならった。二人はともに決して眠ることのない廊下を通り、外へ出た。

まだ暑さの残る晩だった。イーストエンドでは、稲光が雲をひっきりなしに光らせ、空気はほこりとガソリンのにおいがした。「水上警察に参加したいものだな」アレンはぼやいた。「長時間の水上カーニバルだ」

ベイリー巡査部長とトンプソン巡査部長、二人が使う道具をのせた車が待っていた。一行がロンドン警視庁を出ると、ビッグベンが十時を打った。

「彼女は実に驚くべき女性でね、フォックス」アレンが言った。「タービンのような頭と、樽のような体の持ち主だ。それなりに肝のすわった私の母ですら、ハーマイオニー・ラックランダーには常におびえていたのだから」

「そうなんですか、アレンさん。つい最近、ご主人が亡くなられたばかりですよね?」

「ああ。二十五年前、サー・ハロルドは外務局の偉大な上司の一人だった。まじめな人だったが……ずばぬけた傑物にはなりそこねた。そのころから、ラックランダー夫人はあなどれない存在だったしね。向こうでは何をしているんだろうな? それはそうと、どういった事件なんだ?」

「モーリス・カータレット大佐が、釣り場の近くで頭を殴られて死んでいるのが発見されました。向こうの警察本部長が言うには、地元警察は王室のシミンスター訪問で手いっぱいで、とにかく人手不足だそうで。それでこちらに電話してきたんです」

「第一発見者は?」

「地区の看護婦です。一時間ほど前ですが」

「妙だな」アレン警部は穏やかに言い、少し間を置いてあとを続けた。「いったいなぜ、夫人はいきなり私を指名してきたのだろう」

「言わせてもらえば」フォックスがいたって純真に答えた。「自分と同じ階級の人間が好きなんでしょう」

「ふむ、そうだろうか?」アレンはうわの空で返事をしたが、それはおたがい居心地の悪さなどみじんもない、二人の友情を物語るものだった。アレンはラックランダー一族について、考えをめぐらせ続けた。「戦争が起きる前」アレンは言った。「サー・ハロルドはズロムスの代理大使だった。しばらく公安部にいたと記憶している。重大な漏洩事件が起き、あるメッセージが解読されたあとで、関係者が自殺した。名の知れた情報部員とぐるになっていたと噂されたんだがね。私も当時公安部にいたから、その件には少なからずかかわっていたんだ。たぶんあの高貴な未亡人は、私に古い記憶をよみがえらせてほしいのかもしれない。あるいは夫の公人としての生活を取りしきっていたのと同様の手腕で、スウェヴニングズの村や大佐の殺人事件を取りしきっているだけなのかもしれないが。きみはスウェヴニングズを知っているかね、フォックス」

「知っているとは言えませんね」

「私は知っているんだ。去年かおととしの夏、トロイが絵を描くために一週間あそこに滞在してね。ぱっと見はこぎれいで、本当に美しい場所だよ」アレンは言った。「恐ろしく風変わりなんだが、夕暮れ時に散歩をしても、何かに驚かされることはない。イギリスで最も古い町の一つなんだ。『スウェヴニングズ』は夢を意味する。くわしいことはわすれたが、谷では先史時代のころこぜりあいがあってね。ボリングブルックの反乱の時にも、内戦の時にも同じことがあった。スウェヴニングズで流された兵士の血は、なにも大佐が初めてではないというわけだ」

「殺しをするやつはいるんでしょうよ」フォックスは達観したように、ぶっきらぼうに言った。一行は長いこと無言でドライブを続けたあとで、古くからの友人同士のとりとめのない会話をした。

「夏の嵐に出会いそうだな」ややあってアレンが言った。自動車のガラスに大粒の雨が当たり、すぐに視界がきかないほどの豪雨となった。

「フィールドワークにはうってつけですな」フォックスがうなり声をあげる。

「局地的なものかもしれないが……いや、まいったな、もうすぐそこだ。ここはチニングだ。チニングは、あくびとかあくびをするということだと思ったが」

「あくびに夢とは面白い場所ですな！」フォックスが言った。「どこの言葉ですか、アレンさん?」

「チョーサーの英語だと思ったが、あてにしないでくれ。この地方は、夢見谷（ヴェイル・オブ・トラウンス）だの、黙想（ブラウン・スタディ）

だのと呼ばれているそうだ。ものすごく変わっているが、そういうものらしい。青いランプが見えるな」

一行が車をおりた時、空気はよりさわやかなものとなっていた。雨が激しく屋根や敷石をたたき、滝のように家の外壁をすべり落ちている。アレンは先に立って典型的な州警察署に入り、背の高い砂色の髪の巡査部長の出迎えを受けた。

「アレン主任警部ですね？　オリファント巡査部長と申します。お会いできてうれしいですよ」

「こちらはフォックス警部」アレンはフォックスを紹介した。ここ数年のうちに、警察署ではますますおなじみになっている重々しい握手と、哀悼の言葉がこれに続いた。「地方は人手不足でして」オリファント巡査部長が言った。「こういったことが起きても、どうしていいかわかりません。本部長は自分にこう言いました。『やれるかね、オリファント？　シミンスターに行きながら、この事件をやれるか？』そんなわけでアレン警部、できませんと答えるしかありませんでした」

「やれやれ」フォックスが言った。

「まったくです、フォックス警部」オリファントは言った。「人手がない時に下手なことをするのは得策ではないでしょう？　巡査を一人、死体のそばに残してきましたが、おかげで手持ちの職員が少なくなってしまいました。車を出しましょうか、アレン警部。ぬれると思いますがね」

アレンとフォックスはオリファントといっしょに彼の車に乗りこみ、ベイリー、トンプソン、ヤードの運転手の車がそのあとに続いた。道すがら、オリファント巡査部長が事務的な報告をした。サー・ジョージ・ラックランダーが警察本部長のサー・ジェームズ・パンストンに電話を入れ、本部長がオリファントに電話をしてきたのが九時ごろのこと。その後、ふもとの草地に向かったオリファントと巡査は、マーク・ラックランダー医師とケトル看護婦を見つけ、大佐の遺体を確認した。ケトルから短い供述を取り、近辺にいてくれるようケトルにたのんだ。ラックランダー医師は、オリファントの立ち会いのもとでごく簡単に死体を検分してから、故人の身内に知らせるため、ケトル看護婦といっしょにその場を去った。チニングに戻ったオリファントが本部長に報告すると、本部長はスコットランドヤードを呼ぶことに決めた。巡査はカータレット大佐のスパニエルとともに、見張りとして死体のそばに残っている。件のスパニエルは、その場から引き離そうとするたびに、猛烈な抵抗をしているという。

「それでオリファントくん、きみの意見は?」アレンは尋ねた。犯罪捜査課の人間が州の警官にかける言葉としてはあまりにそつがなく、オリファントはその言葉にはりきった。

「意見だなどと言えるようなものはありませんが」オリファントは言った。「そんなものはありませんが、ただ一つ、現場を荒らしていないということだけは、絶対に確かです。大佐は柳に覆われた砂利の上にたおれておりました。そこは柳が半円形に生えていて、川のそばの開けた場所からは離れているんですが。大佐は体の右を下にし、ひざまずいた状態で殴られたような格好で、丸まって横たわっていました。帽子が顔の上にのっていましたが、死体発見時にケトル看護婦によって動かされ、左のこめかみについた傷を調べる際に、ラックランダー医師によってまた動かされました。大きなひどい穴があいていて」オリファントは形式ばった口調を一、二段階さげて続けた。「医者が広範性の骨折と呼ぶもので、かこまれていました。自分の部下は、せいぜい酔っぱらい運転や行きすぎた暴力沙汰ぐらいの経験しかありませんから、胃がひっくり返ったようでしたがね」

アレンとフォックスはしかるべき箇所でふくみ笑いをし、オリファントはあとを続けた。「懐中電灯で周囲をてらしてみましたが、自分らが見たかぎり、凶器らしきものはありませんでした。地面を踏み荒らさないよう、注意しました」

「すばらしいな」アレンは言った。

「そうするようにと言われましたので。そうですよね？」巡査部長は言った。

「異常だと思われる点はなかったかね？」アレンは尋ねた。好奇心からというよりは、親切心から出た質問だったので、オリファントの反応はアレンを驚かせた。オリファントはしみのあるハムのような手をハンドルの上におろすと、鼻を鳴らして複雑な音をたてた。「異常な点ですって！」オリファントは叫んだ。「ええ、ありましたとも。実に異常なことがね！　警部は、フライフィッシングをなさいますか？」

「そこそこよりも下、といったところだな。機会があればやるが。なぜ？」

「まあ、聞いてくださいよ」オリファントは職務上の立場をほとんど捨て去ると言った。「ここカイン川には皆の勇気をくじくような、ずるくて巨大な魚——オールド・アン——がいるんです。少なくとも数ポンドはあるし、悪知恵にもたけている。用心深くて気難しく、威厳たっぷりに隠れてこっそり泳ぎまわっては、皆の心をくじくんです。怪物みたいに浮かびあがってきて、ぱくっとえさに食いついたこともありますが」車をワッツ・ヒルの上へと走らせながら、オリファントは続けた。「引っかかったのはたったの三回だけです。二週間ほど前に今は亡き大佐にやったのが一回。やつはたいした戦士だったので、釣り針がやつの顎に残ることになりました。先代の名士のサー・ハロルド・ラックランダーが、やつを取り逃がしたのが一回。やつのお遊びに夢中になってしまったと、サー・ハロルドはあっさり認めていましたがね。そして」巡査部長は叫んだ。「三番目の最後の釣り針は、気の毒な大佐によってしかけられ、やつは陸に引きあげられて、死体のそばに転がることになりました。そうでなければ自分は、五ポンドのマスと、トゲウオの見分けもつかないということになります。彼が死なねばならなかったとして、これ以上名誉ある終わりかたはないでしょう。大佐にとってということですよ、アレン警部。オールド・アンではなく」オリファント巡査部長は言った。

一行はワッツ・レーンをたどって谷をおり、視界を奪う豪雨の中、坂をのぼって村に入った。オリファントは〈少年とロバ〉亭の向かいに車を止めた。レインコートにツイードの帽子をかぶった人影が、明かりのともった戸口に立っていた。

「地区警察本部長のサー・ジェームズ・パンストンです、警部」オリファントが言った。「車で会いにきたいとのことでしたので」

「先へ行く前に話をしてこよう。ちょっと待っていてくれ」

アレンは道を渡り自己紹介をした。サー・ジェームズはインドの警察で警察長官をつとめたこともある、日に焼けたたくましい顔つきの男だった。

「立ち寄って、様子を見たほうがいいだろうと思いましてな」サー・ジェームズは言った。「実にいまわしい事件です。カータレットはすこぶるいい男でした。大佐を襲撃したい人物が誰かなど想像もつきませんが、きっとあなたが教えてくださるでしょう。私も同行します。いやな晩ですな」

ヤードの車がオリファントの車の後ろで止まった。ベイリー、トンプソン、運転手が車をおり、かたくなに雨を無視しながら、てきぱきと慣れた動きで道具をおろした。二つのグループは合流し、本部長を先頭に踏み段をのぼり、水びたしになった丘の中腹をくだる、未舗装の道をたどった。懐中電灯の光が、棒状の雨やしずくをたらすハリエニシダのしげみの上できらめいた。

「ここはリバーパスと呼ばれています」本部長が言った。「ナンズパードン館の敷地を通っている公道で、我々が渡る必要のあるボトム橋に出ます。ラックランダー夫人がそちらへ電話をしたと聞きましたが」

「はい、確かに」アレンは答えた。

「とにかく、あなたのご担当になってよかった。でなければ、夫人がひと騒ぎおこしていたでしょうから」

「どこまでこちらの都合をきいてくれるか、わからないですしね」

「常識的な範囲では無理でしょうな。夫人はナンズパードン館に来た時から、チニングとスウェヴニングズを取りしきる役目を自分から引き受けていましたし、住人もいくつかの理由で、それを気に入っているようです。封建社会を好む輩がまだ残っていたのかと、あなたは思われるかもしれない。そう、周囲から孤立した場所では、確かに生き残っているんですよ。スウェヴニングズは孤立した場所です。レディ・ハーマイオニー・ラックランダーは望むものがどこにあるか、よくわかっていたわけですな」一行がぬかるんだ丘の斜面を湿りけのある音をたてておりていく間、サー・ジェームズは地区の特性について話を続け、ラックランダー夫人の特別にきわどいプロフィールもまじえながら、カータレット一家やその隣人について説明をした。

「お伝えしておきたい噂があります」サー・ジェームズは言った。「全員がおたがいの顔を知っており、何世紀もその状態を続けている。スウェヴニングズに株式仲買人がなだれこんでくることはありませんでした。ラックランダー、フィン、サイス、カータレットの一族は何世代もの間、それぞれの屋敷で暮らしてきました。彼らは親しくしていました。ここ数年の間に、ラックランダー家とオッキー・フィンが若干よそよそしくなったのをのぞけば。そういえば、モーリス・カータレットが釣りか何かのことでフィンともめていたようですが、オッキーはいささかおかしくなっていて、皆とトラブルを起こしていますから。一方で、カータレットは実に気持ちのいい男でした。異常なくらい堅苦しく、礼儀正しすぎるところはありましたがね――特に好意を持っていない相手や、もめている相手に対しては。喧嘩好きだったわけではなく、むしろそれとはほど遠い人物でした。そうそう」サー・ジェームズは噂話を続けた。「カータレットとあの頭の悪いジョージ・ラックランダーが、何やらよそよそしくなったとも聞きました。何があったものやら。ああ、そうこうしているうちに、橋に着いたようです」

川面にあたる雨の音を聞きながら、一行は橋を渡った。向こう岸に着くと、靴は泥の中に沈んだ。未舗装の小道を左に曲がる。アレンの靴は雨水でぐしゃぐしゃになり、帽子のつばからも雨水がしたたった。

「まったくいまいましい雨だ」本部長が言った。「現場がめちゃくちゃだ」

ぬれた柳の枝がアレンの顔を打った。丘の右手に三つの家の明かりのついた窓が見えた。だが歩き続けるうちに、遠くの木立が間に入り、窓は見えなくなった。

「あちらから、このあたりは見えるんですか?」アレンは尋ねた。

「いえ、見えません」オリファントが答えた。「この柳の木立と同じように、彼らの敷地内の木で目隠しされていますから。あちらから見えるのは橋より上流の区域と、その下流のちっぽけな部分だけです」

「橋の上流はミスター・ダンベリー・フィンの漁区だったな?」サー・ジェームズが聞いた。

「ミスター・ダンベリー・フィン？」アレンが鋭く言う。

「正確にはミスター・オクタウィウス・ダンベリー・フィンですが、『ダンベリー』は必須ではありません。お話ししたとおり、フィンはこの地区の変人でして。あそこの結構な家に住んでいるんです。スウェヴニングズには庶民の馬鹿者はいない。いるのはつむじ曲がりの老紳士というやつで、もうちょっとエレガントなんですよ」サー・ジェームズは意地悪く言った。

「ダンベリー・フィン」アレンは繰り返した。「ラックランダー家と何かつながりはありますか？」

「もちろん、どちらもスウェヴニングズの人間ですがね」サー・ジェームズは短く答えたが、その声はアシの中をもがきながら進むうちに、頼りなく消えた。すぐ近くで犬が悲しげに遠ぼえをし、低音の声がこれに呼びかけた。「ああ、やめてくれよ」一行の前に、ふいに明かりが現れた。

「ここだ」サー・ジェームズが言った。「おまえか、グリッパー」

「はい」低音の声が言い、制服巡査の防水布のケープが懐中電灯の光にきらめいた。

「まだ犬がいるようだな」オリファントが言った。

「はい、オリファント巡査部長。ここにつないでおきました」懐中電灯の光が、柳の枝にハンカチでつながれたスキップの上でひらめく。

「こんばんは」アレンは言った。

皆はアレンが茂みを抜けてくるのを待っており、巡査が水のしたたる柳の枝をアレンのために押しのけた。

「少しかがむ必要があります」

アレンは茂みの中を進んだ。アレンの懐中電灯が雨の中をあちこち動き、ほとんどすぐにきらきらする小山の上で止まった。

「防水布をかけておきました」オリファント巡査部長が言った。「雨になりそうだったので」

「結構」

「……それと死体の周囲はできるだけ覆うようにしました。向こうの古いボート小屋にあった、レンガと厚板一、二枚で。それでもやはり、水が入りこんでしまいましたが」

「十分だよ。それ以上はのぞめないぐらいだ」アレンは言った。「近づく前に写真をとっておこう。たのむよベイリー、ベストをつくしてくれ。まずはそのまま、それから覆いを取って。朝までに洗い流されてしまうかもしれないから、細かいところまで全部だ。まあ、とはいっても、やんだようだが」

皆はそろって耳をすました。茂みの中は、葉っぱからたれる水しずくの音でやかましかったが、それでもたたきつけるような激しい雨はやみ、ベイリーがカメラを設置するころには、谷の上にはまもなく満ちる月がかかっていた。

ベイリーはフラッシュを使い、カバーをかけた遺体と周囲の写真をとり終えると、防水布をはずした。最初はツイードの帽子を顔にのせたまま、次は帽子なしで、さまざまな角度から遺体をうつす。カメラがカータレット大佐の顔に近づくと、唇をすぼめ眉をつりあげた顔が闇夜の中にぱっと浮かびあがった。アレンが優雅に遺体に近づき、頭の上で身をかがめて傷をまともにてらしたのは、作業がすべて終わってからのことだった。

「何かとがったものでしょうか」フォックスが言った。

「ああ、確かに大きな穴があいているな」アレンは言った。「だがフォックス、とがったものでこんなふうになるだろうか？　凶器が何かわかるまでは推測しても意味はないよ」アレンの懐中電灯が大佐の顔から離れ、大佐の手のそば、ほとんど川べりすれすれの草地に置かれた、銀色に輝くものをてらし出した。「そしてこれがオールド・アンか？」アレンはつぶやいた。

サー・ジョージとオリファント巡査部長が興奮した声音でそうだとうけあった。光がすぐ近くに置かれた大佐の両手のほうへ動くと、片手には小さな緑色の束がにぎられていた。

「刈った草だ」アレンは言った。「これでマスを包むつもりだったのか。ナイフがあるし、魚籠もすぐそこにある」

「自分らもそう思いました、警部」オリファントが同意した。

「すこぶる巨大な魚でしょう？」サー・ジョージも言ったが、その声には無意識の羨望がまじっていた。

「雨がふる前、ここの地面はどうなっていたんだい？」アレンが言う。

「はい、警部」オリファントが進んで答えた。「ご覧のとおり、ここは部分的に砂利になっています。柳の木立の中は地面がからからに乾いていて、とりたてて見るべきものはありませんでした。大佐が釣りをしていたやわらかい土手の上には、大佐のものとおぼしき足あとがあり、大佐の遺体のそばの土の上にも一つ二つありましたが、ほかには見当たりませんでした。なけなしの手がかりを台無しにしてはと思い、あえて探すことはしませんでしたが」

「賢明だね。朝までにまた雨はふるだろうか？」

三人の地元民は草地に後退し、空を見あげた。

「雨はあがったようですよ、警部」オリファントが言った。

「晴れましたね」低音の声の巡査も言う。

「明るくなったな」サー・ジェームズ・パンストンも言った。

「巡査部長、元どおりカバーをかけて、朝まで見張りをつけておいてくれないか。時間についての情報は何かあるかな？　この道を通った人間は？」

「遺体を発見したケトル看護婦です。遺体を検分するため、ケトル看護婦といっしょに戻ってきたラックランダー先生も、もう少し早い時間に谷を抜けて橋を渡ったと言っていました。他の人からは、まだ話を聞いていません」

「川の深さはどのくらいあるのかな？」アレンは尋ねた。

「約五フィートです」オリファントが答えた。

「そうなのか？　遺体は右側を下にして川に顔を向け、川とだいたい平行にたおれていたんだったな。川べりからせいぜい二フィートぐらいの場所に。頭は下流のほうを、足は橋のほうを向いていた。魚は、大佐が草を刈って魚を包もうとした川べりの草地近くにあった。そして傷は左のこめかみにある。思うに大佐は川べりから二フィート以内のところにしゃがみ、獲物を草の上に置こうとしていたんだ。さて、遺体の足近くにあった足あとが示しているとおり、彼が今ある場所にばたっとたおれたのだとすると、何が起きたかは二つに一つなんだが。そうは思わないかい、フォックス？」

「左利きの人間が後ろから彼を殴ったか、右利きの人間が少なくとも三フィート離れて前から彼を殴ったかのどちらかでしょう」フォックスは無表情に答えた。

「その場合襲撃者は」アレンは言った。「十二インチほど川の中へ入らねばならないが。だが、きみのその言いかただと、それほど馬鹿げては聞こえないな。よし、進めようか。次はどうする？」

黙って一部始終を聞いていたサー・ジェームズが言った。「情報を持っていそうな証人がハマー農園であなたを待っていますから、いろいろ聞けることでしょう。ここワッツ・ヒルにあるカータレットの屋敷です。申し訳ないがアレン警部、私はいっしょには行けません。くだらん役目があるものですからな。私の力が必要なら、五マイル先のトゥーレットにいます。できることがあれば喜んでやりますが、あなたはほうっておいてほしいのでは？　私も若いころはそうでしたからな。ついでながら、〈少年とロバ〉亭の連中に、あなたが夜の残りをベッドで過ごしたいだろうと伝えておきました。階上に部屋がありますから。メモを残せば、早めの朝食も用意してくれます。では、おやすみなさい」

アレンが礼を言う前に、サー・ジェームズは立ち去った。

オリファントを道案内に、アレンとフォックスはハマー農園に出かける準備をした。アレンはスパニエルのスキップを手なづけることに成功し、スキップは一度か二度、見当違いのスタートをしてくんくん鼻を鳴らしたあとで、彼らの後ろについてきた。一行は木立の中をなるべくまごつかずに進めるよう懐中電灯を使ったが、先頭に立っていたオリファントが、いきなり激しい呪いの言葉を吐いた。

「どうしたんだ？」アレンが仰天して尋ねた。

「くそ！」オリファントは言った。「誰かが見ているような気がしたんですよ。ほら、あれを！」

懐中電灯の光が、ぬれた柳の葉の上で揺らめいている。背の低い人間の目の位置から、きらきらする一組の丸いものが、じっとこちらを見つめていた。

「ここふもとの草地における、この世ならぬ光景か」アレンはつぶやき、懐中電灯を前につき出した。折れた小枝にめがねがひっかかっている。

「つつしんでこの果実をつませてもらうとしよう」アレンは言い、めがねをハンカチの中にしまった。

草地の上には月が輝いて、橋や黒々とした影をてらし、こわれたボート小屋や小舟を木彫りの彫刻のように見せていた。月光の中で、背の高いアシが夢のように光り、カイン川は魔法にでもかかったかのようだった。

一行はリバーパスをたどり、ワッツ・ヒルをのぼった。スキップが鼻を鳴らし、しっぽを振り始める。すぐにスキップを興奮させたものが、姿を現した。明るい月の光の中、小道に座りこみ、ひげを手入れしている大きなとら猫だ。スキップが座りこんでのどの奥でおかしな音をたてると、その猫、トマシーナ・トゥウイチェットは、スキップを敵意ある目でちらりと見た。アレンの足元におなかを見せて転がり、うさ晴らしのように声を震わせて鳴く。猫好きのアレンは身をかがめ、彼女が抱っこされたがっていることに気がついた。アレンが抱きあげると、トマシーナはアレンの胸を足でこねまわすようにして、鼻をアレンの鼻に近づけた。

「いい子だな」アレンは言った。「魚を食べていたんだね」

その時のアレンはまだ気づいていなかったが、それはこのうえなく貴重な発見なのだった。

第五章　ハマー農園

ハマー農園に近づいたアレンは、ワッツ・ヒルの三つの地所の端が木立になっているのを見て取った。木立は地所と坂の低い位置をへだて、オリファントが言ったとおり、カイン川のボトム橋より下流の地域をのぞむことはできなかった。木立の中をのぼるリバーパスは、三つの屋敷に至る三つの私道と合流している。オリファントが先頭に立って最初の私道に近づくと、トマシーナ・トゥウイチェットはアレンの腕から飛びおり、不明瞭な鳴き声をあげて暗がりの中へかけていった。

「間違いなく、ミスター・フィンの飼い猫でしょう」オリファント巡査部長は言った。「ミスター・フィンは病的なほどの猫好きですから」

「そうだろうね」アレンは言い、指のにおいをかいだ。

一行はハマー農園の建物がすっかり見渡せる場所に出た。フランス窓が並び、カーテンの後ろには明かりがついている。

「どれほどこの家が続いているのかわかりませんし」オリファントが言った。「農園のたぐいだったわけでもないんでしょうけどね。今の夫人がここを修理させて、居心地よくしたんですよ」

スキップが短くほえ、前にかけ出した。カーテンの一つが引かれ、マーク・ラックランダーがテラスに出てきた。後ろにはローズがいる。

「スキップ?」ローズが言った。「スキップなの?」

スキップは哀れっぽい声をあげてローズに飛びついた。ローズは膝をつき、泣きながらスキップを胸に抱きしめた。「だめだよ、ローズ」マークが言った。「スキップはびしょぬれで泥だらけじゃないか。そんなことをしちゃいけない」

アレンとフォックスとオリファントは、足を止めた。マークとローズは芝生の向こうを見やり、月光の下でぬれた服を光らせ、帽子のひさしで顔が陰になっている一団に気づいた。しばらくどちらも無言のまま動かずにいたが、やがてアレンが帽子を取り、芝生を横切って二人に近づいた。ローズが立ちあがる。リネンの部屋着のスカートは、泥のついた足あとで汚れていた。

「ミス・カータレットですね?」アレンが言った。「ロンドン警視庁からまいりました。アレンと申します」

ローズは生まれつきの気品以上のものを持った、行儀のいい娘だった。ローズはアレンと握手をし、マークにアレンをひきあわせた。フォックスはいっしょに呼ばれ、名前を言わないままゆったりと移動していたオリファントは、テラスの端で待機することになった。

「お入りになっていただけますか?」ローズが言った。

「アレンさん、祖母と父もこちらにいます。地元の警察に知らせたのは父です」マークもつけ加える。

「ケトル看護婦もいらっしゃるとありがたいのですが?」

「ケトル看護婦もいます」

「すばらしい。では中に入りましょうか、ミス・カータレット」

アレンとフォックスはぬれたレインコートと帽子を取り、庭の椅子にかけた。

ローズが先頭に立ってフランス窓から客間に入ると、アレンはひどくいびつな団欒図ができあがっていることに気づいた。ラックランダー夫人の黒く巨大な体が、完全に肘かけ椅子をうめつくしている。夫人はその驚くほど小さい足の片方に、とめ金つきのベルベットの靴をはき、もう片方に男物の浴室用スリッパをはいていた。キティ・カータレットは黒いベルベットに包まれた片足をぶらぶらさせながら、ソファーの上で体をのばしていた。ホルダーには煙草が入れられ、手にはグラスを持ち、すぐそばの灰皿には吸い殻がつみあがっている。キティが泣いていたのは明らかだったが、化粧で修復され、両手がまだ震えてはいたものの、彼女はまあまあ落ち着いていた。このなんともおかしな組みあわせの間には、ウイスキー・ソーダを手に敷物の上につっ立って、このうえなく居心地悪そうにしているハンサムなサー・ジョージ・ラックランダーがいた。離れた場所にある小さな椅子には、一人で玄関ホールにいるのをやめたケトル看護婦が、落ち着きはらって腰かけていた。

「おや」柄つきめがねを胸からむしり取り、ぱちんと音をたてて開きながら、ラックランダー夫人が言った。「こんばんは。ロデリック・アレンだね？　あんたが外務局を去って以来だが、あれは昨日やおとといのことじゃないからね。何年ぶりだろう、ママはどうしているんだい？」

「私以上にあなたのことを思い出しては考えこんでいますよ」アレンは言い、夫人のピンクッションのような手を取った。

「何を考えるって言うんだい？　年齢についてかい？　あんたのママはあたしより五歳も年下だし、あたしといっしょに太るしかないだろうに。キティ、ロデリック・アレンだよ。こちらは、カータレットの奥方とあたしの息子のジョージ」

「やあ」ジョージがひややかに割りこんだ。

「向こうにいるのが地区の看護婦のミス・ケトルだよ……こんばんは」ラックランダー夫人は、フォックスを見やると続けた。

「こんばんは、奥様」フォックスが穏やかに答える。

「フォックス警部です」アレンが言った。

「さてと。あたしたちは全員ここにいるけど、どうするつもりだい？　まあ、ゆっくりやっておくれよ」夫人は親切に言いそえた。

アレンは考えた。「ゆっくりやるだけじゃなく、主導権をにぎらなくては。この老婦人は何かをたくらんでいる」

アレンはキティ・カータレットのほうを向くと言った。「さぞショックだったでしょうに、すぐにおしかけて申し訳ありません。残念ですがこういう場合、警察の捜査は楽に耐えられる試練とは言えません。よろしければカータレット夫人、まずはあなたに――」アレンはさっと部屋を見まわした。

「いいえ、あなたがた全員にお尋ねしたいのですが。今回のことについて、何かご意見はありますか？」間があり、アレンはまずキティ・カータレットを見やった。次にマークといっしょに部屋の向こうの隅に立っていたローズを、しばらくの間じっと見つめる。

キティは言った。「とにかく、私にはちょっと理解できないわ。あまりにも――ありえなさすぎて」

「ではあなたは？　ミス・カータレット」

「ありえません」ローズは言った。「父の知りあいに父を傷つけたがる人がいるなんて、とても考えられません」

ジョージ・ラックランダーが咳ばらいをしたので、アレンはジョージを見た。「私は……ええと……その……」ジョージは言った。「個人的には、浮浪者か何かじゃないかと思っているんだがね。不法侵入者とか。とにかくこの地区に犯人はいないし、とても信じられないってことだ」

「わかりました」アレンは言った。「では次に。そこにいるミス・ケトルが遺体を見つけた時間……九時五分前だと思いますが……から、そうですね……二時間以内に、カータレット大佐の近くにいた人物について、心あたりはありますか？」

「『近くに』っていうのは、具体的にはどういうことだい？」ラックランダー夫人が言った。

「大佐の姿が見える場所、もしくは声の聞こえる場所にいたとか」

「あたしは近くにいたよ」ラックランダー夫人が言った。「八時に会う約束をしていたんだけど、モーリスが二十分早く来てね。モーリスが見つかった柳の木立とは反対側の土手で、彼と会った」

遠慮がちにピアノのそばに立っていたフォックスが、メモを取り始めた。フォックスに背を向けていたにもかかわらず、気配を感じ取ったラックランダー夫人は、椅子の中で大きな体を動かして無言でフォックスを見た。

「ふむ」アレンは言った。「少なくともここが出発点ですね。できればまたあとで、この時点に戻ってみましょう。夫人と会ったあとのカータレット大佐の行動について、ご存じのかたはおられますか？　……お話はどのくらい続いたんでしょう、ラックランダー夫人？」

「十分ぐらいだろうね。モーリス・カータレットが去ったあとで、時計を見たのをおぼえているよ。モーリスはボトム橋を渡って左に曲がり、柳の木立へ消えた。八時九分前のことだ。あたしは荷物をまとめてあとで回収できるようにして、家に帰った。スケッチをしていたんだよ」

「八時九分前ごろですね？」アレンは繰り返した。

キティが言った。「姿は見えなかったけど……私もモーリスの近くにいたと思うわ。ゴルフコースから戻った時にね。八時五分に家に着いたのをおぼえてる」

「ゴルフコース？」

「ナンズパードン館のだ」ジョージ・ラックランダーが言った。「今日の夕方、カータレット夫人と私は、そこでゴルフをしていたんだ」

「ああ、なるほど。川の上の、今私たちがいる場所からは、反対側の谷にあるコースですね」

「ああ。丘の上にあるもののほうが大きいがね」

「二番のティーグラウンドからなら」マークが言った。「谷を見渡せます」

「わかりました。あなたはボトム橋から家に帰ったんですね、カータレット夫人？」

「そうよ。リバーパスを通って」

「向こう岸からなら、柳の木立が見えるのでは？」

キティは手のひらを、頭に押しつけた。

「ええ、見えると思うけれど、モーリスがそこにいたとは思わなかったわ。いたなら姿が見えたはずだけど。でも実を言うと」キティは言った。「そっちをよくは見なかったのよ。だって……」キティはちらりとジョージ・ラックランダーを見た。「その……ミスター・フィンがいないかと思って、上流を見ていたから」

これに続く沈黙の中で、アレンはラックランダー一家の警戒心が最高潮に達したことをはっきりと感じ取った。三人はそろってぴくりと動いたが、すぐに自分をおさえた。

「ミスター・ダンベリー・フィンですね」アレンは言った。「それで、彼の姿は見えましたか？」

「その時は見えなかったわ。家に帰ったか、川の曲がった先にでも行ったのよ」

「釣りをしに?」

「ええ」

「密漁だ!」ジョージ・ラックランダーが叫んだ。「ああそうとも、密漁をしていたんだ!」

マークとラックランダー夫人が、声を殺してうめいた。

「本当ですか?」アレンは尋ねた。「なぜそう思うんです?」

「やつを見たからだ。いや母さん、言わせてくれよ。私たちは二番のティーグラウンドで、やつを見たんだ。フィンは橋より上流の部分を借りていて、モーリス・カータレットは——すまない、キティ——下流の部分を借りていた。そして、フィンは川の右手の自分の漁区、橋の上流で釣りをしていた。実に見さげはてたことだが、釣り糸が流れに運ばれて、橋の下や、さらに下流のカータレットの漁区に行くようにしながら」

ラックランダー夫人が短くほえるような笑い声をあげ、ジョージは母親にいぶかるような憤慨したような視線を投げた。マークが言った。「まったく! よくもそんなことを!」

「あんな無法なやり口は見たことがない」ジョージは続けた。「わざとやったんだ。いまいましいことに、釣り糸はオールド・アンが潜んでいる小舟の、上流の淵に運ばれた。この目で見たんだ! そうだろう、キティ? あんなやつに配慮する必要なんてない、みじんもな!」ジョージはアレンが思わず耳をそばだて、ジョージ自身もばつの悪い思いをするほどの激しさで言いつのった。

「その不埒なペテンがなされたのは、いつのことですか?」アレンは尋ねた。

「時間はわからない」

「あなたがたは、何時にゴルフを始めましたか?」

「六時三十分だ。いや違う!」ジョージは顔を赤黒くして、あわてて叫んだ。「いや、もっと遅い時間だった。七時ごろだ」

「なら、あなたたちが二番のティーグラウンドに着いたのが、七時十五分よりあとということはありませんね?」

「いかがですか、カータレット夫人?」

「だいたいそのぐらいだったと思う」

「そのころだったと思うわ」キティは言った。

「ミスター・フィンは、あなたたちに気づきましたか?」

「あっちは気づいていなかったよ。密漁に夢中だったからな」ジョージが答えた。

「なぜ、フィンと話をつけなかったんだい?」ラックランダー夫人が尋ねた。

「そうしたかったけど、キティがやめたほうがいいと言ったんだよ、母さん」ジョージが言い、高潔ぶってこうつけ加えた。「だから、胸をむかつかせながらよそへ行った」

「あたしにも、あんたたちがよそへ行くのが見えたけどね」ラックランダー夫人が言った。「あたしのいるところからじゃ、あんたが特にむかついているようには見えなかったよ、ジョージ」

キティが口をぽかんとあけてからまた閉じ、ジョージは顔に血をのぼらせたまかたまった。

「言うまでもなく」アレンが言った。「あなたはスケッチをしていたわけですね、ラックランダー夫人。どのあたりで?」

「橋の下流だよ。川の左側の、この部屋ぐらいの大きさのくぼ地で」

「ハンノキがかたまっているあたりですか?」

「あんたの観察力はなかなかのものだね。まさしくその辺だよ」ラックランダー夫人は言い、いささかいやな感じでつけ加えた。「ハンノキの隙間から、息子とカータレット夫人が見えたものでね」

「しかし、ミスター・フィンが密漁をしているのは見えなかった?」

「あたしのところからはね」ラックランダー夫人は言った。「だが、別の誰かからは見えたはずだし、見たはずだよ」

「別の誰かとは誰ですか?」

「誰あろう気の毒な、モーリス・カータレット自身だよ」ラックランダー夫人は言った。「フィンを見て、そのことでひどい口論をしていたからね」

もしラックランダー一家が別の種類の人間なら、彼らの心によぎった感情を、もっとあからさまにさらけ出していただろうと、アレンは思った。一つ二つのささいな兆候が表れただけではあったが、マークの顔には驚きよりも安堵が、ジョージの顔には驚きと安堵の両方があったことを、アレンは確信していた。ローズは困惑しているように見え、キティはただ皆を見つめていた。意外なことに、最初に口を開いたのはケトル看護婦だった。

「あの魚のせいで、喧嘩騒ぎばかり!」

アレンはケトルを見やり、自分の見たものを好ましく思った。「一人ずつ話を聞く余裕ができたら」アレンは考えた。「まず、彼女と話をしてみよう」

アレンは言った。「ラックランダー夫人、二人が口論をしているとなぜわかったんですか?」

「二人の声が聞こえたし、二人が別れたあとで、モーリスがまっすぐあたしのほうへ来たから。そういうことだよ」

「正確には、何があったんです?」

「話を終えた時、モーリス・カータレットがイブニングライズを狙っておりてきたのが、わかったんだがね。自分の地所の林から出てきたモーリスは、橋のそばでオッキー・フィンが悪さをしているのを見つけた。モーリスはオッキーの背後にしのび寄り、オールド・アンを引きあげた現場をとらえた。二人はあたしに気づかなかった」ラッククランダー夫人は続けた。「その時あたしは、向こう岸のくぼ地にいたからね。あれじゃ気づいていても、口をつつしんだかどうかはあやしいものだけど。二人は殴りあいでも始めそうなありさまで、どかどかと橋を歩きまわる音も聞こえた。特大サイズの女神みたいに立ちあがって、二人を落ち着かせようかと考えていたら、あのなんとかいう魚を持っていくんだろうとオッキーがわめき、魚といっしょに死体で発見されるつもりはないとモーリスが答えた」ラッククランダー夫人の目に、一瞬まぎれもない恐怖の色が現れた。だが大佐は魚といっしょに死体で見つかったと、皆が彼女に向かっていっせいに叫んだかのように。夫人は両手を鋭く動かし、急いであとを続けた。「ぬれた重いものを地面に落とした時のような、どさっという音がした。モーリスはこの件は州当局にまかせると言い、オッキーはそんなことをしたら自分の猫を追いまわしたかどで、おまえの犬を留置所へ入れてやると言った。それを最後に二人は別れた。モーリスは憤慨しながら小さな丘の上に出てきて、あたしの姿を見た。オッキーはあたしが知るかぎり、怒りながら丘をかけのぼって、ジェイコブス・コテージに戻ったと思う」

「その時カータレット大佐は手に魚を持っていましたか?」

「いや。さっきも言ったとおり、さわるのすら拒んでいたよ。魚を橋の上に置きっぱなしにしていた。

家に戻る時、見たんだけどね。もしかしたら、まだ橋の上にあるかもしれない」

「魚はカータレット大佐の死体のそばにありました」アレンは言った。「問題は、誰がそこに置いたのかということになりますね」

二

今回の沈黙は長くはりつめたものだった。

「やっぱり、大佐が戻ってきて持っていったのでは？」マークが心もとなげに言った。

「そんなはずはありません」ローズが強い口調で言い、皆がローズのほうを向いた。ローズの顔は涙にぬれてくすんでおり、その声は頼りなかった。アレンが到着してからローズはろくに口をきいておらず、ショックが強すぎて話を聞こうとすらしていないのではないかと、アレンは考えていた。

「そんなはずはない？」アレンは穏やかに言った。

「父はそんなことはしません」ローズは言った。「そんなことを、絶対にしそうもありませんから」

「そうね。あの人はそんな人じゃない」キティが同意し、すすり泣いてから息をととのえた。

「すみません」マークが即座に言った。「ぼくが馬鹿でした。もちろん、お二人の言うとおりです。大佐はそんなことをする人じゃない」

ローズはマークを見たが、その表情は二人の関係についてアレンが知りたかったことを十分に物語るものだった。「二人は恋仲というわけだ」アレンは考えた。「そして、私の目がくもっていなければ、彼の父親は彼女の継母をやけに見つめているようだが。なるほど、いろいろある集団のようだな」

アレンはラックランダー夫人に尋ねた。「大佐が立ち去ってから、あなたは長いことその場にいたんですか？」

「いいや。さっきも言ったけど、十分ほど話をしたあとでモーリスが橋を渡り、川の右側の柳の奥に消えた」

「あなたはどうやって家に帰ったんです？」

「敷地内の林を通って、ナンズパードン館まで帰ったよ」

「柳の木立の中は見えましたか？」

「ああ。半分ほどのぼったところで息を切らして立ち止まったんだが、下を見たらモーリスがいたよ。柳の木立のあたりで釣りをしていた」

「それが八時近くですね」

「そう、八時近くだね」

「絵の道具をそのままにして、回収させたとおっしゃいましたよね？」

「言ったよ」

「誰が回収したんですか？」

「使用人の一人だよ。たぶん従僕のウィリアムだろう」

「いいえ」マークが言った。「回収したのはぼくです、おばあさん」

「あんたが？　いったいどうして……」夫人は言ったが、途中で口をつぐんだ。

マークは村で往診したあと、ハマー農園にテニスをしに行き、八時十分ごろまでそこにいたのだと口早に語った。リバーパスを通って家に帰ったが、ボトム橋の近くに来た時、祖母の椅子つき杖とスツールと絵の道具が、小さな丘の上にそろって放置されているのが目に入った。マークはそれをナンズパードン館に持ち帰り、ぎりぎりのところで回収に向かおうとしていた従僕を止めた。アレンはマークに、ボトム橋の上にいた大きなマスに気づいたかと尋ねたが、マークが気づかなかったと答えるやいなや、ラックランダー夫人が短い叫び声をあげた。

「絶対に見ているはずだよ、マーク」夫人は言った。「オクタウィウス・フィンがほうり出した場所で、巨大な魚がぱっくり口をあけていたんだから。橋の上だよ、マーク。きっとそいつをまたいだはずだろうに」

「そんなものはありませんでした」マークは言った。「すみません、おばあさん。でもぼくが家に戻る時にはなかったんですよ」

「カータレット夫人」アレンは言った。「あなたはラックランダー夫人が家に戻ってから数分後に、ボトム橋を渡っているはずですね？」

「ええ」キティは答えた。「二番ティーグラウンドの近くの丘まで来た時、ラックランダー夫人がナンズパードン館の林に入っていくのが見えたわ」

「そしてサー・ジョージもやはり林を通って家に帰り、あなたはリバーパスをおりてきたわけですね」

「そうよ」キティは物憂げに答えた。

「ボトム橋に途方もなく大きなマスが横たわっているのを見ましたか？」

「いいえ、影も形も」

「ということは、だいたい八時十分前から八時十分の間にマスは何者かによって動かされ、柳の木立に置かれたことになります。カータレット大佐が心変わりをして戻ってきたとは思えないというのが、皆さんのご意見なんですね?」アレンは尋ねた。

ジョージはいらだった様子で確かなことはわからないと言い、ラッククランダー夫人はカータレット大佐が自分に言っていたことからして、大佐にあの魚をさわらせるのは荒馬でも無理だろうと答えた。アレンは心の中で考えた。「魚にさわるのすらいやがるのなら、死ぬ前にやろうとしていたように、魚を草にくるんで魚籠にしまうなんてことは、もっといやがりそうなものだが」

「例の魚が名高いオールド・アンであることに、疑問の余地はないんですね?」アレンは尋ねた。

「もちろんです」マークが答えた。「カイン川にはほかにそんな魚はいません。間違いありません」

「ちなみにナンズパードン館の林に入るために丘をのぼった時、柳の木立を見おろされましたか?」

「おぼえていません。祖母のスケッチの道具を持ってうろうろしていましたし、まわりのことは……」

キティ・カータレットが悲鳴をあげたのはこの時だった。大きな声ではなかったし、その声はほとんど発すると同時にやんだが、キティはソファーから腰を浮かしてアレンの向こう側、背後にある何かを見つめていた。手を唇に当て、つりあがった眉の下で、大きく両目を見開いて。その目が今にも飛び出しそうになっていることに、アレンは気づいた。

皆はキティが見つめているものを見ようと振り返ったが、カーテンのかかっていないフランス窓が、明かりのついた部屋と自分たちの驚愕した顔をうつし出しているだけだった。

「外に誰かいるわ!」キティは囁いた。「男が窓からのぞきこんでいたのよ。ねえ、ジョージ!」

「キティ」ラッククランダー夫人が言った。「ジョージがガラスにうつっているだけだろう。誰もいやしないよ」

「いえ、いるわ」

「たぶん、オリファント巡査部長でしょう」アレンが言った。「外に残してきましたから。フォックス？」

フォックスはもう足を踏み出していたが、フォックスがフランス窓にたどり着く前に、ガラスにうつった顔の向こうに、男の人影が現れた。人影はふらふらと屋敷の横から入ってくると、ガラスから少し離れた場所で止まった。キティがかすかに、何かを吐き戻すような音をたてる。フォックスがフランス窓のノブに手をかけた時、オリファント巡査部長の懐中電灯がさっと闇を横切り、男の顔をてらし出した。房のついた円筒形の帽子をかぶったその顔は、死人のように青白かった。

フォックスはフランス窓をあけた。

「不法侵入を許してもらいたい」ミスター・ダンベリー・フィンが言った。「魚を探しているのだが」

三

ミスター・フィンの言動は常軌を逸していた。部屋の光に目がくらんだらしく、目を細め、鼻にしわを寄せていたが、そのせいで異常に青白い顔やおぼつかない手元とは裏腹に、とてつもなく傲慢に見えるのだった。フィンは目を細めてフォックスを見やり、それからその向こうの客間にいる一団を見た。

「お取りこみ中に邪魔をして申し訳ない」フィンは言った。「会いたいのだが……どうしていいかわからなくて……」フィンののどぼとけが激しく上下する。「会いたいのだ……」フィンは繰り返した。

「実を言えば、カータレット大佐に」フィンは歯を見せてぐっとくいしばり、異様な笑みを浮かべた。

キティが不明瞭な音をたて、ラックランダー夫人が口を開いた。「オクタウィウス……」だが、両者がそれ以上のことをする前に、アレンがミスター・フィンの前へ行き、尋ねた。「魚を探しているとおっしゃいましたか？」

「失礼だが、お目にかかったことはないと……」ミスター・フィンは言い、アレンの顔をじろじろと見た。「いや、あるのかね？」フィンは尋ね、まばたきをしてアレンからフォックスへ目をうつした。フォックスは最近ではめずらしく、大柄な体に白髪まじりの髪、すこぶる明るい目という、実に刑事らしい外見を持った男だった。

「今回の場合」ミスター・フィンは息の切れた、小さな笑いをもらして続けた。「どう見ても会えてうれしい相手ではないようだが」

「私たちは警察官です」アレンは言った。「ミスター・フィン、カータレット大佐は殺害されました。あなたはミスター・オクタウィウス・ダンベリー・フィンですね？」

「なんということだ！」ミスター・フィンは言った。「親愛なるカータレット夫人、そしてミス・ローズ！　私は今、呆然としている。呆然自失だ！」ミスター・フィンは両目をいっぱいに見開いて繰り返した。

「入りなよ、オッキー」ラックランダー夫人が言った。「この人たちはあんたと話がしたいだろうからね」

「私と！」フィンは叫んだ。フィンが中に入ると、フォックスがフィンの後ろでフランス窓を閉めた。

アレンは言った。「ミスター・フィン、ぜひともあなたとお話ししたいんですがね。実を言えば、そろそろ皆いっしょにではなく、個別にお話をうかがいたいところです。ですがその前に、ミスター・フィンに、お探しの魚についてお聞かせ願いたいのですが」アレンは手をあげた。聞き手の中に口を出したいと思った者がいたとしても、皆その衝動を思いとどまった。「どうでしょう、ミスター・フィン？」アレンは言った。

「私はきみが言ったことに、心底おびえているし、混乱していて……」

「恐ろしいことです」アレンは言った。「しかし、魚というのは？」

「魚？　魚とはとびきりすばらしいマス、あるいはマスだったもののことだ。偉大な名声を誇るマスの中のマス、魚の帝王だ。そして言っておくが、この私がやつをとらえたんだ」

「どこでだい？」ラックランダー夫人が詰問した。

ミスター・フィンは二度、目をしばたたいた。「ボトム橋の上流ですよ、親愛なるレディL。ボトム橋の上流」フィンは答えた。

「あんたはとんだペテン師だよ、オッキー」夫人は言った。

ジョージがふいに大声をあげた。「オクタウィウス、そんなのは大嘘だ。あんたは大佐の漁区に侵入し、橋の下で釣りをしていただろう。私たちは二番ティーグラウンドからあんたを見ていたんだ」

「おいおい、ジョージ」ミスター・フィンは唇を白くして言った。「まったくなんて声を出すのかね？」

フォックスはめだたないよう脇へ行き、せわしなくメモ帳を開いた。

「喪に服している家で、そんな口をたたくとは！」ミスター・フィンは、キティとローズのほうへ軽く頭をさげて続けた。「本当に驚いたぞ、ジョージ！」

「神かけて――」ジョージが何か言い返そうとしたが、アレンが間に入った。

「魚をつかまえた時、何があったんですか？」アレンはミスター・フィンに尋ねた。

ミスター・フィンは深く息を吸いこみ、ひどく早口で話し始めた。「私は勝利に酔い」少しばかり不安定な口調で、フィンは言った。「カイン川のさらに上流で釣りをすることにした。そうしたわけで、私は捕虜をやつの敗北の場所、つまりボトム橋の上流、繰り返すが上流近くに置いておくことにした。だいぶたってから――時計を持ち歩いておらんのでどのくらい時間がたったかはわからないが、とにかくずっとずっとあとで――わが魚の王子がいるはずの場所へ戻ってみると……」フィンは大げさな身振りでしゃべっていたが、その間も明らかに彼の両手は震え続けていた。「……魚はどこかへ行ってしまっていた！　消えたのだ！　あとかたもなく！　いなくなったのだ！」

「いいかい、オッキー……」今度はラックランダー夫人が口を開いたが、アレンが再び夫人を止めた。

「待ってください、ラックランダー夫人」アレンが口を出すと、夫人はアレンをにらみつけた。「だめでしょうか？」アレンは言った。

夫人が肉づきのいい両手を組みあわせ、その上に顎をのせる。「まあなんといっても、あんたを呼んだのはあたしだからね。続けるといいよ」

「魚がいなくなったとわかって、あなたはどうしましたか？」アレンはミスター・フィンに尋ねた。

ミスター・フィンはじっとアレンを見据えた。「どうしたかだって？」フィンは繰り返した。「どうすればよかったのかね？　あたりは暗くなってきていた。橋の周囲を見まわしたが、無駄だった。魚はいなくなっていた。無念でたまらなかったが、私は家へ帰った」

「ですが、あなたはそれから四時間かそこらも、帰らずにいる。今は午前一時五分です。どうしてこんな時間にたずねていらしたのですか、ミスター・フィン?」

「この質問に対する準備もおそらくしてあるんだろうが」ミスター・フィンをながめながら、アレンは考えた。

「どうしてだって?」おぼつかない両手を広げて、ミスター・フィンは叫んだ。「わけをお教えしよう。すばらしい獲物に逃げられ、死にたいほどの気分だったので、寝床へ入ってゆっくり眠る気にもなれなかった。断言するが、魚を探し求めるかぎり、みじめさと欲求不満をかかえて寝ることになるだろう。私は本を読もうとし、家人たち――猫のことだ――とまじわろうとし、ラジオから流れる、言葉にできぬほど退屈な馬鹿騒ぎに耳をかたむけようとした。だが、残念なことにすべて無駄だった。私の心は完全に、あの巨大な魚に占められてしまっていた。四十五分ほど前、私は新鮮な空気を求めて、リバーパスを散歩することにした。あの乱暴者のサイスの林から出た時、この窓に明かりがついているのが見え、声が聞こえた」フィンはおかしなやりかたで、ぐっと息をのみこむと続けた。「気の毒なカータレットが、同じ釣り人として欲にかられたのだろうということはわかっていたので、私は……レディL、どうしてそんないらついた顔で私を見るんです?」

「オッキー!」ラックランダー夫人は言った。「警察がいようがいまいが、もう一秒だってあたしの知ってることを胸にしまってはおけないね。あんたがモーリス・カータレットと喧嘩をした時、あたしは石を投げればとどく距離にいたんだよ。おまけにその数分前には、モーリスの奥方とジョージが、あんたが橋の下で密漁をしていたのを目撃している。あんたかモーリスが橋の上にマスを投げ出したのも、あんたたちが激怒したまま別れたのも、すっかり聞こえていたよ。モーリスはあのあと、あたしがスケッチをしていた場所にあわててやってきて、もう一度、一部始終を話していった。さて、ロデリック・アレン、好きなだけあたしに腹を立てていいけど、馬鹿げた嘘がだらだら続くのをもう一秒だってがまんできなかったからね」

ミスター・フィンはまばたきをして目をこらし、口の中でもそもそとつぶやいた。「妻と私の間では、ちょっとしたジョークの種でしたよ」しまいにフィンは言った。「ラックランダーに逆らうなというのは」

フィンのほうを見たのは、アレンとフォックスだけだった。

「ミスター・フィン、あなたは普段めがねをかけていらっしゃいましたね?」アレンは言った。

ミスター・フィンは親指と人差し指で、めがねをなおそうとするかのようなおかしなしぐさをした。おかげで彼はしばらくの間、鼻の頭の赤い筋と顔中に広がり始めた赤みを隠すことができた。「常にかけているわけじゃない」フィンは言った。「読書をする時だけだ」

ふいにラックランダー夫人が、椅子の肘かけに手のひらを打ちつけた。「さてと」夫人は言った。「言うべきことは言ったし、ジョージ、できたらあたしを家へつれていってほしいんだがね」

ラックランダー夫人は右腕を差し出した。ジョージが少しばかり行くのが遅れたのでアレンがその手を取り、足を踏んばって引っぱった。

「彼女は立った」ラックランダー夫人は自嘲するように引用し、立ちあがった。夫人はしばらくフィンを見つめ、フィンは口をぽかんとあけて何やら聞き取れないことをつぶやいた。夫人はアレンの目をまっすぐにのぞきこむと言った。「それであんたは、帰ってもいいと言ってくれるのかね?」

アレンは片方の眉をあげた。「ここよりは、向こうであなたにすべておまかせするほうが、よほど安心できますが、ラックランダー夫人」

「車までつれていっておくれ。このいまいましいつま先のおかげで、足を引きずらなくちゃならないんだよ。ちっともよくなりゃしないね、ケトル。ジョージ、五分たったら来ておくれ。ちょっとロデリック・アレンと話をしたいからね」

夫人はローズにさよならを言い、しばらくローズを抱きしめた。ローズは夫人にしがみつき、身を震わせてすすり泣いた。ラックランダー夫人は言った。「かわいそうな小さなローズ、できるだけ早く、うちに来るんだよ。マークに何か眠れるものを渡してもらうからね」

キティが腰をあげた。「来てくださって本当にありがとう」キティは言い、手を差し出した。ラックランダー夫人はその手を取り、ほとんど認識されないくらいわずかな間を置き、キティにキスをするべきなのだとわからせた。キティは慎重に夫人にキスをした。

「また明日来ておくれ、ケトル」ラックランダー夫人は言った。「皆があんたを拘束しなければね」

「やれるものならやってみろ、です」ミスター・フィンが来てから黙ったままだったケトルが言った。ラックランダー夫人は短い笑いをもらし、ミスター・フィンには目もくれずアレンに向かってうなずいた。アレンは急いでドアをあけにいき、夫人のあとについて大きく魅力的な玄関ホールを通り抜け、正面玄関へ出た。外には、旧型の巨大な車が待っていた。

「あたしは後ろに座るよ」夫人が言った。「ジョージが運転するからね。ごたごたしている時には、ジョージは癇にさわる相手なんだよ」

アレンはドアをあけ、中のライトをつけた。

「さてと、答えておくれ」車に体を押しこむと、夫人は言った。「八十近くの貴族未亡人を前にした警官としてではなく、母親の一番古い友人を前にした分別ある男としてね。今の時点でオッキー・フィンの行動をどう思っているんだい？」

「八十近くの貴族未亡人が夜、私を外に誘い出してそんな不適切な質問をするのはいかがなものかと思いますね。母の古い友人といえども」アレンは言った。

「おやおや。それじゃ、答えてくれる気はないってことだね」

「教えてください。ミスター・フィンには、ルドヴィクという息子がいましたか？　ルドヴィク・ダンベリー・フィンという？」

明るいとはいえないライトの中で、アレンは夫人の顔がこわばるのを見て取った。まるで脂肪のマスクの陰で、歯をくいしばったかのようだった。「いたよ。どうしてだい？」夫人は答えた。

「この名前を出してはいけないのでは？」

「あたしがあんたなら、あの子の話を出すのは避けるけどね。知っているだろうけど、あの子は外務局で、自分の名前を汚すようなことをやらかしたんだよ。えらく悲惨な事件だったから、誰もその話をしないんだ」

「そうなんですか？　では、カータレット大佐はどんな人なんです？」

「騎士気取りの石頭さ。ラバみたいに頑固でね。気の毒なくらい生真面目な男だよ。志が高すぎて、一生良心を痛めてるような」

「何か特定の一件について、考えているんですか？」

「いや、違うよ」ラックランダー夫人はきっぱりと言った。

「あなたとカータレット大佐が何を話したのか、聞いてもいいですか？」

「オッキーの密漁についてと家庭内のことについて」ラッククランダー夫人はひややかに答えた。「ごく個人的なことで、今のところモーリスの死とはなんの関係もないよ。おやすみ、ロデリック。ロデリックと呼ばせてもらうからね？」

「二人きりの時なら」

「生意気な男だね！」夫人は、アレンを軽くたたこうとするようなしぐさをした。「戻っていろいろすませてくるといい。ジョージに急ぐよう伝えておくれ」

「ミスター・フィンとカータレット大佐が喧嘩をした時、何を話していたのか、正確に思い出せますか？」

夫人は宝石をつけた両手を組み、じっとアレンを見つめると言った。「一語一句は無理だがね。魚のことで争っていたよ。オッキーは、誰とでも問題を起こしているからね」

「何かほかのことは言っていましたか？」

ラッククランダー夫人は相変わらずアレンを見つめながら「いいや」と言ったが、その声は実にそっけなかった。

アレンは小さく頭をさげると言った。「おやすみなさい。二人が何を言いあっていたか思い出したら、すみませんが書きとめておいてもらえますか？」

「ロデリック」ラッククランダー夫人は言った。「オッキー・フィンは殺人犯なんかじゃないよ」

「そうなんですか？」アレンは言った。「まあ、知っておくべきことなんでしょうね。おやすみなさい」

アレンはドアを閉め、車のライトは遠ざかっていった。

四

屋敷のほうへ引き返したアレンは、ジョージ・ラックランダーに出くわした。ジョージは皆の中で実に落ち着かない様子だったし、フォックスだけを相手にしていたほうがよほどよかったのだろうと、アレンは思った。

「やあ……どうも」ジョージは言った。「その……少し話をしてもいいかね？　ところで、きみはおぼえていないだろうが、私たちはずいぶん前に会っているんだよ、ははは！　私がきみを、父の期待の若手の一人だと思っていたころに。そうだったんだろ？」アレンがジョージにかんして二十五年前からおぼえていることは、今は亡きサー・ハロルド・ラックランダーが息子についてこぼしていた、手きびしいコメントだけだった。「ジョージに期待してもしかたがない」かつてサー・ハロルドは、そううちあけたことがあった。「ナンズパードン館で気取った態度を取らせておけば、行き着く先は治安判事だろう。それがジョージの器だからな」この予言がおそらく当たったということを、アレンは思い出していた。

アレンはジョージの最初の質問に答え、そのあとのせりふは愛想よく無視した。「どうぞ、話してください」アレンは言った。

「つまり」ジョージは言った。「正規の手順はどうなっているんだ？　たいした違いがあるわけでもないが一応言っておくと、これでも私は治安判事なんだ。治安維持のために、頭に入れておけと言われるかもしれないからな。それぐらいはわかるだろう？」

「それはもう」むっとしながらアレンは答えた。

「結構」闇の中で、アレンに向かって目をむきながら、ジョージは続けた。「正確なところを聞きたいのは、気の毒なモーリス・カータレットの――ええと、その――遺体についてのことなんだが。キティのために、気にかけておきたいからな。いやつまり、二人のため――カータレットの妻子のためということだが。葬儀の手配やら何やらで力になれるだろうし。どうだろうな?」

「もちろんです」アレンは同意した。「カータレット大佐の遺体は、明日の朝までは見張りをつけて、発見現場に置かれます。その後、最寄りの死体安置場に運ばれて、監察医が調査とくわしい検死を行います。むろんカータレット夫人にはできるだけ早く、いつ葬儀が開けるかをお教えするつもりです。三日で遺体をお返しする心づもりですが、この手のことに過信は禁物です」

「なるほど!」ジョージは言った。「それはまあごもっともだ!」

アレンは言った。「記録を取るために、昨夜カータレット大佐の近くにいた人全員に、こうした質問をしなければなりません。あなたとカータレット夫人は、七時にゴルフを始めたとおっしゃいましたね?」

「正確な時間は確かめなかったが」ジョージは急いで言った。

「カータレット夫人がおぼえているでしょう。ゴルフコースで会われたんですか?」

「ああ――いや、違う。私が――その、車で彼女を迎えにいったんだ。チニングからの帰り道に」

「しかし、帰りは夫人を送らなかったんですね?」

「ああ。私たちがいたところからだと、歩いたほうが早いからな」

「なるほど、わかりました。カータレット夫人は八時五分ごろ家に着いたと言っていましたが、あなたたちはだいたい一時間ほどゴルフをしていたということですね。いくつホールをまわられたんですか?」

「コースをまわっていたわけじゃない。カータレット夫人にゴルフを教えていたんだ。夫人はその——ゴルフが初めてでな。ちょっとコーチをしてくれとたのまれたんだ。ええと——二ホールほどプレーしただけで、残りの時間はショットの練習をしていた」ジョージは尊大に言った。

「ああ、そうですか。そして、八時十分前ぐらいに別れたわけですね。どこで?」

「リバーパスのてっぺんだ」ジョージは言い、つけ加えた。「私がおぼえているかぎりではな」

「その時、ラックランダー夫人がのぼってくるのが見えましたか? 夫人が坂をのぼり始めたのも、八時十分前ですが」

「下を見なかったので、気づかなかった」

「ということは、カータレット大佐にも気づかなかったわけですね。ラックランダー夫人の話によれば、大佐はその時間、柳の木立で釣りをしていて、木立はリバーパスから見えるそうですが」

「下を見なかったんだ。その——カータレット夫人がリバーパスを歩いていくのを見送っただけで、私もナンズパードン館の林の中へ入った。母は数分後に家に着いたよ。さてと」ジョージは言った。

「お許し願えるなら、もう本当に母を車でつれて帰らなければ。ちなみに、うちを大いに活用してくれたまえ。本部とかそういったものが必要だろうということだが、できることがあればなんなりと」

「ご親切に」アレンは答えた。「ええ、もう帰って結構ですが、当分の間スウェヴニングズにいてくださいとお願いせねばなりません」

ジョージがぽかんと口をあけるのをアレンは見た。

「むろん」アレンはつけ加えた。「どこかでだいじな仕事がある時は、そうおっしゃってください。そうすれば、何ができるかわかります。私は〈少年とロバ〉亭におりますから」

「おい、アレンくん……」

「迷惑きわまりないのはわかっていますが、まあ、そういうものなんです。あなたの屋敷の下の草地で、突然殺人が起きたわけですから。おやすみなさい」

アレンはジョージを迂回し、客間に戻った。ローズ、マーク、キティは居心地悪そうにおし黙っており、ミスター・フィンは爪をかんでいた。そしてフォックス警部は蓄音機の録音を使ったフランス語会話学習ついて、ケトル看護婦と会話をはずませていた。「思うように上達しなくて」と、フォックスが言ったところだった。

「ブルターニュにサイクリングツアーに行かなくちゃならなかったんですけどね。蓄音機より、よほど得るものがありましたわ」ケトルが言う。

「みんなにそう言われるんですがね。しかしこんな仕事をしていては、どうやって機会を見つければいいのやら」

「いつか絶対、休暇を取らなくちゃいけませんよ」

「いや、まったくそのとおりなんですが」フォックスはため息をついた。「どういうわけか、休暇を取ってもバーチントン以外の場所へ行く時間がなくて。失礼、ミス・ケトル、上司が戻ってきたようです」

アレンはフォックスにいつもの合図を送り、フォックスは穏やかに立ちあがった。アレンはキティ・カータレットに話しかけた。

「よろしければ、ミス・ケトルにちょっとお話をうかがいたいのですが。使える部屋はありますか？玄関ホールを横切った時に見たように思うのですが。たぶん書斎ではないかと」

書斎を使うことにかんして、カータレット夫人が神経質になることはないだろうと、アレンは思っていた。キティはためらったが、ローズが答えた。「ええ、もちろんです。ご案内しますわ」

フォックスがフランス窓まで行き、いかめしく合図をしていたので、客間にはオリファント巡査部長が入ってきていた。

「オリファント巡査部長のことは、むろんご存知ですね」アレンは言った。「カータレット夫人、この地区をまかされている彼と、お話しなさりたいのではと思います。巡査部長に旦那様の事務弁護士の名前と銀行、知らせなくてはいけない親戚について、お伝えください。それからミスター・フィン、先ほど話された事柄を巡査部長の前でもう一度お願いします。彼が記録を取りますから、間違いがなければ署名してください」

ミスター・フィンは目をしばたたいた。「当然、強制ではないな」フィンは勢いこんで言った。

「もちろん違います。ですが、全員から署名入りの供述書をいただかなければなりませんし、率先して最初に供述書を書いてくださるなら、すぐに家に帰れますよ。めがねなしでは難しすぎることのないよう祈ります」アレンはしめくくった。「では、ミス・カータレット、書斎を使ってもかまわないでしょうか？」

ローズは先に立って玄関ホールを横切り、八時間前、父親にマークへの想いについて語った部屋へと入っていった。アレンとフォックスがあとに続いた。ローズはしばらく立ち止まって慣れ親しんだ椅子や机をながめていたが、不思議なものでも見ているような顔をしているとアレンは思った。アレンの顔に思いやりの表情を見て取ったらしく、ローズが言った。「父がここにいるような気がして。この部屋は、父抜きでは語れないと誰もが思うでしょう。どこよりも、ここにいることが多かったですから」ローズは少したためらってから続けた。「アレンさん、本当に最愛の父だったんです。父であると同時になんだか子供のようで、私に頼りきっていて。なぜ、こんなことをあなたにお話ししているのかわかりませんが」

「よそ者に話すのがいい場合もあります。しがらみのない友人になりえますからね」

「ええ」ローズは驚いた声で言った。「本当にそうですね。あなたにお話しできてうれしいです」

アレンはローズがひどい衝撃のあとによくある、一種の反動に苦しんでいるのを見て取った。そういった反動のもとでは、普段は軽率な発言をしないようかけている歯止めがゆるみ、自分から驚くべきことを話したりするものだが、ローズはいきなりこうつけ加えた。

「父は何も感じなかっただろうと、マークは言っています。マークは医者ですから、私をなぐさめるためだけにそんなふうに言っているとは、とても思えません。だからある意味では、解放と呼ばれるものだったんだと思います。すべてのものからの」

アレンは穏やかに尋ねた。「お父さんは何か特別な悩み事があったんでしょうか？」

「はい」ローズは悲しげに言った。「父はとても悩んでいました。でも、それについてはお話しできません。個人的なことですし、そうでなくてもなんの役にも立たないことですから」

「わからないでしょう」アレンは軽い調子で言った。

「これについてはわかります」

「お父さんと最後に会ったのはいつですか？」

「今日の夕方、いえもう昨日の夕方でしたね。父は七時すぎに出かけました。七時十分ぐらいだったと思います」

「どこへ行かれたんですか？」

ローズはためらってから答えた。「ミスター・フィンの家へ行ったんだと思います。釣り竿を持って、イブニングライズを狙ってカイン川へ行くと言っていました。夕食には戻らないと言うので、何か父のために残しておくようたのみました」

「なぜミスター・フィンの家に行ったのかご存じですか？」

長いことたって、やっとローズは答えた。「――出版か何かにかんすることだと思います」

「出版か何か？」

ローズは髪の房を後ろへはらうと、手のひらの手首に近い部分を両目に押しつけた。「誰が父にあんなことをしたのかわかりません」ローズは言ったが、その声はすべての色を失っていた。「疲れきっているようだな」と思いつつも、アレンは自分の気持ちに逆らって、もう少し彼女を引きとめることにした。

「ここ二十年の間、お父さんの生活はどんなふうだったのか手短にお話し願えますか？」

ローズは父親の椅子の肘かけに腰をおろした。右腕を椅子の背にかけ、父のはげ頭がのっていた場所を繰り返しさする。そしてローズは平坦な声できわめて穏やかに、さまざまな大使館での駐在武官の職務について、アレンに話してきかせた。戦争中のホワイトホールでの仕事、香港で設立された戦後委員会での軍書記官の任務。そして再婚して引退してからは歴史に没頭し、自分の連隊について執筆しようとしていたこと。大佐は特にエリザベス朝の戯曲にかんしては大変な読書家だったらしく、そうした好みは娘にも大いに受け継がれていた。本以外の唯一の楽しみは釣りだった。ローズは涙でやつれた両目で壁のすぐ前に置かれた、テーブルを見つめていた。糸や羽の切れ端、たくさんの釣り糸が並んだ盆がそこにはあった。

「いつも私が毛針を作っていたんです。二人でしかけを作って、父はほとんどいつもそれで釣りをしていました。今日の午後も一つ作りました」

ローズの声が震え、しだいに小さくなったが、ローズはふいに子供のようにあくびをした。

ドアが開き、マーク・ラックランダーが怒った顔をして入ってきた。

「ああ、ここにいたのか!」マークはまっすぐローズのそばへ行くと、彼女の手首をつかんだ。「すぐにベッドに入るんだ。ケトルに熱い飲み物を用意するようたのんでおいたから、きみを待っているよ。あとでまた睡眠薬をあげるからね。チニングまでそいつを取りに行かなくちゃいけないんだ。もう、ぼくに用事はないですよね?」マークはアレンに向かって尋ねた。

「すみませんが、数分いただきたいのですが」

「え?」マークは言ったがしばらくして続けた。「ああ、もちろんそうですよね。ぼくが馬鹿だった」

「マーク、私は本当に睡眠薬なんかほしくないわ」ローズが言った。

「そのことは、きみが横になってから話そう。今はベッドに行くんだ」マークは答え、アレンをにらんだ。「ミス・カータレットはぼくの患者です。そしてこれは医者としての指示です」

「実にりっぱなご言い分です」アレンは答えた。「おやすみなさい、ミス・カータレット。できるだけあなたを悩ませないよう努力します」

「あなたは私を悩ませたりしていません」ローズは礼儀正しく言い、アレンに向かって手を差し出した。

「ケトル看護婦の手があいたら、すぐにお目にかかりたいのですが」アレンはマークに言った。「できればそのあとであなたにも。ラックランダー先生」

「わかりました」マークはぎこちなく答え、ローズの腕を取ると部屋の外へつれ出した。

「なあ、フォックス」アレンは言った。「彼らを苦しめているものは、なんなんだろうな？　血なまぐさい殺人事件以外に」

「私はおかしな考えというか、気持ちに取りつかれているんです」フォックスは言った。「今のところ、結局何もかも、あの魚にかかっているんじゃないかというだけのことなんですが」

「ああ、私もおかしな考えに取りつかれているよ。おそらくきみは正しい」

第六章　柳の木立

　ケトル看護婦は足首のあたりで足を、手首のあたりで手を交差させて、肘かけのない椅子にきちんと腰かけていた。エプロンは制服の上着の下で規定どおりに折り返され、頭の上には制帽がのっていた。ケトルはアレンに、カータレット大佐の死体発見について手ぎわよく説明し終えたところだった。メモを取っていたフォックスはすこぶる好意的な表情を浮かべて、ケトルを見つめていた。

「これで本当に全部ですわ」ケトルは言った。「今も見張られているような気がしてしかたがないってこと以外は！」

　これまでの供述がしっかりと事実を述べたものだったので、二人は驚いてケトルを見つめた。「頭の悪いヒステリー女だと、思っていらっしゃるのでしょうね」ケトルが続ける。「小枝の折れる音を一度聞いたような気がしたし、茂みの中から鳥が飛びたった時に、私ではない誰かのせいだと思ったりもしましたけど、私は何も見ていないんですから。何一つ見ていないのに、それでも見られているような気がしたんです。病室での夜勤の時にもあるんですけどね。患者が横になったままこっちを見ていて、そっちを見る前からそれがわかるなんてことが。笑いたければ笑ってくださってかまいませんよ」

「誰が笑ったりするものですか」アレンは答えた。「私たちは笑いません。そうだろう、フォッククス?」

「決して」フォックスは言った。「私も昔、夜の巡回の時にいやというほどそういう感覚をおぼえたものですが。決まって暗い戸口からこっちを見ていた一団がいたものです」

「まあ!」ケトルが喜んで叫んだ。

「ミス・ケトル、あなたはここの人たちのことをかなりよく知っていらっしゃいますよね? 田舎のベテラン看護婦は、連絡将校のようなものだと私はつねづね思っています」

ケトルはうれしそうだった。「まあ確かに、皆さんとは知りあいになりますね。もちろん、一般の人たちを相手にするほうが多いですけど、このごろは人手不足もあって、気がつくとそうではない人たちのためにあれこれやっていたりもするんです。十分な報酬をはらってもらえて、それが協会の助けにもなるわけですから、医者代をはらえない人の機会を奪うことにならないかぎり、普通とは違う上流階級の患者も受け入れています。たとえば私がラックランダー夫人のつま先の面倒を見ているように」

「ああ、つま先ね」アレンは言い、仕事仲間がその初老の顔に興味津々の表情を浮かべているのを、驚いて観察した。

「化膿してしまって」ケトルは用心深く言った。

「それはそれは」フォックスが言う。

「それにたとえば」ケトルは続けた。「夜、老紳士の看護をしたこともありましたわ。亡くなった時、そばにいたんです。ご家族も、それに大佐もそこにいらして」

「カータレット大佐ですか?」あまり語気を強めないようにしながら、アレンは尋ねた。

「ええ。あら、違ったわ。待ってください。大佐は部屋の中には戻られませんでした。紙束を持ったまま、ずっと踊り場にいました」

「紙束?」

「老紳士の回顧録ですわ。大佐は出版を考えていたと思いますが、よくはわかりません。老紳士はすごくそのことを気に病んでいて、大佐に会うまではこの世に別れを告げることも、あきらめることもできそうにありませんでした。もっとも、サー・ハロルドはお若いころはたいしたおかたでしたし、その回顧録といえば、間違いなく一大事なんでしょうけど」

「ええ、彼は優秀な大使でしたから」

「そうなんですよ。回顧録のたぐいが残るなんて、そうあることじゃないですものね。何もかもきちんと維持されて、すごく封建的でした」

「まあ、封建時代のようなことができるほど財力のある家は、あまり残っていませんからね」アレンは言った。「彼らはラッキー・ラックランダーと呼ばれていたんでしょう?」

「ええ。でもね、ちょっとやりすぎだと思っていた人もいたんですよ」

「ほう?」心の中で幸運を祈って指を交差させながら、アレンは言った。「どういうことですか?」

「軍隊に入らず、医学の道に進んだからといって、孫に何も残さなかったり。もちろん、結局はすべてマーク先生が受け継ぐことになるでしょうが、その時までは自分の稼いだお金でやっていかなくちゃならないんです。まあ、当然――いえ、ちょっとよく考えて。なんの話をしているの? そうそう、老紳士の回顧録でしたよね。回顧録を渡したとたんに容体が急変して大佐がみんなを呼んだので、私たちはそろって部屋に入り、私がブランデーをお渡ししました。マーク先生が注射をしましたが、一分ですべておしまいになりました。『ヴィク、ヴィク、ヴィク』紳士は言いましたが、それが最期でした」「ヴィク？」アレンは繰り返したが、そのあと長いこと何も言わなかった。「まあ、私ができたことはあれだけだったとしても……」ケトルがまた口を開いたが、アレンはそれをさえぎった。

「お尋ねしたいのですが、この屋敷とミスター・フィンの屋敷の間に住んでいるのは、どなたですか？」

ケトルはその快活な顔いっぱいに、笑みを浮かべた。「アップランズですか？ サイス中佐で間違いありませんわ。彼も私の犠牲者の一人なんです」ケトルは最後につけ加え、なぜか顔をほんのりピンク色に染めた。「気の毒に、ひどい腰痛で寝こんでいるんですよ」

「となると、私たちには無関係ということですね？」

「ええ、もしあなたたちが……あらまあ！」ふいにケトルは叫んだ。「明け方のこんな時間にとても楽しく話をしているっていうのに、あなたたちはずっと、どこに行けば殺人犯を見つけられるか考えているんですね。おお、こわい！」

「どうか気になさらないでください」

フォックスが言い、アレンはフォックスを見つめた。

「いいえ、もちろん気にしますとも。結局浮浪者のしわざということになったとしても、浮浪者だって同じ人間ですからね」ケトルは元気よく答えた。

「ミスター・フィンもあなたの患者ですか？」アレンは尋ねた。

「患者とは言えませんけど、何年か前にできものの治療をしたことがあります。私があなたなら、ミスター・フィンのことなんて考えもしませんけど」

「私たちのような仕事をしていると」アレンは答えた。「そこにいる全員について考えねばならないんです」

「私は別だと思いたいし、そう信じていますけどね」

フォックスがのどの奥で、なだめるような憤慨したような複雑な音をたてた。

アレンは言った。「ミス・ケトル、あなたはカータレット大佐に好意を持っていらしたでしょう？ 大佐を本当にお好きだったことは、あなたの態度からも明らかです」

「ええ、それはもう」ケトルは力をこめて言った。「すごく親切で、気持ちのいいおかたでしたし。紳士というものを見たことがあるとすればそれはあの人ですし、愛情深い父親でもあり、人の悪口を言うこともありませんでした」

「ミスター・フィンの悪口もですか？」

「いいですか」ケトルは言いかけてはっと気づき、こう言葉を続けた。「ええ、ミスター・フィンは変わり者です。あなたが直接本人とお会いになっていて、皆の噂も聞いているっていうのに、そうでないふりをしてもしかたありません。でもね、あの人に悪気はないんですよ。いえ、正確には悪気がないわけじゃないかもしれませんが、本気で誰かを傷つけるつもりなんて、これっぽっちもないんです。お気の毒なあの人は、昔、悲劇に見舞われて、私に言わせればそれから変わってしまったんです。戦争前に一人息子が自殺をして。とんでもない事件でした」

「その息子さんは、外務局にいたのでは？」

「そうです。ルドヴィクという名前でした。かわいそうに、あのルドヴィクが！ とても利口ないい子だったのに。その事件が起きた時、ルドヴィクは外国にいました。母親の胸はそのせいではりさけてしまったと言われていますが、気の毒に、あの人はもともと心臓が弱かったんです。ミスター・フィンはその事件をきちんと乗り越えられていないんですよ。誰にもわからないことでしょう?」

「そうですね。噂に聞いたことを思い出したんですが」アレンはあいまいに言った。「ルドヴィクは、サー・ハロルド・ラックランダーの下にいた若者の一人ですね?」

「はい。あの老紳士は地方の名士でした。ご存じのとおり、スウェヴニングズの旧家のご当主で、いろいろ力もありましたし。フィン青年を自分のもとによこすよう言ったのは、サー・ハロルドだったと思います。あの事件が起きた時にはとても動転していらっしゃいましたが、きっと責任を感じていたんでしょう」

「真実はわかりませんがね」アレンは言い、つけ加えた。「では、スウェヴニングズの旧家の人たちは、国外にひかれる傾向があったんですね」

確かにそうかもしれないと、ケトルは答えた。サー・ハロルドのいる大使館で仕事を得たヴィッキー・ダンベリー・フィン青年を別にしても、サイス中佐はシンガポールに駐屯中の船に乗っていたことがあり、大佐自身もシンガポールをふくめ、極東で多くの任務に参加している。ケトルは少し間を置いてから、大佐はそこで二度目の妻に会ったのだろうとつけ加えた。

「ほう?」アレンはまるで興味がなさそうに言った。「サイス中佐もそっちにいたころに、ということですか?」やみくもに弾を撃ったにすぎなかったが、当たりだったようだった。ケトルは顔をピンク色に染め、異様な明るさで、中佐と二度目のカータレット夫人は向こうで知りあったのだと思うと言った。そして、何やら感情的なあれこれを無理やり乗り越えたような面持ちで、中佐がカータレット夫人を描いたとてもきれいな絵を見たことがあると言いそえた。「すぐにわかりますよ」ケトルは言った。「本当に本物そっくりで、熱帯の花が背景に描かれているんです」

「最初のカータレット夫人をご存じですか?」

「知っているというほどではありませんね。ミス・ローズが生まれて夫人が亡くなった時、お二人は結婚してまだ十八か月しかたっていませんでしたから。ご存じだと思いますが、最初の奥様は女相続人で、財産はすべてミス・ローズに行くことになっています。皆、承知していることですわ。大佐はお金に困っていましたが、最初の奥様の財産には一ペニーたりとも手をつけようとしませんでした。これも皆が承知しています」ケトルは繰り返した。「だから、噂話ではありませんからね」

アレンは抜け目なくマーク・ラックランダーに話題をうつしたが、ケトルがマーク賛歌を歌えることを喜んでいるのは明らかだった。フォックスが敬意をこめてケトルを見つめ、どうやらロマンスが進行中のようだがと、水を向ける。ケトルはすぐさま、ひと目でわかりますよね、とてもすてきなことですと答え、まさにスウェヴニングズの恋物語だとつけ加えた。

「ここのかたがたは、よそとのつきあいを避けるのがお好みなようですね」アレンは言った。

「まあ、そうかもしれませんね」ケトルはふくみ笑いをした。「ある紳士の患者さんにも申しあげたんですが、私たちは絵地図のようなものなんです。私たちだけの小さな世界とでも言えばわかってもらえるでしょうか。私はある人に……」ケトルは顔をまた鮮やかなピンク色に染め、きゅっと唇を結んでしかつめらしい表情を作ると、ややはっきりしない声でつけ加えた。「私個人は、旧家や古いものの見かたを支持したいですわ」

「ふと思ったんですが」フォックスが眉をあげ、穏やかに驚きを示しながら言った。「間違っているかもしれないですし、たぶんその可能性が高いのでしょう。ですが今のカータレット夫人は、別世界の人間のように思えます。ぞんざいな発音を大目に見ていただけるなら、ミス・ケトル、社交界の人(モンデーヌ)というか」

ケトルは「高級娼婦(ドゥミモンデーヌ)」と聞こえるような言葉をつぶやき、急いで続けた。「まあ、ここのやりかたは少しばかり古くさいのでしょうし。カータレット夫人は華やかな世界に慣れているのですから、そんなものなんでしょう」ケトルは腰をあげた。「もう聞きたいことがないようでしたら、ちょっと先生とお話しして、ミス・ローズとカータレット夫人が落ち着く前にすることがないか見てきます」

「とりあえずはもうありません。死体発見時の供述に署名をいただきたいですし、もちろん審問の時にも呼び出しがあると思いますが」

「そうでしょうね」ケトルと同じように二人も腰をあげ、アレンがドアをあけた。ケトルは二人を交互に見ると言った。「ここの人たちじゃありませんよ。ここに人殺しをしたい人なんかいません、絶対に」

二

アレンとフォックスは、長いつきあいの人間がぼんやりしている時にいつもやるように、たがいをじっと見た。

「ラックランダー先生に会う前に情報分析をしておこうか、フォックス」アレンが言い、つけ加えた。

「きみは何を考えてる?」

フォックスはいつもどおりの実直さで答えた。「ミス・ケトルのことを考えていました。実にすてきな女性です」

アレンはフォックスを見つめた。「まさか、キューピッドの矢にやられたわけじゃないだろうね」

「とんでもない」フォックスは満足そうに言った。「そうなればいいんですけどね、アレンさん。私は小柄で気立てのいい女性が好きですから」

「小型だの遠心力だの、ケトル看護婦の体の線だのについて妄想するのをやめて、考えてほしいんだが。カータレット大佐は七時十分ごろ、オクタウィウス・ダンベリー・フィンに会うため、この家を出た。思うに、家には誰もいなかったんだろう。次の情報によればボトム橋の近くで、フィンと大喧嘩をしているわけだから。それが七時三十分ごろのことだ。大佐とフィンが別れたのが八時二十分前。ラックランダー夫人は川の右側の柳の木立とほぼ反対側のくぼ地でスケッチをしていて、橋を渡った大佐は、八時二十分前にラックランダー夫人と話をしている。この野外での話しあいは前もって決められていたものらしく、十分ほど続いた。八時十分前に大佐はラックランダー夫人と別れ、また橋を渡った。左に曲がり、まっすぐ柳の木立に入ったのは明らかだ。ナンズパードン館をめざし、息を切らして丘をのぼっていたラックランダー夫人が、大佐がそこにいるのを見ているんだからね。カータレット夫人があのうすのろのジョージ・ラックランダーに別れを告げて丘をおりたのが、八時ごろのこと。この二人は七時十五分すぎにフィンが密漁をしているのを目撃しており、カータレット夫人は道を軽やかにおりながら、フィンがどこかにいないかと目で探していた。この時間に、さんざん話に出ているナンズパードン館の林に入っていたラックランダー夫人のことは、見落としていたようだ。キティは……」

「誰ですって?」

「カータレット夫人の名前はキティだよ。キティ・カータレットだ。キティは丘をおりながら、目はミスター・フィンがいるであろうカイン川の上流に向けていた。夫が柳の木立にいるのは気づかなかったそうだが、景色を見てみるまでは何もわかることはないし、どのみちよそへ注意を向けていたようだからな。キティはそのまま橋を渡って家へ帰り、橋の上に変わったものは見当たらなかった。一方、ラックランダー夫人は橋の上に巨大なマスが横たわっていたと言っている——彼女の言葉によれば三十五分前、ミスター・フィンがカータレット大佐と口論をした時、怒ってほうり投げた場所に。次に、キティ・カータレットがこの家に戻ってきたころ、マーク・ラックランダーがここを出て、ボトム橋へ向かった（テニスをする約束だったそうだが、かわいらしいローズ・カータレットとおごそかに恋を語っていたのだろう）。巨大なマスは見当たらず、マークはマスなどいなかったと断言した。とはいえマークは、カイン川の左にあった祖母のスケッチ道具は見つけ出し、心優しい若者にふさわしくナンズパードン館に持ち帰ったので、従僕は出かけずにすんだ。マークは林の中に姿を消し、我々が知るかぎり、九時十五分前にケトル看護婦が現れるまで、谷は薄暗がりの中に残された。隣家でサイス中佐の痛む腰をたたいていたケトル看護婦は、ふもとの草地におりて右に曲がり、犬のほえ声を聞きつけて死体を発見した。最新の情報からすると、こういうことになる。すべて事実ならだがね。ここからわかることは？」

フォックスは顎に手のひらをすべらせて言った。「こんな辺鄙な場所にしては、カイン谷は人通りが多いようですな」

「そうだろう？　丘をおり、橋を渡り、また別の丘や道を進み。被害者とフィンが七時半に、被害者とラックランダー夫人がその十分後に会っている以外は、誰もばったり出くわしていないんだ。あるいはあちこちでニアミスが起きていたようにも思えるがね。この谷の作りを正確には思い出せないが、こっち側の家からはカイン川の上流と、川の右側、橋の下流の数ヤードしか見えないらしい。それはそうと、明るくなったら朝一番で念入りな調査をしなくてはいけないな。草むらに潜んでいる怒れる地元民だの、村に潜伏している謎めいた東洋の紳士だのの痕跡を見つけられなければ、容疑者の範囲はせまいと言えそうだ」

「あの人たち、ということですか」フォックスが言い、客間のほうへ頭を振ってみせた。

「そうおぞましいことでもないだろう。何も隠し事をしていない、ケトル看護婦以外にとっては。彼女が何も隠していないことは断言できるがね。さて、ラックランダー青年に話を聞くとしよう。彼をつれてきてくれないか、子狐くん。あっちに行ったら、ミスター・フィンの巡査部長への供述が進んだかどうか見てきてほしい。あの部屋にも耳を残しておきたいが、そばにいるのは巡査部長だけだし、供述書作成は彼をここに置いておくいい口実になる。拾ったためがねの指紋を調べねばならないが、ミスター・フィンのものであることは間違いないだろう。ミスター・フィンが話そうと決めただけのことをうちあけてくれたら帰ってもらっていいが、追って通知があるまではすぐに話が聞ける場所にいてくれと言っておいてくれ。それじゃ、たのむよ」

フォックスが外へ行っている間に、アレンはカータレット大佐の書斎をじっくり観察した。ありふれた慣習からはみ出た面白いものが、たくさん見つかるだろうと思ってのことだった。実際そこにあったのは、半ダースの中国の線画や、背中のくぼんだ革椅子やパイプ立てや連隊の写真だったが、スポーツ関係の雑誌のかわりに、壁二つにそって並んだ本も見つかった。軍隊名簿や軍人の伝記もふくまれてはいたが、エリザベス朝やジャコビアン時代の戯曲および詩の、古いコピー原稿が壁の大半を占めており、一つ二つ、釣りにかんする非常にめずらしいものもあった。好奇心にかられたアレンは、モーリス・カータレット著『うろこを持つ種族』というかなり大きな本を見つけた。淡水に住むマスの習慣と特徴について書いた本だった。机の上には内気そうな顔をしたローズの、ぼやけた写真があった。キティの写真もあったが、何か説明しがたいものの模倣でもしているかのようだった。

アレンの視線が机の上を移動し、正面から下へ向かった。引き出しに手をかけると上の二つは鍵がかかっておらず、入っているのは便せんと封筒、明らかに大佐自身の手による達筆なおぼえ書きだけだった。真ん中の引き出しには、鍵がかかっていた。左下の引き出しは、引っぱり出されて空っぽだった。アレンは注意してもっとよく見ようと身をかがめたが、その時玄関ホールでフォックスの声が聞こえた。アレンは引き出しを戻し、机から離れた場所に立った。

マーク・ラックランダーがフォックスとともに入ってきた。

アレンは言った。「長くはかかりません。あるささいな問題を片づけ、別の問題——あまりささいなことではありませんが——について助言をいただきたくて、来てもらっただけです。まず、昨夜八時十五分ごろあなたが家に帰った時、ふもとの草地で犬のほえる声を聞きましたか?」

「いいえ」マークは答えた。「聞かなかったと断言できます」

「スキップは本当に、大佐のあとをぴったりくっついていたんでしょうか?」

「大佐が釣りをしている時はくっついてはいませんでした」マークは即座に言った。「大佐はしかるべき距離を保つよう、スキップをしつけていましたから」

「しかしあなたは、スキップの姿を見なかったんですね?」

「見ていないし鳴き声を聞いてもいませんが、とら猫に会ったのはおぼえています。オッキー・フィンの家にいる珍獣の一匹が夜の散歩に出たのだろうと思いました」

「どこにいたんですか？」

「橋のこちら側です」マークは退屈そうに答えた。

「わかりました。あなたはここでミス・カータレットとテニスをし、ボトム橋とリバーパスを通ってナンズパードン館に戻ったんでしたね。そして、途中でおばあさんのスケッチの道具を回収した。そうですね？」

「はい」

「ほかに何か持っていましたか？」

「テニス用品だけです。どうしてですか？」

「状況をつかもうとしているだけです。スケッチの道具をまとめるのにはしばらくかかったと思いますが、何か変わったものを見たり聞いたりはしませんでしたか？」

「いいえ、まったく。川の向こう側を見ようなんて思いもしませんでした」

「そうですか。では、医者として大佐の頭の傷をどう思ったか、教えていただけますか？」

マークはすぐさま答えた。「もちろんです。表面しか見ていないので、役に立つかどうかわかりませんが」

「聞いたところでは」アレンは言った。「あなたは急を知らせにきたケトル看護婦と下におりていき、手本にしたいほど手ぎわよくツイードの帽子を持ちあげ、傷を調べた。死んでいることを確認して帽子を戻し、警察の到着を待った。そうですね？」

「はい。懐中電灯を持っていたので大佐にさわらないようにしながら、できるだけていねいに調べました。実を言えば、いくつかの傷はかなりじっくり見ることができました」

「いくつかの傷」アレンは複数形を強調しながら、繰り返した。「では、殴られたのは一度だけではないということですね？」

「意見を言う前に、もう一度遺体を見たいところですがね。ぼくには、ある武器で一度こめかみを殴られてから、別の武器でぐさっとやられたように見えました。仮に――先のとがったものでこめかみを殴られたのだとしたら、それだけで複雑な結果になりますから、推測は無意味ですが。きっと、スコットランドヤードの医師がちゃんと鑑定してくれるでしょう。そこで何かが見つかれば、ぼくにはいささかわけのわからない遺体の状況にも説明がつくかもしれません」

「とはいえあなたの第一印象は、大佐は刺される前に気絶させられたのでは、ということなんでしょうか？　それで間違いありませんか？」

「はい」マークは即座に言った。「そういうことになります」

「私が見たところでは」アレンは言った。「だいたい幅三インチ、長さ二インチぐらいの不規則なあざがあり、その内側に表面がくぼんだ大きなハンマーでつけられたような、円形のみみずばれがありました。そんなものが存在するとしての話ですがね。そしてさらにその内側には、文字どおり穴があいていて、私には先のとがったものでやられたように思えました」

「ええ」マークは答えた。「外観を正確に描写するとそうなりますね。ですがもちろん、おかしな外観は頭蓋についた傷のせいでしょう」

「あいまいな箇所は、検死で明らかになるでしょう」アレンはマークの知的な、驚くほどととのった顔をちらりと見やり、危険を冒す覚悟を決めた。

「さて」アレンは言った。「ミスター・ダンベリー・フィンに関心のないふりをしてもしかたありません。おそらくカータレット大佐は、ミスター・フィンと大喧嘩をして一時間もたたないうちに殺されたわけですから。あなたはこれについてどう思いますか？　完全にここだけの話ですと言う必要もないでしょう。ミスター・フィンは、どういった人なんでしょう？　あなたは彼をよく知っているはずですが」

マークは両手をポケットにつっこみ、床をにらんだ。「ぼくも彼のことをよく知っているわけではありません」マークは言った。「もちろん、生まれてからずっと、ミスター・フィンのことを見知ってはいますが、ミスター・フィンはぼくの父親といってもいい年ですし、医学生や開業医の若造に興味津々というわけでもありませんでしたから」

「あなたのお父さんは、ミスター・フィンのことをもっとよく知っているのでしょう？」

「スウェヴニングズの住民で、年上の同世代という意味でなら。しかし、あまり共通点はありませんでした」

「ミスター・フィンの息子のルドヴィクのことは、もちろんご存じですね？」

「ええ、もちろん」マークは落ち着いた声で答え、「よく知っていたわけではありませんが」とつけ加えた。「彼はイートン校へ行き、ぼくはウィンチェスター大学に進みました。彼は外交を学び、ぼくはトマスの解剖室の暗闇の中へ行くためにオックスフォードを離れました。完全な都落ちってわけです。たぶん」マークはにやりと笑ってつけ加えた。「祖父は、あなたもぼくと似たりよったりだと思っていましたよ、アレンさん。あなたは祖父もトレンチャード子爵のための外交も、孤独な勤務地も見捨てたんでしょう？」

「そんな風におっしゃるのがお好みなら、私の偉大な上司の一人よりも、私をおおいに喜ばせることになりますよ。ところで、ルドヴィク・フィン青年は、ズロムスであなたのおじいさんの大使館にいましたね」

「はい」マークは言ったが、その答えが不自然に短すぎることに気づいて言いそえた。「祖父はこのあたりの言葉を借りれば、極端な『谷の男』だったんです。封建的なのが好きでしたし、地元の人間に囲まれているのも好きでした。ヴィッキー・フィンが外務局へ入った時、ズロムスの一角をスウェヴニングズにしてしまおうという魂胆で、こっちへ来てくれとたのんだのかと思いましたよ。ああいやその、こんな言いかたをするつもりじゃありませんでした。ぼくは……」

「フィン青年がズロムスの一角で自分の頭を吹きとばしたことをおぼえていらっしゃいますね」

「そのことを知っているんですか?」

「おじいさんにとっては大変なショックだったでしょうね」

マークは唇を引きむすんで体の向きを変えた。「当然です」マークは煙草入れを引っぱり出すと、アレンに背をむけたまま煙草に火をつけた。マッチがこすれ、フォックスが咳ばらいする。

「サー・ハロルドの回顧録が出版される予定だそうですが」アレンは言った。

「フィンがそのことを話したんですか?」

「ほう、いったいなぜ、ミスター・オクタウィウス・フィンが私に話す必要があるんですか?」アレンは尋ねた。

長い沈黙が続き、やがてマークが沈黙をやぶった。

「すみませんがアレンさん」マークは言った。「これ以上の質問には、断じてお答えできません」

「あなたの権利はしっかりと守られていますよ。そうすることが賢明かどうかは定かではありませんが」

「とにかくぼくは、自分でその判断をしなくてはなりません。診療所に戻ってはいけない理由は、まだ何かありますか?」

アレンは一秒の何分の一ほどためらってから言った。「いえ、何もありません。おやすみなさい、ラックランダー先生」

マークは「すみません」と繰り返し、不安そうに二人を見てから部屋を出て行った。

「フォックス」アレンは言った。「〈少年とロバ〉亭で二時間ほど仮眠を取ろうじゃないか。だがその前に、この地区の看護婦について妄想するのをやめて、カータレット大佐の机の左下の引き出しのほうへ、かがんでみてくれないか」

フォックスは眉をあげたが、めがねを鼻の上にのせると机の前で膝を曲げ、言われたとおりにした。

「こじあけられている」フォックスは言った。「しかも最近のことですな。ふちがかけています」

「ご明察。木くずが床に落ちているし、机の上のペーパーナイフもかけている。空の引き出しの中にもかけらが入っている。素人が慣れない手であわててやったんだろう。部屋を封印して、明日、カメラと指紋係を呼ぼう。ミス・ケトル、ミスター・フィン、ラックランダー先生の指紋は、供述書に残っているはずだ。ジョージ・ラックランダーやカータレット夫人のグロッグ酒のグラスも救出して、ここにしまったほうがいいだろう。他の者の指紋が必要なら、明日の朝、手に入れよう」アレンはポケットからたたんだハンカチを取り出すと、机の上にのせて開いた。現れたのは安っぽいめがねだった。「寝る前に」アレンは言った。「ミスター・フィンがこの安物めがねに指紋を残していないか調べるとしよう。そして子狐くん、朝きみがいい子にしていれば、ルドヴィク・フィンどのの悲しく教訓に満ちた物語を聞かせてあげようじゃないか」

三

キティ・カータレットは大きなジャコビアン様式のベッドに横たわっていた。結婚したてのころ、キティはこれをボタンをつけたキルト風の桃色のベルベットに作りなおすようたのんだのだが、すぐにそれはよろしくない趣味だと思われることを理解した。当時、自分の立場を確固たるものにするため必死だったキティはこの考えをあきらめ、そのかわりに化粧台と椅子とランプは自分で選んだのだった。キティは今、それらをみじめな気持ちで見つめていた。想像力豊かな者が見れば、その視線に告別めいたものを感じ取ったかもしれなかった。ベッドの上を移動すると、長い鏡の中に自分の姿が見えた。涙に汚れ、はれぼったくなった顔のまわりで、ピンクのシルクのシーツが波うっていた。「だらしない顔ね」キティはつぶやいた。自分が夫の寝場所に横たわっていることを思い出したのかもしれなかったが、そのせいで寒気におそわれたとしても、スウェヴニングズの誰一人として、キティが本気で大佐のことを愛していたなどとは、思ってくれないのだった。実際、ラッククランダー夫人が、こう言ったことがあった。キティは誰とも深いかかわりを持たずに生涯を送る、めったにいない女の一人だと。なぜキティが泣いていたのか、ラッククランダー夫人が理解するのは難しいはずだった。キティの孤独感がこれまでより強くなっているとは思いもせず、ショックを受けているだけだと思うだろうし、もちろんそれも本当のことだった。

ドアをこつこつとたたく音が聞こえ、キティはぎくりとした。異常なほど古風で繊細なところがあった夫のモーリスは、いつもノックをしていた。

「はい？」

ドアが開き、ローズが入ってきた。モスリンの部屋着とおさげ髪のせいで、まるで女学生のようだった。キティと同じようにまぶたがはれてピンク色になっていたが、そうしたこともローズの美貌を完全に損なってはいなかった。それに気づいたキティは、ぼんやりとしたいらだちをおぼえた。ローズにももう少し気を配るべきだったと、キティは思った。「でも、全方位に気を配ることなんてできやしないし」キティは取り乱した様子でひとりごちた。

ローズが言った。「キティ、いきなり入ってきてごめんなさい。眠れなくて外に出たら、あなたの部屋のドアの下に、明かりが見えたものだから。マークがチニングから睡眠薬を取ってきてくれるみたいだから、あなたも必要なんじゃないかと思って」

「自分のを持っているわ。でも、ありがとう。もうみんな帰ったの？」

「ラックランダー夫人とジョージは帰ったし、オッキー・フィンもそうだと思うわ。マークに様子を見にきてほしい？」

「なんのために？」

「少しは助けになるかもしれないし」ローズは震える声で言った。「私のように」

「でしょうね」キティはそっけなく答え、ローズが少しばかり赤くなったのに気づいた。「そう言ってくれるのはありがたいけど、だいじょうぶよ。警察はどうしたの？　まだあなたのお父様の書斎で、くつろいでいるの？」キティは尋ねた。

「もう帰ったと思うわ。すごく礼儀正しかったわ、本当よ、キティ。つまり、アレンさんが紳士でよかったってことだけど」

「でしょうね」キティはもう一度言い、「いいわ、ローズ」とつけ加えた。「心配しないで。わかっているから」

キティの態度は愛想はいいものの、もう行けと言わんばかりのものだったが、ローズはまだためっていた。しばらくして、ローズは言った。「キティ、マークが帰ってくるのを待っている間に――考えていたのよ、将来のことを」

「将来のことですって?」キティは繰り返し、ローズをじっと見た。「現在のことだけで、十分じゃなくて?」

「現在のことを考えるのは無理よ」ローズは急いで言った。「今はまだ、パパのことなんて考えられないわ。でも、ふと思ったの。あなたはこれから大変じゃないかって。たぶんあなたは知らないと思うし、パパが話したかどうかもわからないけど……その……」

「ああ、そのことね」キティは疲れたように言った。「知っているわよ、話してもらったもの。あの人はお金にかんすることは、すごくきちんとしていたでしょ」キティはローズを見あげて続けた。「気をもまなくてもだいじょうぶよ、ローズ。どうにかなるし、何も期待はしていないわ」不明瞭な声でつけ加える。「私のような女はそうなの」

「でも、私はあなたに、お金のことは何も心配しなくていいと言っておきたいの。この状況に慣れるまで待つべきなのかもしれないし、言いにくいんだけど――あなたの手助けがしたいの」ローズは口ごもり、それから早口で話し始めた。消耗が激しすぎて、酔っぱらってしまったかのようだった。持ち前のつつしみ深さは消えうせ、誰かに感情をぶちまけたいという衝動に取ってかわられたように見えた。義母を一人の人間と認識してすらいないかのようだった。「言っておいたほうがいいでしょうけど」ローズは指を組んでしゃべり続けた。「私はハマー農園にそう長くはいないと思うわ。マークと婚約するつもりだから」

キティはローズを見あげてためらい、それから言った。「結構なことじゃないの。どうぞお幸せにね。もちろん私は驚いてなんかいないわよ」

「そうよね。私たち、すごくわかりやすかったみたいだし」ローズは同意したがその声は震え、目には何度目かの涙があふれた。

「でしょうね」キティはかすかな笑みを浮かべて言った。「パパも知っていたわ」

「あなたが？」

義母の存在に初めてしっかり気づいたかのように、ローズは言った。

「気にすることはないわよ。そうなったって不思議じゃないし、私も気づかずにはいられなかったわ」

「パパにはマークと私から話したのよ」ローズはつぶやいた。

「それで喜んでもらえたの？ ねえ、いいことローズ」キティは愛想はいいが、疲れきったような調子のまま言った。「ごまかすのはやめてちょうだいね。サー・ラックランダーの回顧録の一件を、私は知っているんだから」

ローズはかすかに不快そうな身ぶりをして言った。「それについては考えなかったけど、だからって何も変わらないわ」

「そうね」キティは同意した。「ある意味、今となってはそんなことは――どうかしたの？」

ローズは顎をあげ、「マークの声が聞こえたの」と答えた。

ローズはドアのほうへ歩き出した。

「ローズ」キティが強い口調で言ったので、ローズはぴたりと足を止めた。「私がどうこう言うことじゃないのはわかっているけど――あなたは今、普通じゃないわ。私たちみんなそうよ。私なら軽率なことはしないわ。『あせって行動するな（ドント・ラッシュ・ユア・フェンス）』とお父様なら言うんじゃなくて？」

キティを見るローズの顔に、徐々に驚きが広がっていった。「どういうことかわからないわ。フェンスって何？」

ローズがドアをあけると、手入れのいい手が差し出され、ローズの手を包んだ。

「やあ」マークの声が言った。「入ってもかまわないかな？」

ローズはキティを見やり、キティは再びためらってから言った。「ええ、もちろん。入ってちょうだい、マーク」

マークは本当にハンサムな若者だった。背が高く、髪は黒く、力強い口元と顎には、女性を骨抜きにしてしまうようなたのもしさがあった。マークはローズの手を強く引っぱるようにしながら、キティを見おろした。二人は俗に言う、目の覚めるようなカップルだった。

「お二人の声が聞こえたもので、ちょっと様子を見ようかと思って」マークは言った。「ぼくにできることはありませんか？　ローズが眠れるようにと持ってきたものがあるんですが、あなたも飲みたければ飲んでもいいと思いますよ」

「様子を見るわ」キティは言った。「薬ならどこかにあるはずだし」

「念のため、少し置いていきましょうか?」マークは包みを振ってキティのナイトテーブルにカプセルを二つ取り出すと、グラスの水を持ってきた。「一つで十分ですから」マークは言った。

ローズは部屋の反対側のドアの前から動いていなかったので、マークはキティの前に立ちはだかるような形で、二人の間に立っていた。キティはマークの顔を見あげ、声高に言った。「あなたが最初に見つけたんでしょう?」

マークはかすかに警告するような身振りをし、ローズのほうを向いてから静かに言った。「最初ってわけではありません。ミス・ケトルが――」

「ああ、ケトルね」キティはいらだたしげに、ケトルの話を打ち切ると言った。「私が知りたいのは、何があったのかかっていうことよ。私はあの人の妻なんですから」

「ローズ」マークは言った。「きみはベッドに行かないと」

「いいえ、マーク」ローズは死人のように顔を白くして答えた。「私も知りたいわ、お願い。知らないほうがもっと悪いもの」

「そうね、知らないほうがずっと悪いわ」キティが同意する。「どんな場合も」

マークはかなり長い間を置き、素早く言った。「ええと、まず――大佐の顔に傷はありませんでした」

キティはひどく顔をしかめ、ローズは手を両目に当てた。

「――大佐が何かを感じたとは思えません」マークは言い、指をあげた。「ええ、殴られたあとはありました。ここに。こめかみの上に」

「それだけ?」ローズが言った。「それだけなの?」

「とてももろい場所なんだよ、ローズ」

「だったら――事故か何かってこともありえるんじゃない？」

「いや――残念だがそれはない」

「ああマーク、どうしてなの？」

「そんなことはありえないんだ、ローズ」

「だからどうして？」

「傷の性質からして」

「複数あったっていうこと？」ローズは言い、マークは急いでローズのそばへ行くと、その手を取った。

「まあ――そういうことだ」

「でも、あなたはさっき――」ローズがまた口を開く。

「つまり、その小さな箇所にいくつかの傷があったっていうことだよ。事故かもしれないときみに思わせたところでいいことはない。――監察医が事故ではないと気づくに決まっているからね」

ほうっておかれていたキティが「わかったわ」と言い、あわててつけ加えた。「ごめんなさい、でも今夜はこれ以上耐えられそうにないから。かまわないかしら？」

マークは今までよりもしげしげとキティを見た。「ゆっくりと安静にしたほうがよさそうですね」マークは医者らしい手つきでキティの手首を持ちあげた。

「いえ、いいのよ」キティは言い、さっと手をひっこめた。「ありがとう、でも診察の必要はないわ。私はただ、ローズはもうベッドに行ったほうがいいと思っただけ。たおれてしまわないうちに」

「そうですね」マークがややそっけない口調で同意し、ドアをあける。ローズが言った。「ええ、もう行くことにするわ。キティ、あなたもどうにか眠れるといいんだけど」ローズが部屋を出ると、マークはローズの部屋の前までついていった。

「おやすみなさい、マーク、ダーリン」ローズが穏やかに体を引いた。

「明日、きみをナンズパードン館につれていくから」マークが言った。

「まあ。——そんなことができるとは思えないけど。どうしてナンズパードン館なの？」

「きみの世話をしたいし、どう考えても、きみのお義母さんが思いやりに満ちた気分のいい同居人とは思えないからだよ」マーク・ラックランダーは眉をひそめた。

「だいじょうぶよ」ローズは答えた。「たいしたことじゃないわ。見ないようにすることを学んだから」

四

夜が明けるとすぐ、フォックスは〈少年とロバ〉亭の談話室で朝食のハムエッグを食べながら、ルドヴィク・フィンの物語をたっぷりと聞かされることになった。やはり夜の最後をパブで過ごしたベイリーとトンプソンは、仕事道具を持ってもうふもとの草地で働いており、ヤードの監察医はロンドンへ呼ばれていた。晴れた暖かい日になりそうだった。

「フィン青年のことは知っているんだ」アレンは言った。「彼の悲劇は一九三七年、私が公安部で働いていた時に起きたからね。当時、今は亡きサー・ハロルド・ラックランダーはズロムスで大使をしていて、ルドヴィク・ダンベリー・フィン青年は彼の個人秘書だった。鉄道の認可についてドイツ政府と地元の政府がじっくり入念な協議をしていることは周知の事実だったが、私たちはドイツ側がかなり遠い未来に、重要かつ私たちにとって致命的な取り決めにサインしようとしているという旨の情報を得た。これを妨害するよう指示されたラックランダーは、ズロムス側にあるおいしい申し出をする権限を与えられ、この一件は確実にうまくいくと思われていた。だが、ドイツ人たちはこのささやかな陰謀に気づき、すぐさま交渉をおし進めて予定よりもずっと早くに成功にこぎつけた。私たちの政府はわけを知りたがり、ラックランダーは情報が漏洩していたことを悟った。漏洩の可能性がある立場にいたのはフィン青年だけだったので、ラックランダーは彼と対峙し、フィン青年はすぐに泣きくずれて自分がしたことだと認めたらしい。フィンはズロムスの水にうまくなじめなかったようだった。よくある気の毒な話だ。フィンは母校のミルクで唇をぬらしたまま到着し、しゃれたおしゃべりは得意でも、あかぬけない思考でいっぱいだった。ズロムスのあやしげな仲間とつきあい、その中には若い紳士もいたのだが、そいつは特に弁がたつタイプのドイツのスパイだったことが、あとで明らかになっていた。件の紳士がフィン青年に狙いをつけたおかげで、フィンはすっかりナチの思想に夢中になり、ドイツのために働くことを承知したと言われていた。例によって、私たちの持つ情報の出どころ自体が不確かなものであり、フィンは結果で判断されることになっていたが、彼のふるまいは疑いなく裏切り者のものだった。フィンの上司にきわめて重大な電報がとどいたあとの晩に、フィンはナチスの友人とともに、ジプシーのところかどこかへ出かけていた。暗号の解読はフィンにまかされていたのだが、フィンはズロムスの仲間に一部始終をもらしていた。賄賂を受け取っていたともあとで噂された。ラックランダーはひそかにフィンをどやしつけ、その場を去ったフィンは自分の頭を吹きとばした。フィンはラックランダーをある意味英雄視していたという噂だったので、彼の裏切りを不審がる声はたびたびあがった。だがフィンは才能はあるが不安定な若者だったのだと、私は思っている。彼の父親――昨夜面会したオクタウィウス――は、一人息子が没落しかけた旧家の一族に富を取り戻してくれるものと期待していた。フィン青年の母親は、その数か月後に死んだそうだ」

「かわいそうに」フォックスが言った。

「まったくだ」

「ところでアレンさん、年長のほうのミスター・フィンは、少しばかりいかれていると思いませんか?」

「頭がおかしいということかね?」

「ちょっと……変わっているというか」

「昨夜遅くのふるまいは明らかにおかしかったな。私がおびえた男を見たことがあるとすれば、彼がそうだよ、フォックス。どう思う?」

「機会はあったはずですよ」警察捜査の基本にすかさず戻って、フォックスが言った。

「そうだな。ちなみにベイリーが指紋を調べたんだが。めがねはミスター・ダンベリー・フィンのものだったそうだ」

「ほら、ごらんなさい」フォックスはすっかり満足して叫んだ。

「わかっているだろうが、それが決め手にはならないからな。もっと早い時間にあそこでめがねをなくしたのかもしれない。その点についてはまだ、白状するのをしぶっているし」

「ですが……」フォックスが疑い深く言った。

「ああ、そうだな。あれがいつどうやってああなったかについては、私も考えがあるんだ」

アレンは自分の考えを披露し、フォックスは眉をあげて耳をかたむけた。

「それにフォックス、機会について言えば」アレンは続けた。「私たちが知るかぎり、大佐の奥方にもラックランダー家の三人にも、ついでにケトル看護婦自身にも、機会はあったはずだよ」

フォックスは口を開いたが、上司の目にからかうような光があるのを見て、また口をつぐんだ。

「もちろん、浮浪者や極東から来た黒い肌のよそ者も、容疑者からはずすことはできないがね。だがフォックス、昨夜話に出た事実を無視するわけにはいかないと思う。カータレット大佐は死の床にあるサー・ハロルド・ラックランダーから、回顧録をまかされたようだな。大佐が出版を監督することになっていたらしい」

「いや、しかし……」フォックスが口を開きかけた。

「この回顧録は、たいしたものではないのかもしれない」アレンは答えた。「だがしかし、ラックランダー家とミスター・オクタウィウス・フィンとをつなげる接点になりうるし、回顧録を手にしていたカータレット大佐が、その接点をにぎることになるとは思わないかね」

「つまり」フォックスは慎重に言った。「回顧録には、フィン青年のあやまちにかんする話が、すべて書かれていたとお考えなんですね。それを知った父親が、出版を止めようと決意したと」

「きみがそんなふうに言うと、死ぬほど貧弱な説に聞こえるな。その線で行くと、どうなるだろうね。七時二十分に丘をおりたカータレット大佐は、フィンが自分の漁区で釣りをしているのを見つけて大喧嘩をし、一部始終をラックランダー夫人に聞かれることになった。フィンと別れたカータレット大佐はラックランダー夫人と会い、十分間話したあとで柳の木立へ釣りにいった。レディＬが家に帰ると、フィンが戻って大佐を殺した。大佐がサー・ハロルド・ラックランダーの回顧録を出版して、フィン青年の名誉をけがそうとしていたからだ。だが、レディLは私に一言もそんなことを言わなかったし、二人が回顧録のことで喧嘩しているのを聞いたとも言わなかった。もしそうだったのなら、黙っている理由があるとも思えないのに、二人が密漁のことで口論をしたと、カータレット大佐に聞かされたとしか言わなかった。そして彼女と大佐も、大佐の死にはなんの関係もない、家族の個人的な話をしていただけだとつけ加えた。むろん、そうなのかもしれないが、家族の個人的な話とやらはひょっとして、回顧録の出版と関係がありはしないだろうか？　もしそうなら、なぜラックランダー夫人はその話をするのをいやがるのだろう？」

「回顧録の話だったのかもしれないと考える理由はあるんですか？」

「いいや。私はいつもきみに、してはいけないと言っていることをやっている。すべて推測だ。だが、マーク・ラックランダー青年が回顧録の話をいやがっていたのは確かだろう？　罠か何かのように、ぴたっと口を閉ざしていたじゃないか。思いがけず出てきたこととはいえ、回顧録はカータレット家とラックランダー家をつなぐものであり、おそらくミスター・フィンと両家をつなぐものでもあるはずだ、フォックス。これまでのところ、あのえらく旧態依然としたグループの、唯一の共通点でもある」

「あの奥方が旧態依然だとは思いませんが」フォックスが評した。

「確かに彼女は、一般的な意味で古風だとは言えないな。車が止まったようだ、カーティス先生だろう。ふもとへ行って、機会と証拠の問題に戻ろうじゃないか」

だが、先に立って外へ出る前に、アレンはその場で鼻をこすりながら仕事仲間を見つめた。「わすれないでくれよ」アレンは言った。「ハロルド・ラックランダーは死の床で、良心の呵責にさいなまれているようなことを言い、『ヴィク』とつぶやいたんだ」

「ふむ。『ヴィク』ですか」

「そう、そしてマーク・ラックランダーは、フィン青年のことをヴィッキーと呼んでいた！　一考の余地はあるだろう？　行こうか」

五

真夏の朝の光のもとでは、柳の木立に横たわったカータレット大佐は、かなり場違いな存在に見えた。覆いははずされ、大佐は川のすぐそばで体をまるめていた。考えることも動くこともなく、暴力の印をこめかみにつけたまま――さんざん写真をとられてきた死体の一つだ。

ベイリーとトンプソンは昨夜からの作業を続けていたが、たいして成果はあがっていないようだとアレンは思った。水は踏み板の下まであふれ、土にしみて川岸の砂利にも打ちよせていた。覆いをかけていたのに、大佐のハリスツイードにも水がしみて、右の手のひらには水たまりができていた。

外観を調べ終えたカーティス医師が、腰をあげた。

「ここで得られるものはこれで全部だ、アレン」カーティスが言った。「ポケットの中身はオリファントに渡しておいたよ。鍵束、煙草にパイプにライター、毛針入れ。ハンカチ、いくつかメモの入った小型本、娘の写真。それで全部だ。ざっと見たところでは、硬直がかなり進んでいて、そろそろ解けてくるころだ。被害者はだいたい八時十五分近くまで生きていて、九時に遺体で見つかったことがわかっているそうだが。それ以上正確な死亡推定時刻は出せないだろうな」

「傷は？」

「確かなことは言えんが、二つの方法で二つ、ことによると一つの武器が使われたと思われる。深くくぼんだあとがある、きれいな穴があるんだ。円形のくぼみの中心に穴があいているんだが、同じエリアに強打のあともあり、そいつが広範囲にわたる骨折や大量出血の原因らしい。石を割るハンマーか、平たい楕円形の石でやられたのかもしれない。それが最初の傷で、被害者はほぼ確実に気絶したか、死んだかしただろう。どちらにせよ、二度目の攻撃の際には無防備だったはずだ」

アレンは死体をまわりこみ、川岸へ行った。

「足あとはなかったのか？」アレンはベイリーに尋ねた。

「死体発見者の足あとはありました」ベイリーは答えた。「かなりはっきりしたものです。男女の。重なりあってまっすぐこっちへ来て……しゃがみ、立ちあがり、歩き去っている。それからアレンさん、あなたも昨夜お気づきのとおり、大佐自身の足あともありました。あの時は水びたしでしたが、大佐が何をしていたかは、はっきりわかります」

「ああ」アレンは言った。「川と向かいあって、やわらかい土の上にしゃがんでいた。ナイフで草を刈って、例のマスを包もうとしていたんだ。ナイフもあるし、手には草があり、マスもここにいる！めったにない大きさだな。数日前、大佐はこいつを釣りあげそこねたとオリファント巡査部長が言っていたが」

アレンは身をかがめ、マスの口に指をすべりこませて探った。「ああ、まだここにある。見ておいたほうがいいだろう」

アレンの長い指が少しの間せわしなく動き、やがて切れた釣り糸といっしょにオールド・アンの顎から出てきたものがあった。「これはどこにでもある、市販の毛針じゃない」アレンは言った。「美しい手作りの針だ。赤い羽の切れ端と金色の布が赤茶色の毛でむすばれている。これと同じようなものを大佐の書斎で見たおぼえがある。ローズ・カータレットが父親のために毛針を作っていたからな。こいつはサー・ハロルド・ラックランダーが世を去る前の午後、大佐がオールド・アンを釣りあげた時になくしたものだろう」

アレンは大佐の傷ついた頭と、無表情にすべてを受け入れている顔をながめた。「だがこの時、あなたはやつを釣りあげそこねた」アレンは言った。「いったいなぜ、魚といっしょに死体で発見される気はないと七時半に叫んだあとで、九時に死体で見つかったんでしょうね？　魚といっしょに」

アレンは川のほうへ向きなおった。ちっぽけな港のような場所を、柳の木立が覆い隠している。曲線状の土手が、小さな入り江へまっすぐに約五フィートの高さを落ち、その下の石だらけの砂州の中へと消えていた。川の水は渦をまいて入り江に流れこみ、また元の場所へ引き返していた。

アレンは入り江の土手の低い場所を指さした。岸より少し下に、へこんだような水平の線がついている。

「あれを見たまえ、フォックス」アレンは言った。「それからあそこにある、あれも」アレンは背の高いデイジーの一群に向かってうなずいてみせた。大佐がたおれていた場所より上流の、おそらく大佐の足から一ヤードほどの土手の端に一列に生えている。デイジーは花を咲かせていたが、アレンはほかのものよりもひょろ長い、花が切り取られた三本の茎を指さした。

「遺体を動かしてもかまわない」アレンは言った。「だが、なるべく地面を踏み荒らさないようにしてくれよ。また、観察したくなるかもしれないから。ところでフォックス、柳の木立の入り口近くの草がつぶれたり、折れた枝、曲がった枝があるのに気づいたかね。ケトル看護婦が見張られていたような気がすると言ったのを思い出してみたまえ。さあいいぞ、オリファント」

オリファント巡査部長とグリッパー巡査が担架を持って進み出た。少し離れたところに担架をおろし、遺体を持ちあげる。その時、つぶれてびしょぬれになったデイジーが大佐の上着から落ちた。

「そっと拾って」アレンは自分でデイジーを拾いながら言った。「注意してあつかわないとな。できれば、残りの二つも見つけないと。犯人は花でものを語るらしい」アレンは花を容器の中にしまい、オリファントとグリッパーは担架に遺体をのせて待った。

アレンは大佐の頭があった場所よりも下流の土手で、二つ目のデイジーを見つけた。「三つ目は、流れていってしまったのかもしれないが、そのうちわかるだろう」

アレンは土手の上に置かれたまま、先端を流れの上につき出している大佐の釣り竿をながめ、そのそばにうずくまった。釣り糸を持ちあげ、長い指でぶらさげる。「オールド・アンを浮かびあがらせた片割れか」

アレンは釣り糸をもっと近くで見つめ、においをかいだ。

「昨日、魚を釣ったんだな」アレンは言った。「針に肉片がついている。なら、釣った魚はどこへ行ったんだろう？　小さすぎたのか？　川に戻したのか？　それとも？　まったくこのぐしゃぐしゃの地面ときたら」アレンは釣り用のしかけを糸からはずすと容器の中にしまい、遺体の曲がった両手のにおいをかいだ。「うん、魚をあつかったようだ。手や指の爪や衣服に、痕跡がないか調べなくては。手の中の草はこのままにしておこう。残りはどこにある？」

アレンはまた川岸のほうを向き、大佐が草を刈った場所にちらばっていた葉を、残らず拾い集めた。大佐のポケットナイフを調べると、草を刈った痕跡に加えて、魚のにおいもすることがわかった。十分に注意しながらオールド・アンを持ちあげ、巨大な魚が一晩中置かれていた石の上を捜索する。

「うん、ここにあとがある」アレンは言った。「だが全部この魚から落ちたんだろうか。ああ、あのとがった石の上に魚の皮がたれさがっているな。見てみよう」

アレンは巨大なマスをひっくり返して冷たく湿っぽい表面を探り、皮のはがれたあとを探したが、見つからなかった。「一仕事する必要があるな」アレンはつぶやき、ポケットレンズを取り出した。部下たちは咳ばらいをして足をもじもじさせていたが、フォックスは穏やかな称賛の表情で、アレンを見守っていた。

しまいにアレンは言った。「重要なことかもしれないから、専門家の意見を聞かないと。確かなのは、大佐が魚を釣ってここに置き、この石のせいで少しばかり皮がはがれたということだ。その魚はすぐにどけられて、かわりにオールド・アンが置かれた。川に戻されたようには見えないだろう？もしそうなら、大佐は魚を針からはずしてすぐに川に戻しただろうし、岸に置いたりはしなかったはずだ。しかし、なぜ魚の皮が石の上ではがれたんだろう？　なぜ他の魚を置いたあとに、オールド・アンを置いたんだろう？　誰がいつそんなことを？」

フォックスが言った。「いずれにしろ、時間は雨がふる前でしょう。地面を見ればわかります」

「大佐は雨がふる前に殺され、発見されているから、それは手がかりにはならないな。しかしフォックス、考えてみたまえ。大佐は手に刈った草を持って殺されていた。少なくとも自分の釣った魚を包むため、草を刈っていた可能性はないかね？　大佐はオールド・アンにさわるのを拒み、オールド・

アンを橋の上に置きっぱなしにしていたという。そして、大佐を最もよく知る者たちは、彼が前言をひるがえすはずがないと口をそろえている。ふむ。何者かが大佐を殺害した。大佐の魚を持ち去り、かわりにオールド・アンを置いたのはそいつだろうか？」

「あなたはそうお考えなんでしょう、アレンさん」

「だが、どうしてそんなことを？」

「わかりませんよ！」オリファントがうんざりしたように言い、ベイリー、トンプソン、グリッパー巡査が同意するような音をたてた。担架のそばにしゃがみこんでいるカーティスは、一人にやにやしていた。

「大佐を殴った時、殺人者は実際にはどこにいたんだろうな？」アレンは続けた。「私の見立てはこうなんだが、違ったら訂正してくれ、カーティス。カータレット大佐は刈った草を手に持って、川と向きあう形でしゃがみこんでいた。足あとの様子とそのあとの位置からして、左のこめかみを殴られた大佐はひっくり返ってその場から離れ、ケトル看護婦が発見した場所にたおれたのだろう。さて、大佐は左利きの者に背後から殴られたのか、左側から腰を落とした格好で襲撃を受けたのか、前から右手で横殴りにされたのか……なんだい、オリファント？」

「いえ、すみません警部。こう言いたかっただけなんですが。たとえば、採石夫が膝の高さにつき出ているくさびを打ちこむような一撃ではいけないのでしょうか」オリファント巡査部長が言った。

「ああ！」グリッパー巡査が吟味するように言う。「もしくはテニスのアンダーサーブのようにとか」

「まあそういうことになるだろうが」フォックスと目を見交わしてアレンは答えた。「大佐と川べりの間にはそれだけの隙間がないから、襲撃者は川の上に三フィートはつき出さなくてはならなくなるんだよ。さて、橋のほうへ行って上流を見てみるとしようか、フォックス。現場付近をまだ荒らしたくないから、迂回してこっちへ来てくれ」

フォックスは小さな入り江の低い土手が、川の中へ一番つき出ているあたりでアレンと合流した。二人はカイン川の水が、ボトム橋のこちら側を隠している柳の木立を通りすぎ、約四十フィート離れた向こう岸へと、流れるのをながめた。深い淵の上につながれた小舟も見える。

アレンが言った。「実に美しいな。ヴィクトリア時代の画集にある、鉛筆書きのぼかし絵のようだ。ラックランダー夫人はここからスケッチをしたことがあるのかな。フォックス、きみは『ルークリース凌辱』を読んだことがあるかね？」

「警察のリストにありそうな題名ですが、リストになければ読んだことはありませんな。それとも、シェイクスピアだとでも？」

「ああ、シェイクスピアさ。風変わりな川の流れにかんするくだりがあるんだ。エイヴォン川のクロプトン橋付近のことを描いた詩なんだが、カイン川のこの地点について書いているのかもしれない。迫持（アーチ）の下をうねり逆巻く激流、『渦となって力の限り跳ね返り、流れを急（せ）き立てた狭い水路へと逆流する』流れのことなんだが。今、こっちへ流れてきた小枝を見てみたまえ。まさにその手の流れのせいで、川をくだらずにこの入り江に入ってきたんだ。ほら。ぐるぐる渦をまいて、橋に戻っている。かなり強い逆流があるんだ。しばらくここにいてくれないか、フォックス。その罪深い尻の上に身をかがめて、空想の中の魚に向かって頭をたれていてほしい。釣り人の動きをまねしてくれ。私がいいというまで、目をあげたり動いたりしないでほしい」

「おやおや、いったいなんのことやら」フォックスは考え、大きな両手を足の間に置き、静かに川岸にしゃがみこんだ。

アレンは現場の周囲をまわり、柳の木立の中へと消えた。

「何をたくらんでいるんだろうな？」カーティスが誰に言うともなく尋ね、フォックスのポーズについて医者らしいぶしつけなジョークをつけ加えた。オリファント巡査部長とグリッパー巡査はあきれたような視線を交わし、ベイリーとトンプソンはにやにやしていた。皆はアレンがきびきびと橋を渡る足音を聞いたが、律儀に地面を見つめていたフォックスだけは、アレンが見える位置にいた。フォックス以外の者は、アレンがなんらかの理由で向こう岸に現れるのを期待しながら待っていた。

柳の木立がある入り江の上流近くに、古い小舟がやってきた時、カーティス、ベイリー、トンプソン、オリファント、グリッパーはぎょっとした。中にはしおれたデイジーの花を持った、アレンが立っていた。

小舟は流れによって向こう岸から川を横切り、柳の木立の中の小さな入り江に入ってきた。音もなくすべるように止まり、その四角いへさきは、アレンが下流の土手で指さした線とぴたりと一致した。そのとたん、底が石だらけの砂州にこすれ、小舟はそのまま動かなくなった。

「舟の音が聞こえただろう？」アレンが言った。

フォックスが顔をあげる。

「はい。しかしそれまでは何も見えず、何も聞こえませんでした」

「カータレット大佐もこの音を聞いたに違いない。デイジーの説明もついたようだな。フォックス、私たちは『誰がやったのか』わかっていると思うかね？」

「おっしゃる意味が理解できていればですが、アレンさん。きっとあなたは、よくよくわかっているのでしょう」

第七章　ワッツ・ヒル

「心にとめておくべきことはこれだ」まだ小舟の中に立ったまま、アレンは言った。「一つ。私は船首でデイジーの花を見つけた。つまりこの花は、他の二つと同一線上にあるが、舟がぶつかった場所より、少し先にあった。二つ。この古いぽんこつ舟には、係留用の綱が三十フィートばかり余分についている。こいつはまだ向こう側につながれたままだから、私は綱をたぐって戻ればいい。飛びちった古い水彩絵具やひしゃげた管から見て、この舟はラックランダー夫人の便宜をはかるためのものだと思う。時々舟の上で絵を描いていたんだろう。酔いがさめるような考えではあるが、太めの女神さながらに船首に陣取って、停泊場所に戻ろうとしている彼女を見てみたいものだよ。ちなみにいくつかあった煙草の吸殻――口紅がついているものもついていないものもあったが――のすぐそばに、淡い黄色の大きなヘアピンが落ちていた。ある特別な時間を過ごすためにも使われたんだろうが、それはまた別の話だ」

「サー・Gと女友達ですか?」フォックスが思案顔で言った。

「自信を持ちたまえ」アレンは言った。「艶めいた話はきびしく取り締まらなくては。さて、話を戻そう。三つ。小舟で移動すれば、ワッツ・ヒルの住人の目には入らないことを思い出してほしい。あそこから見えるのは、橋のこちら側の部分と、橋と柳の木立の間のちっぽけなエリアだけだ。もう運び出していいぞ、グリッパー」

カーティスが遺体に防水布をかけ、グリッパー巡査と車を運転していたヤードの巡査がベイリーとトンプソンの手を借りて、柳の木立からカータレット大佐を運び出した。大佐専用の釣り場だった土手の上をたどり、スウェヴニングズの病院のバンが待っているワッツ・レーンへ進む。

「実に気のいい人でした」オリファント巡査部長が言った。「あんなことをしたやつを、つかまえられるといいんですが」

「ああ、もちろんつかまえるさ」フォックスが答え、静かに上司を見やった。

「思うに」アレンが言った。「犯人は向こう岸で、カータレット大佐が獲物の上にしゃがみこむのを見ていたんだろう。小舟についてよく知っていた犯人は、小舟に乗ってもやい綱をはなし、シェイクスピアの流れとでも呼ぶべきあの流れに運ばれて川を渡った。入り江に入った舟は地面に乗りあげ、土手に船首のあとを残した。大佐のことを熟知していた犯人は、小舟が石にこすれる音を聞いても、大佐が目をあげるだけで立ちあがりはしないと知っていた。舟がかなりしっかり陸に乗りあげているのが見えるだろう。さて、こうして舟の真ん中より少し後ろに立つと、カータレット大佐がしゃがんで作業していた場所と向かいあわせになる。犯行が私の考えているようなものなら、大佐を殴れる距離でもある」

「仮定の話でしょう」フォックスが口を出した。

「ああ、わかっているとも。もしきみがもっとましな説を思いついたなら、どうぞがんばってくれたまえ」アレンは明るく言った。

「わかりました」フォックスは言った。「異論はありません。今のところはですが」

「斬首をくらった三つのデイジーの茎と花の位置は」アレンは続けた。「一見厄介そうに見える。しかるべき武器をふりまわせば、一度で三つの花の首を落とすことはできる。一つが大佐の上に、もう一つが土手に、別のもう一つが舟の中に落ちることも十分ありえるだろう。だが、その一撃を大佐にとどかせることはできなかったはずだ」

オリファントが舟の中にあった竿を、これ見よがしに凝視した。

「いいや、オリファント」アレンは言った。「小舟の中に立ってためしてみるといいよ。あんな代物を頭の上でふりまわし、素早くデイジーをなぎはらい、竿の先でしゃがんでいる男のこめかみを正確にとらえることができるかどうか。きみは犯人をどう考えているんだ――ブレイマー・スポーツ大会から来た、丸太投げの名手だとでも？」

「ということは」フォックスが言った。「デイジーは二度目の一撃で、あるいはもっと早い時間に、花を落とされたとお考えなんですか？」

オリファント巡査部長が、ふいに口をはさんだ。「失礼ですが警部、デイジーは絶対に、事件に関係していると言えるのでしょうか？」

「たぶん関係していると思うよ」アレンはオリファントに十分な注意を向けつつ答えた。「三つともごく新しいし、一つは大佐の上着に、一つは小舟の中にあったんだから」

「失礼ですが警部」大胆になった巡査部長は、少しばかり矛先を変えて続けた。「小舟は絶対に、事件に関係していると言えるのでしょうか？」

「左利きの容疑者が見つからないかぎり、関係あると仮定するしかないだろうな。小舟と死体があった場所の間を見てごらん。草が刈られていた芝生と、魚があった場所の間にある岩場もね。小舟からあそこの岩場にうつれば、カータレット大佐の頭のすぐ近くに立てる。痕跡もわずかしか残らないし、まったく残らないこともありうる。対して、柳の木立の地面はやわらかい土だ。大佐自身もケトル看護婦もラックランダー先生も、それとわかる足あとを残している。なのに四人目の人間がいた形跡はない。とりあえず、大佐がたおれたあとで、犯人はとどめをさすか被害者が死んだのを確かめるため、岩場にあがってきたと仮定してみよう。この説で行くと、消えたマスや小舟やデイジーの件はどうなると思う？」

　アレンはオリファントからフォックスに視線をうつした。オリファントは混乱しきっている人間によくあるおおげさな雰囲気をまとっていたが、フォックスはただ穏やかに驚いているだけだった。フォックスが話を理解していることは、その表情を見ればわかった。

　アレンはマスや小舟やデイジーにかんする仮説を語り、カータレット大佐の殺害方法について、詳細かつ完全な予想図を作りあげてみせた。「楽園への切符なみに、『もしも』だらけなのは承知しているよ。事実にあてはまる別の説があれば、喜んでそれを受け入れるつもりもある」

　フォックスが慎重に言った。「そんなふうに事が運んだとすれば、ペテンもいいところですな。まず、小舟のことですが……」

「ああ、小舟ね。舟の底に刈った草が落ちていて、魚のにおいがしたよ」

「おや、そうですか」フォックスは心得た様子で言い、つけ加えた。「つまり、我々の信じる犯人は小舟で被害者に近づき、打ちのめした。被害者が死んだと確信できなかったので陸にあがり、別の武器でもう一度殴った。そしてアレンさん、確たる証拠はないがあなたがよしとする理由から、大佐の魚をオールド・アンとすりかえた。そうするためにはのんびり小舟に戻って魚を取ってこなくてはならないが、その過程のどこかで、デイジーをなぎはらった。犯人がどこで武器を手に入れたのか、すりかえた魚をどうしたのかは大いなる謎である。こういうことですね、アレンさん」

「そういうことになるし、その説にこだわっているんだが。それにオリファント、消えた魚の捜索を最優先にして、ほかの指示はあとまわしにしようと思う。さてと」アレンはフォックスに向かって言った。「向こう岸へ来てくれないか。見せたいものがある」

アレンは長い引き綱を持ちあげて容易に逆流の中に入ると川を横切り、ボート小屋へ戻っていった。橋の近くにいたフォックスが合流すると、アレンは頭を振った。

「オリファントとその部下は、サイの群れみたいにそこらじゅうを歩きまわっていたな。気の毒に、昨夜は定石を信じていたからな。だが……これを見てくれ、フォックス」

アレンは先に立って、左の川岸の深いくぼ地の中に入っていった。そこにはラックランダー夫人の椅子とイーゼルが残した特徴的な傷があり、雨もそのあとを消してはいなかった。アレンはそれを指さすと言った。「だけどな、本当に興味深いものは、こっちの小さな丘の上にあるんだ。見てくれ」

フォックスはアレンのあとについて、かすかに踏み荒らされた草地を歩いていった。まもなく二人は、芝生についた穴を見おろした。ほとんど気づかないほどの穴だったが、まだ水がたまっており、周囲の草には圧力のかかったあとがついていた。

「近くでよく見ると」アレンは言った。「円形のぎざぎざに、囲まれているのがわかるだろう」

「はい」フォックスは長い間のあとで言った。「そうですね、間違いない。死体についていた傷と同じだ」

「二つ目の凶器のあとは、椅子つきの杖のあと。そういうわけだ、フォックス」

二

「魅力的な屋敷だ」敷地内の林からナンズパードン館の全景が見える場所に出ると、アレンは言った。「実に魅力的だ。そう思うだろう、フォックス」

「結構なお宅ですな」フォックスは答えた。「ジョージ王朝風、でしたか?」

「ああ。もともと修道院だった場所に建てられているんだ。それで、ナンズパードンというわけだ。例によってヘンリー八世がラックランダー家に与えたんだそうだよ。ここではせいぜい慎重にやらなくてはいけないな、フォックス。そろそろ朝食が終わるころだろう。ラックランダー夫人は、部屋にいるのかそれとも下かな。ああ、下にいるようだ」当のラックランダー夫人が半ダースの犬をしたがえて屋敷から出てくるのを見て、アレンはつけ加えた。

「男物のブーツをはいていますよ!」フォックスが言った。

「つま先の潰瘍のせいだろう」

「ああ、なるほど。おやおや!」フォックスは叫んだ。「腕に、椅子つきの杖をかかえています!」

「そうだな。例の杖ではないのかもしれない。と思いきや」帽子を取り、はるか向こうの人影に向かって陽気にかかげてみせながら、アレンはつぶやいた。「やっぱり、例の杖かもしれないが」

「こっちへ来るようですな。いや、違う」

「くそ、あそこに座るつもりのようだ」

実際、二人に向かってどすどす歩いていたラックランダー夫人は、明らかに気が変わったようだった。夫人はアレンの挨拶に武骨な庭仕事用の手袋を振って答えると、ぴたりと足を止めた。杖を開き、経験にもとづく恐るべき動作で、その上に腰をおろす。

「あの体重じゃ、杖が確実にうまってしまう。行こう」アレンは不機嫌に言った。

声がとどく距離まで来るとすぐ、ラックランダー夫人は「おはよう」と叫び、そのままぴくりとも動かずに近づく二人を見守った。「老バシリスクだな！　やれやれ、どこまでも食えないご婦人だ」アレンはひとりごちた。かすかな笑みを浮かべながら、いやみのない興味をこめて、夫人を見つめ返す。

「一晩中起きていたのかい？」二人がしかるべき距離まで来ると、夫人は尋ねた。「いや、別にそんなふうに見えたわけじゃないがね」

アレンは言った。「朝早くからお騒がせして申し訳ありません。ですが、ちょっと困っておりまして」

「途方にくれているってことかい？」

「まあ、残念ながら」妻のトロイなら慇懃無礼もいいところだと評する調子で、アレンは続けた。「朝の九時にお知恵を拝借するのは難しいですか？」

「あんたが他人の脳みそに何を求めているのか、知りたいものだね」夫人はたれさがった肉の間にうもれた目を、アレンに向かってきらめかせた。

アレンは注意深く作り話を始めた。「カータレット大佐を殺した犯人は、犯行の前に付近にしばらく隠れていたのではないかと思い始めているんです」

「そうなのかい？」

「はい」

「あたしは見なかったけどね」

「だから隠れていたんですよ。ですが困ったことに、私たちがわかる範囲では、隠れ場所が正確にはどこなのかよくわからないんです。少なくとも、橋の一部と、柳の木立を見渡せる位置だろうと思うんですが。あなたがスケッチをしていたくぼ地も、見えていたかもしれません」

「スケッチ場所がどこなのかつきとめたんだね？」

「ええ、簡単でしたよ。イーゼルとスケッチ用の椅子をお使いだったでしょう」

「あたしの体重を支えていたんだから」アレンがぎょっとしたことに、夫人は杖の上で前後に体をゆすりながら言った。「椅子のあとは、間違いなく残っていたはずだからね」

「そういうことです。潜んでいた犯人は、隠れ場所を出る前に、あなたがいなくなるのを待っていたかもしれません。あなたはずっとあのくぼ地にいたんですか？」

「いいや。何度かスケッチを遠くからながめたからね。結局最後には、うすぼんやりした代物になるんだが」

「絵を見る時、正確にはどこに立ちましたか？」

「くぼ地と橋の間にある、でっぱりの上だよ。地面をちゃんと調べなかったね？　でなきゃ見つけられたはずだから」

「そうでしょうか？　なぜです？」アレンは心の中で幸運を祈りつつ尋ねた。

「この椅子つき杖を使ったからだよ、ロデリック。何度もその場を離れてもだいじょうぶなぐらい深く、地面につきさしてあったっていうのに」

「家に帰る時も、杖をそのまま置いていったんですか?」

「もちろんさ。あとで道具を集めにくる子の目印になるようにね。道具は近くにほうり出しておいたよ」

「ラックランダー夫人」アレンは言った。「あなたが杖を置いていった時のまま、めぼしい場所の景色を再現したいんです。一時間ほど、その杖とスケッチ用品を貸していただけないでしょうか? だいじにあつかいますから」

「あんたが何をたくらんでいるか知らないが」夫人は言った。「詮索しないほうがよさそうだね。さあ、持っていくといいよ」

夫人は腰をあげたが、案の定、杖のスパイクと円盤は地面に強く押しこまれてうまっており、杖は自力で立っていた。

何はともあれ、細心の注意をはらって杖を取り出さなくてはとアレンは思った。芝土やら何やらを掘り返し、土を乾かしてはがすのだと。だが、そんな時間はなかった。ラックランダー夫人が向きを変え、一度ぐいとねじっただけで杖をくびきから解放したからだ。

「ほら」夫人はそっけなく言い、杖をアレンに渡した。「スケッチ用品は家の中だ。取りに行くんだろう?」

アレンは礼を言い、そうしますと答えた。アレンが杖の真ん中を持って運び、三人は家に向かった。玄関ホールにはジョージ・ラックランダーがいた。ジョージの態度は一晩のうちに変化しており、彼のような人間が病室や礼拝所に近づく時に使うような、おさえた重々しい口調で話していた。治安判事うんぬんについてまた言及はしたが、それ以外は横柄ながらもおとなしかった。

「いいかい、ジョージ」奇妙なにやにや笑いを息子に向けながら、ラックランダー夫人が言った。「保釈金を出しても、釈放してもらえるとは思えないが、あたしに会いにくることは間違いなくできるからね」

「おやそうかい、母さん！」

「ロデリックがどう見てもでっちあげとしか思えない口実を盾にして、あたしのスケッチ用品を出せと言っているんだよ。逮捕時の警告らしきせりふは、まだ聞かされていないけどね」

「おやそうかい、母さん！」ジョージは繰り返し、わざとらしくしのび笑いした。

「こっちだよ、ローリー」ラックランダー夫人は先に立って玄関ホールを抜け、傘、防水シューズの山、ブーツ、靴、各種のラケットにクラブが置かれた物置に入った。「こうして手元に置いとくんだよ、庭に出るためにね」夫人は言った。「草のある場所が一番好きなのさ。あたしの水彩画家としての力量は、ほぼそれで決まったようなものだ。あんたの奥方なら、間違いなくそう言うはずだよ」

「妻は、審美眼のある俗物ではありません」アレンは穏やかに言った。

「だが、すこぶる才能のある画家なんだろう」ラックランダー夫人は切り返すと続けた。「あれだ、好きにするといいよ」

アレンはイーゼルと画家用の日傘がくくりつけられた、キャンバス生地のショルダーバッグを持ちあげた。「傘は使われたんですか？」アレンは尋ねた。

「従僕のウィリアムが立てたんだけど、谷にはもう日が出ていなかったし、あたしはいらなかった。家に帰る時は、立てたまま閉じておいたよ」

「くぼ地にあとがあるかどうか確かめます」

「ロデリック」ラックランダー夫人は突然言った。「正確にはどんな傷だったんだい?」

「お孫さんから、聞かなかったんですか?」

「聞いていたら、あんたに聞くわけがないだろう」

「頭蓋についた傷です」

「道具は急いで返さなくてもいいよ。そんな気分じゃないからね」

「ご親切にどうも」

「ケトルが教えてくれるさ、一から十まで全部!」

「そうでしょうね」アレンは明るく同意した。「私よりずっと上手に話せるでしょう」

「どうして外務局をやめて、こんな因果な仕事についたんだい?」

「昔の話です」アレンは答えた。「ですが事実が好きだということに、関係していたかも──」

「事実と真実を、混同すべきじゃないがね」

「事実は真実の材料になるものだと、私は今も思っています。これ以上お引きとめするわけにはいきませんね。ご協力に心から感謝します」アレンは言い、脇によけて夫人を通した。

敷地内の林へと戻りながら、アレンとフォックスは夫人の大きな体が階段の上でじっと動かずにいるのを意識していた。アレンが杖の真ん中を持ち、フォックスがスケッチ用品を運んだ。「賭けてもいいが」アレンが言った。「後ろから見たら私たちは、地獄の雪玉と同じぐらい居心地悪そうに見えるんだろうな」

木立に入り、見られる心配がなくなると、二人は戦利品を調べた。

アレンは杖を坂の上に置き、かがみこんだ。

「先端の金具と二インチのスパイクの上に円盤がとめられている。やわらかな土が一面についている
が、環の下側に押しあげられて、明らかに数週間はくっついている土もある。実にすばらしい。凶器
だったらカイン川で洗われ、ぬぐわれたかもしれないし、むろん、すぐにやわらかな土の中に戻され
ただろうが、それでもはがれなかったわけだからな。環の下に血痕が残っている可能性は大いにある。
すぐにカーティスにとどけないと。さて、スケッチ用品も見てみようか」
「これは別にいらなかったのでは？」
「見てみなけりゃわからないさ。足にスパイクのついた最先端のイーゼル、やっぱりスパイクのつい
た継ぎめのある傘か。スパイクがたくさんあるようだが、椅子つきの杖が一番有望だろうな。次は中
身だ。どれどれ」アレンはストラップのとめ金をはずし、バッグの中をのぞいた。「大きな水彩絵具
入れ。一般的な粗さの紙ののった画板がいくつか。筆のケース。鉛筆。消しゴム。水入れ。スポンジ。
絵具用ふきん。……絵具用ふきん」アレンは穏やかに繰り返し、身をかがめてにおいをかいだ。しみ
のついた綿のふきんを道具の間から引っぱり出す。ふきんには水彩絵具と濃い赤茶色のしみがつき、
どこかにまきついていたかのように、折りめがついていてひび割れていた。
アレンは仕事仲間を見あげた。
「かいでみてくれ、フォックス」
フォックスはアレンの後ろにかがみこみ、音をたててふきんをかいだ。
「魚のにおいだ」フォックスは言った。

三

戻る前に、二人は二番ティーグラウンドに立ち寄り、ナンズパードン館の側から谷を見おろした。そこからだと橋は奥まで見渡せ、その上流のカイン川も見えた。谷の反対側からだと川の下流や柳の木立、ナンズパードン館側の橋は木立にさえぎられて見えなかったものの、木の間からラックランダー夫人がスケッチをしていたくぼ地の一部を見ることはできた。

「カータレット夫人とあのうすのろのジョージ・ラックランダーは、ミスター・フィンが橋の下で密漁をしているのをここで目撃したんだろう」アレンは指摘した。「そしてラックランダー夫人は下のくぼ地から二人を見あげていたんだな」アレンは向きを変え、ゴルフコースの小さな林を振り返ってつけ加えた。「賭けてもいいが、夫人にゴルフを教えていたというのは、盛大にいちゃついていたことを隠すための口実だろう」

「そう思いますか、アレンさん?」

「まあ、だとしても驚かないね。橋のそばにオリファントがいるな」アレンは言い、手を振った。

「すぐにこれをカーティスのところへ持っていってもらおう。カーティスの午後は十一時から始まるから、今ごろはチニングにいるはずだ。病院の霊安室を使えるよう、ラックランダー先生が手をまわしてくれたんだ。できるだけ早く、このふきんと杖にかんする報告を聞きたい」

「あの若先生は検死にも立ち会っているんですかね?」

「だとしても不思議はないな。次はお決まりの仕事に戻って、サイス中佐を調べたほうがいいだろう」

「ミス・ケトルの言っていた、真ん中の家に住む腰痛の男ですね」フォックスは言った。「何か目撃しているでしょうか」

「ベッドの位置によるだろう」

「腰痛ってのはきついですからね」フォックスは思案顔で言った。

二人はカーティスへの説明メモをつけたラックランダー夫人の持ち物をオリファント巡査部長に託し、消えたマスもしくはマスの一部を捜索するよう指示を出した。それからリバーパスを越え、アップランズに向かった。

ハマー農園の林を通り抜け、サイス中佐の所有地に入ると、木にとめた小さな貼り紙が目に入った。新しく書かれたもので、きちんとした文字で「弓に注意」と書いてある。

「あれを見てください！」フォックスが言った。「緑のタイツを持ってくるのをわすれましたな」

「ケトル看護婦への警告にも見えるが」アレンが答えた。

「よくわかりませんが、アレンさん」

「腰痛を退治している時に中佐と火遊びをするなということさ」

「こじつけがすぎますな」フォックスがそっけなく言った。

サイス中佐の屋敷の林から庭へ出ると、二人は弓の音を聞いた。独特の高い音と、何かを貫いたようなトンという音がそれに続く。

「なんでしょう、あれは！」フォックスが叫んだ。「まるで矢が飛んでいるような音ですが」

「驚くことはないよ」アレンは答えた。「まさしく矢が飛んでいる音だから」

アレンは二人からそう遠くない木に向かってうなずいてみせた。そこには実にその場に不似合いで思いがけないもの――真新しいこぎれいなハートマークの真ん中を貫いている美しい赤い羽のついた矢――がつきたっていた。まだかすかに震えている。「警告されなかったわけじゃないだろう」アレンは指摘した。

「それにしたって不注意だ！」フォックスが不機嫌に言う。

アレンは矢を引き抜き、しげしげと見た。「急所に当たっていたら死ぬだろうな。きみがあのハートマークに気づいているといいが。腰痛はなおったようだが、恋の病にかかったらしいぞ。行こうか」

林から出ると、そこにはサイス中佐がいた。五十ヤードほど向こうで弓を手に持ったまま太ももを震わせ、顔を真っ赤にしておろおろしている。

「これはこれは！」サイスは叫んだ。「本当に申し訳ない。だが人がいたなんてわかりようもないし、それにその、警告はしてあったと思うが？」

「ええ、もちろん」アレンは答えた。「ここに来たのは自己責任です」

アレンとフォックスはサイスに近づいたが、ラックランダー夫人とは違い、初対面の挨拶といわば最初の会話までの間は、実に居心地の悪いものだった。丘をのろのろと進む間、サイスはあさってのほうを向いており、とうとうアレンが自己紹介をしてフォックスを紹介すると、人に慣れていない子馬のように尻ごみをした。

「私たちは警察の者です」アレンは説明した。

「なんてことだ！」

「昨夜の悲劇についてはは聞いておられるでしょう?」

「悲劇?」

「カータレット大佐ですよ」

「カータレット?」

「殺されたんです」

「なんだって!」

「隣人のかたにお話を聞いてまわって……」

「発見時刻は?」

「九時ごろだと思われます」

「なぜ殺人だとわかったんだ?」

「傷の状態からです。頭にひどい傷がありましてね」

「発見者は?」

「地区の看護婦です。ケトル看護婦ですよ」

サイス中佐は真っ赤になった。「彼女はなぜ、私に連絡しなかったんだ?」

「してほしかったんですか?」

「いいや」

「ええと、それでは……」

「おい、中に入らないか? 外で話すのもなんだし、さあ!」サイス中佐は叫んだ。

二人はサイスのあとについて陰気な客間に入り、もうきちんととのえられている即席のベッドと、絵の道具や水彩絵具が整然と並んだテーブルに目をとめた。描き始めたばかりの大きな絵地図が、画板にとめられている。描かれているのはスウェヴニングズで、多くの生き生きとした人物がすでに描きこまれているのを、アレンは見て取った。

「すばらしいですね」アレンは絵をながめながら言った。

サイス中佐はおびえたような複雑な声を発し、絵地図と二人の視線の間に立ちふさがった。そして、友人のためだといったようなことをつぶやいた。

「幸運な女性ですね」アレンがあっさりと言ってのけ、サイス中佐が真っ赤よりももっと派手な色に顔を染めたので、フォックスは憂鬱な表情になった。

警察がお決まりの仕事として、カータレット大佐の隣人の家を訪問しているのはご理解いただけるでしょうと、アレンは言った。「単に背景を知るためです。こういった事情で捜索が行われている時には……」

「犯人はつかまっていないのか?」

「ええ。ですが、大佐の隣人で、近くにいたかたの話を聞けば……」

「いや、私は近くにはいなかった」

アレンはほとんどわからないぐらい、声の調子を変えた。「というと、大佐がどこで見つかったのかご存じなんですか?」

「そうだ。九時だと言っていただろう。ミス……その……ええと……つまり……きみが発見者だと言った女性は、九時五分前ごろにここを出て、私は彼女が谷に入るのを見た。九時に死体が見つかったのなら、大佐はあのいまいましい谷にいたんだろう。私は彼女が谷をおりていくのを見ていたんだ」

「どこからですか?」

「ここの窓からだ。彼女が谷へおりると言っていたから」

「ということは、立てたんですね。腰痛で完全にまいっていたわけではなかったと?」

サイス中佐はひどく居心地悪そうになった。「無理に立ったんだ。そのぐらいわかるだろう」

「今朝はかなり調子がよさそうですね?」

「よくなったり悪くなったりだ」

「それは油断なりませんね」アレンはまだ手に持っていた矢を持ちあげた。「あなたはよく敷地の林に、こういうものを発射しているんですか?」

サイス中佐は、以前は的を射ていたんだといったようなことをつぶやいた。

「私も弓を射てみたいと、いつも思っているんです」アレンは愛想よく嘘をついた。「なんの罪もない、スポーツの一つですよね。どのぐらいの重さの弓を使っているのか教えていただけますか?」

「六十ポンド」

「そうですか! 六十ポンドだと最長でどのくらい離れた的——という言いかたでいいんでしょうか——を射抜くことができるんですか?」

「二百四十ヤードだ」

「二十の十二倍ですか? 一流の射手なら、二十の十二倍の距離の的を射抜けるということでしょうか?」

「そういうことだ」サイスは同意し、アレンに弓の愛好者らしい視線を投げた。

「かなりの距離ですね。ですが、弓の話ばかりしているわけにはいきません。本当にお聞きしたかったのは、こういうことなんです。カータレット大佐とは長年のお知りあいですね？」

「くっついたり離れたりだが、隣人だからな。気持ちのいい相手だった」

「そのようですね。カータレット大佐が極東にいた時、会っていますよね？　香港でしたか？」アレンは期待を抱きつつ即興で尋ねた。

「シンガポールだ」

「ああ、そうでした。お尋ねしたいのはそのことなんですよ。犯行の性質と、さっぱり動機が見当たらないことから、おそらく向こうでの仕事が関係あるのではと、私たちは考えているんです」

「私にはわかりかねるが」

「いや、大佐があちらでなさっていたことについて、何かお話ししていただけませんか？　捜査の出発点になりそうなもの、ということですが。正確には向こうでいつ、大佐と会ったんですか？」

「最後に会ったのは四年前だ。私はまだ軍隊にいて、船はシンガポールに駐屯中だった。船が港に入った時、彼がそこへ立ち寄った。六か月後、私は除隊になった」

「あちらでは、お二人とよく会われていたんですか？」

「二人？」

「カータレットご夫妻ですよ」

サイス中佐はアレンをにらみつけた。「大佐は結婚していなかった」サイスは言った。「その時はまだだ」

「では、こっちへ戻ってくるまで、二度目のカータレット夫人に会ったことはなかったんですね？」

サイス中佐はポケットに手をつっこみ、窓のほうへ歩いていった。「いや、会ったことはある」サイスは口の中でつぶやいた。「向こうでも」

「二人が結婚する前にですか？」

「そうだ」

「つまり、あなたが二人を結びつけたんですか？」アレンが軽い調子で尋ねると、サイスの首の後ろの筋肉が赤くなりこわばった。

「たまたま二人を引きあわせはした」サイスは振り向かずに大声で言った。

「普通なら、むしろ楽しいものですよね。それとも」アレンはフォックスをじっと見つめながら言った。「しかたなく仲人をなさったとか」

「誓ってそんなことはない！」サイスは叫んだ。「そんなつもりは毛頭ない。誓って違う！」

サイスの言葉にはなみなみならぬ熱がこもっており、驚きと恥ずかしさと怒りに同時につき動かされているように見えた。いったいなぜ、サイスは自分に相応の罵倒をあびせないのだろうとアレンは考え、狼狽がひどすぎてそれもできないのだと結論づけた。アレンはサイスとカータレット大佐のシンガポールでの出会いについて、もっと情報を得ようとしたが、うまくいかなかった。震える手、湿ってまだらに赤くなった肌、真っ青な目に浮かんだ途方にくれた悲しげな表情に気づいたアレンは考えた。「気の毒に、アル中なのか」

「私に質問しても無駄だ」サイスはふいに宣言した。「私はどこへも出かけないし、みんなは、私には何も話さない。私は誰の役にも立てない」

「私たちは事件の背景を確認しているだけですし、あなたが背景の一部を提供してくれるかもしれないと期待しています。昨夜、ミス・ケトルはスウェヴニングズの人間はおたがい密接に結びついているのだとおっしゃっていましたが、これはいかにも封建的です。サー・ハロルド・ラックランダーはフィン青年を秘書にしていたようですが、どう思われましたか？」

「特に何も。困った若者だったが、たいしたことではないだろう」

「……当然ながらカータレット大佐は、あなたの船が港に入るとすぐ、たずねてきたわけですね。そしてあなたの紹介で初めてミス――いや、カータレット夫人の旧姓は存じませんが――と出会うことになった」

サイス中佐は悲しげに何かをつぶやいた。

「たぶん、あなたならわかるのではないですか？」アレンはすまなそうに言った。「記録のために必要なので。カータレット夫人をわずらわす手間をはぶいていただけませんか」

アレンは穏やかにサイスを見つめた。サイスはアレンを苦しそうに一瞥し、苦労して感情をのみこむと、声をつまらせながら言った。「ド・ヴィアだ」

長い沈黙があり、フォックスが咳ばらいをした。

「そうですか、わかりました」アレンは言った。

四

「現カータレット夫人が貴族の出だなんて思ってましたか、アレンさん」ミスター・フィンの敷地の林を抜けてジェイコブス・コテージへ向かう道すがら、フォックスが言った。

「そんなことは言ってないだろう、フォックス。いいや」

「では、ド・ヴィアというのは？」

「ありえない」

「おそらく彼女は」フォックスは上達したいと切に願っている言葉に戻ると言った。「没落貴族（デクラッセ）なのでは」

「それどころか、出世中のようだがね」

「ああ、今の相手は准男爵でしたな」フォックスは言葉を続けた。「ジョージが彼女にほれているのは誰が見たってわかります。どちらかが凶行をおかすに足る、強力な動機になるでしょうか？」

「今のジョージは彼のような男ならほとんどが経験する、愚行に走っているところだと考えるべきだろうな。どんな女のためであれ、ジョージが恋の情熱にかられて殺人までおかすとは、私には思えない。もちろん、どうだかわかったものではないがね。スウェヴニングズでの生活が実に色あせたものだと、キティが思っていたのは間違いないようだし。サイスのふるまいを見ていて、何かわかったことはあるかね、フォックス？」

「その、なんというか、サイスはキティ・カータレットのことを本心ではどう思っていたのでしょうね？　二人は古い知りあいだったわけでしょう？　ミス・ケトルは、サイスが結婚前のカータレット夫人の絵を描いていたと言ってましたし。結婚のこともえらくお気に召さないようで、その話が出ると熱くなって、文字どおり煙を出さんばかりでした。二人の間には――東と西とが出会うマグノリアの茂みには――何かがある、というのが私の考えです」

「下司な男だな」アレンはぼんやりと言った。「私たちは、それを解明しなくてはならないというわけだ」

「情痴殺人(クリム・パシオネル)ってやつをですか？」

「どうだかわからないがね。ヤードに電話して、海軍名簿を当たってもらおう。サイスがシンガポールにいた時期をつきとめて、内々の記録を入手してくれるだろう」

「たとえば」フォックスは推測してみせた。「サイスはキティにほれており、サイスが大佐にキティを引きあわせた時、婚約していた。サイスは船でよそへ行き、海軍を引退して戻ってみると、キティ・ド・ヴィアは二番目のカータレット夫人になっていた。サイスは酒びたりになり」フォックスは続けた。「固定観念(イデー・フィクス)にとらわれている」

「どこまでもたくみに推測を続ければそうなるだろうが。腰痛のことはどうなんだ？　私としては、サイスはケトル看護婦と軽い浮気をしているように見えるがね」

フォックスはむっとした表情になって言った。

「理屈にあいませんな」

「ミスター・フィンの敷地の林だ。あそこに昨夜の女友達がいる」

実際、ミセス・トマシーナ・トゥウイチェットがぶらぶらと散歩をしていた。二人を見ると母猫は軽くしっぽを動かし、目をしばたたいて腰をおろした。

「やあ、こんばんは」

アレンはしゃがんで手をのばした。トゥウイチェットはそちらへ行きはしなかったものの、ごろごろと大きくのどを鳴らした。

「もしきみが鳴いたりのどを鳴らすより、少しましなことができれば」アレンはきびしく言った。「私たちの知りたいことを教えてくれるはずだと思うんだがね。昨夜、きみはふもとの草地にいたわけだし、きみが耳をそばだて目をこらしていたのは間違いないだろう」

　トゥウイチェットは両目を半分閉じ、アレンがのばした人差し指をかぐとなめ始めた。

「子猫と間違えているんですよ」フォックスがからかうように言った。

　今度はアレンが自分の指のにおいをかぎ、母猫とほぼ同じ高さまで顔をさげた。母猫はアレンに短く鼻を押しあてて挨拶した。

「なんて子だろう」フォックスは言った。

「もう生の魚のにおいはしないな。ミルクと少しばかり調理したウサギだろうと思う。昨夜、彼女とどこで出会ったか、きみはおぼえているかね？」

「こっち側の丘をのぼり始めて、すぐのあたりでしょう」

「そうだな。機会ができたら、地形を調べてみないと。行こう」

　二人はミスター・フィンの敷地の林をのぼり、ジェイコブス・コテージの前の芝生に出た。「しかしこれがコテージなら」フォックスがコメントした。「バッキンガム宮殿はバンガローですな」

「下層市民を気取って上流を見下す、俗物根性の一例だろう。とはいえ、正面からのながめはたいしたものだな。昔は、ナンズパードン館の寡婦の住まいだったのかもしれない。独り身の男二人が、広すぎる家に隣あって住むというのもおかしな話だしな」

「ミスター・フィンと中佐がどうしてうまくやっていけるのか、不思議議です」

「賭けてもいいが、うまくやってなどいないと思うぞ。ほら、当人が来たようだ」

「これはこれは！」フォックスは叫んだ。「すごい獣の群れだ！」

　実際、ミスター・フィンが猫の一団とミセス・トゥウイチェットの太った三匹の子猫を引きつれ、家から出てきていた。

「もうないぞ！」フィンは奇妙なアルトの声で言った。「空っぽだ！　このものぐさな毛皮どもめ、ネズミでも取ってこい」

フィンは持ち歩いていた空の皿をおろし、胸ポケットから落ちたものを、あわてて元の位置に戻した。驚いたふりをして飛びのいた猫もいれば、フィンを見つめただけの猫もいた。母猫を見つけた三匹の子猫はしっぽをこわばらせ、さかんに鳴きながらよたよたと彼女のほうへかけてきた。アレンとフォックスの姿を見たミスター・フィンは、二人を見つめながら、完全に止まることのない機械じかけのおもちゃのように手をたたいた。

円筒形の帽子の房がフィンの鼻の上で揺れたが、突然血の気をなくした青白い顔のせいで、コミカルさはまったくなかった。胸ポケットからは、フィンが隠したものの柄がつき出ている。フィンは二人に向かって歩き出し、おともの猫たちはトゥウイチェットをのぞいてちりぢりになった。

「こんばんは」ミスター・フィンは、深い笛の音のような声で言った。どこかおぼつかない手つきで帽子の房をはらい、薄汚れたハンカチを引っぱってつき出たものを隠す。「慈悲深い警官の訪問とは魅惑的なサプライズだが、なんの用かね？　木立の中から現れる探偵！」フィンは叫び、手を打ち鳴らした。「逃げ足の速い木の精を追う、牧神ファウヌスのようではないかね！　武器まで持って」サイス中佐の矢を、意地悪く見やってつけ加える。矢を持ってきてしまったアレンが、とりあえず持っていたものだった。

「こんばんは、ミスター・フィン」アレンは言った。「あなたのかわいい猫と旧交を温めていたところです」

「彼女はすばらしいだろう?」ミスター・フィンは舌先で唇を湿らせると言った。「あんな献身的な母親がいるとは、想像もつくまい!」

アレンは貪欲すぎる子猫を穏やかな蹴りで追いはらっているミセス・トゥウイチェットのそばに、足をおり曲げて座った。「子育て中の母親としては申し分のない毛並みですね」アレンは猫をなでながら言った。「何か特別なえさを与えているんですか?」

ミスター・フィンは、猫マニアの病的な無節操さでしゃべり始めた。「彼女自身が決めた、バランスのいい食事だよ」フィンは甲高い声で説明した。「月曜、金曜は魚。火曜は肉。水曜、土曜はレバー。木曜、日曜は調理したウサギ。器用な爪で取った、ネズミや鳥もそえてな」酷薄な笑みを浮かべてしめくくる。

「魚は週に二回だけ」アレンは考えこみ、ふいに何かを期待されていると感じたフォックスが言った。

「それは驚いた!」

「彼女は熱心なよきカトリック教徒のようなつつましさで、明日を楽しみにしているよ。もちろん神といっても、大いなるナイルの神秘の信者のようだが」

「カイン川で、彼女の夕食を釣ったりはなさらないんですか?」

「うまくいった時には分けてやるがね」ミスター・フィンは言った。

アレンは能天気に猫に話しかけた。「きみは昨夜、夕食に新鮮な魚を食べていたよな?」ミセス・トゥウイチェットはつんとして、子猫のほうを向いた。

「馬鹿な!」ミスター・フィンがいつもの声で言った。

「それじゃあ、伝説のオールド・アン以外に、昨夜の獲物はなかったんですね?」

「そうだ！」

「お話をうかがってもよろしいでしょうか？」

ミスター・フィンはめずらしく黙りこみ、先に立って家の横手のドアを入り、廊下を抜けてかなり大きな書斎に向かった。

アレンはフィンの家を観察し、遠慮がちに部屋を見まわした。大佐の書斎は気持ちよく洗練され、女性らしい優美さも失ってはいなかった。サイス中佐の客間は清潔で整然としていたが同時に陰気で、ひたすら男くさかった。ミスター・フィンの書斎はだらしなく汚れたままほったらかしにされ、つかみどころがなかった。ジョージ王朝時代の優美さ、ヴィクトリア朝時代の豪華さ、エドワード七世時代の無秩序さがすべて混然と残っており、かつてはしゃれていたであろう手のこんだクッションは、変色してしみがついていた。かつてはバーリントンハウスにふさわしかったと思われる、大量の生気のない油絵があり、その中にははかなげな、しかしそれとは逆にどこか見慣れた顎を持つ女性の肖像もふくまれていた。ずらりと並んだ猫にかんする「贈り物用」の本のすぐ隣には、エドワード七世時代の小説がある。本を開けば、そこにはダストコートとベールをつけ、ノーフォークジャケットの闘士に高慢なしかめつらを向けている、若い娘の挿絵が描かれているはずだった。だが、一つ二つの見事な椅子や、間違いようのないレリーの作品、汚れてはいるが美しい敷物もあった。古くさい小説の間には大家の名著もふくまれていた。カータレット大佐と意外な共通点があるとアレンが気づいたのは、棚の上だった。釣りの本のコレクションにまじって、再びモーリス・カータレット著『うろこを持つ種族』を目にすることになったからだ。だが、こうしたものよりもさらにアレンの興味をひいたのは、正面がゆるくカーブした見事なたんすの上や、まわりのちらかりようだった。ものがぎゅうづめになった引き出しが半開きになり、一つが床に落ちている。一番上には雑多なものが入っていたが、熟練の警官の目で見れば、手でつかんで引きずり出されたのは明らかであり、近くのカーペットにもごたごたといろいろなものがちらばっていた。驚いた泥棒でも、ここまではっきり証拠を残しはしないだろう。

「何を聞きたいのかね?」ミスター・フィンは尋ねた。「ところで、飲み物はどうだね。シェリーでも。ティオ・ペペならお気に召すかね?」

「どうも。しかしこんなに朝早くからは。それに仕事での訪問ですから」

「そうかね。何か手助けができるといいのだが。実にみじめな一夜を過ごしたのだ――わかると思うが、まだやきもきといろいろ考えている。谷に殺人者がいるとは! そこまで恐ろしくはないとしても、そう考えると何やらグロテスクな冗談のようだ。スウェヴニングズの住民はりっぱな人間ばかりだ。カイン川ではさざ波一つ立てないようにしようと、皆、思うはずなのに!」

フィンはたじろぎ、急な歯痛におそわれたかのように顔をしかめてみせた。

「そうなんですか? オールド・アンをめぐる争いはどうなんです?」アレンは尋ねた。

ミスター・フィンは、待っていたかのように指を左右に振ってみせた。「死んだ人間を悪く言うなとか、そういったあれこれはあるが」フィンは、ほとんど息もつかぬようなかろやかさで言った。「大佐は、釣り人としては実に腹立たしい輩だった。他の点では高潔さの見本のような男なのに、残念ながら釣り人としては、ひどいあやまちをおかしていた。気高いスポーツマンに時として嘆かわしい不正がついてまわるというのは、倫理学上のパラドックスなのさ」

「橋の下で、隣人の漁区に釣り糸を投げたり、ですか?」アレンは指摘した。

「私は法廷で弁明するつもりだし、あの尊いウォールトンの幽霊も大声で擁護してくれるだろう。絶対に許されるはずの行為なんだから」

「あなたと大佐は、その——倫理学上のパラドックス以外のことも話したんですか？」

ミスター・フィンはアレンをにらみつけて口を開いたが、ラックランダー夫人を思い出したらしく、また口をつぐんだ。アレンのほうは法廷では認められない自白にかんする法律を、憤慨しつつ思い出していた。ラックランダー夫人はフィンと大佐がそれ以上の会話をしていたと認めたが、会話の内容について話すことを拒んだ。ミスター・フィンがモーリス・カータレット殺害の罪で裁判にかけられることになっても、誰かに不利な証拠を提供するため呼ばれるだけだとしても、アレンが夫人の証言の最初の部分を使い、それ以降の部分を隠すのは、法廷では不適切とみなされるだろう。アレンは危険を冒すことにした。

「実は、それ以外のことも話していたと聞いています」

長い沈黙があった。

「ミスター・フィン？」

「いや、私は待っているんだが」

「何をですか？」

「逮捕時の警告と言われるものをだ」ミスター・フィンは答えた。

「警官が警告をせねばならないのは、逮捕を決めた時だけです」

「つまり、まだそこまでは行っていないということだな？」

「ええ、今はまだ」

「もちろんその情報は、レディ・ガルガンチュアからのものだろう。ナンズパードン館の大いなる女主人、巨大にして偉大なラックランダー夫人からの」ミスター・フィンは言い、意外なことにうっすらと顔を赤くした。その視線はアレンの肘のあたりを通りすぎ、アレンの後ろにあるものに異様なほどにそそがれたまま、動かなかった。「ざっと見たところ」ミスター・フィンは言いそえた。「彼女の偉大さが体重に見あわないというわけではないようだがね――まあ、ある点では。夫人は大佐との会話の内容まですっぱ抜いたのかね?」

「いいえ」

「なら、私も黙っていることにしよう」ミスター・フィンは言った。「少なくとも、今はまだ。話さなくてはならなくなるまでは」

フィンの視線は相変わらず動かなかった。

「わかりました」アレンは言い、きっぱりと向きを変えた。

アレンは机に背を向けて立っていたが、うず高くつみあがったがらくたの上に、変色した銀の額縁に入った二つの写真が鎮座していた。一つは肖像画の女性で、もう一つは若い男だった。女性ととてもよく似ており、流れるような筆致でこう書いてある。「ルドヴィク」。

ミスター・フィンが見つめていたのは、この写真だった。

いい機会なのかそうでないのかはわからなかったが、アレンはチャンスを生かすことにし、不本意ながら実行にうつした。アレンはすでに二十年以上も警察につとめていた。ゆるやかにもまれ続けて表面的にはたくましくなったものの、暖かい場所に置かれた氷の外側がとけても、内側はそのまま残るように、その本質は変わらないままだった。今回のように調査の過程で不本意な行動が必要になった時、アレンは自分に試練を強いて前に進んだ。とはいえそれは、禁酒や絶食を強いられるようなものだった。

　アレンは写真をながめながら言った。「息子さんですね？」

ミスター・フィンは、いつもの力強いアルトとは似ても似つかない声で言った。「息子のルドヴィクだ」

「息子さんに会ったことはありませんが、私は一九三七年に公安部にいました。もちろん、悲劇については聞いています」

「気立てのいい子だったのに」ミスター・フィンは言った。「私が息子をだめにしたのかもしれない。そう思って、今も気に病んでいる」

「そんなことを言える人なんて、誰もいません」

「ああ、確かにいないだろうがね」

「息子さんの話をすることを、許してほしいとは申しません。事は殺人なのですから、遠慮するつもりはありません。私たちは、サー・ハロルド・ラックランダーが死の床で、『ヴィク』と口走ったことをつきとめています。回顧録の出版をカータレット大佐にゆだね、それについて非常に気にしていたことも。息子さんはズロムスで、だいじな時期にサー・ハロルドの秘書をしていたそうですね。もし、サー・ハロルドが自らの生涯について完全な記録のようなものを書くなら、息子さんの悲劇を避けて通ることはできないはずです」

「それ以上言わなくてもいい」ミスター・フィンは手を振って言った。「きみが考えていることぐらい、はっきりわかる」フィンはメモを手にしたフォックスのほうを見やった。「どうぞ、こそこそせずに書いてくれたまえ、警部。アレンくん、きみはラックランダーの回顧録を通じて、息子の不始末を公にすると宣言されたから、私が大佐と争っていたと思っているのではないかね？　だとしたら、見当違いもいいところだ」

「ラックランダー夫人が立ち聞きしたのに、公表したがらないのは、その手の話だからと思ってはいますが」

ミスター・フィンは、ふいにずんぐりした両手をぽんと一度打ち鳴らした。「レディLが話したがらないのなら、私も当分そうしよう」

「あなたやラックランダー夫人の真意を完全に誤解するのは、そう容易ではないとも思っています」アレンは続けた。

「やれやれ」ミスター・フィンは異常なほどの自己満足をこめて言った。「実際きみは危険な状態にあるよ、アレンくん。倫理学のタマネギから真意の皮をむいていけば、涙が出てくるのもわかるが、それは主任警部の仕事ではない」

フィンの唇の端には慢心したかすかな笑みがただよっていた。右の下まぶたのわずかな引きつりと、手の後ろでぴくぴく動いているもう一方の手の指がなければ、完全に落ち着きを取り戻したとアレンは思ったかもしれなかった。

「釣りの道具を見せていただけますか――昨日カイン川に持っていったものをすべて」

「もちろんだとも」ミスター・フィンは答えたが、声を高くしてつけ加えた。「だが、私を犯人だと疑っているのかどうか教えたまえ。さあ、どうなんだね?」

「おやおや」アレンは言った。「こちらの質問には答えないのに、答えを要求するようなまねをしてはいけないと学ぶべきですね。よろしければ釣り道具を見せてもらいたいのですが」

ミスター・フィンはアレンを見つめると言った。「ここにはない。取ってこなくては」

「フォックスがお手伝いしますよ」

ミスター・フィンにとって、この申し出はあまりうれしいものではなさそうだったが、拒否するのはやめにしたらしく、フィンとフォックスはいっしょに書斎を出て行った。アレンは左側の本が並んだ壁の前に移動し、モーリス・カータレットの『うろこを持つ種族』を取り出した。巻頭ページには「一九三〇年一月、ヴィッキーの十八歳の誕生日に、よい釣りを楽しめるよう願いをこめて」と書いてあり、著者のサインが入っている。大佐が父親よりもフィン青年と仲がよかったのは確からしいと、アレンは思った。

アレンはぱらぱらとページをめくった。一九二九年に出版されたその本は、淡水魚の行動や奇行を面白おかしく書いた、短いエッセイを集めたものらしかった。民衆や自然史にかんする記述や軽い空想、ある程度の科学にもとづく事実らしきものが、奇妙に入りまじっていた。余白にはなかなか魅力的な挿絵が入っており、巻頭ページに戻ったアレンは、その絵がジェフリー・サイスによって描かれたことを知った。スウェヴニングズの人々が、仲間同士でかたまっている実例がここにもあったとアレンは思い、二十六年前、海軍と連隊にいた中佐と大佐は、うろこを持つ種族や本の装丁などについて、たがいに手紙を書きあっていたのだろうかと思った。「二つとないもの」という見出しのついたページに目を落としたアレンは、最初はよく見知った図形——まったく似ていない二つの指紋の拡大図——だと思っていたものを、驚いてながめた。ぱっと見たところでは、それは犯罪捜査のマニュアルから引っぱってこられたもののようだった。だがよくよく見ると、下にこう書かれているのが目に入った。「顕微鏡写真。図一、ブラウントラウトのうろこ。六歳、一と二分の一ポンド、カイン川。四歳までは育ちが悪く、残りの二年で順調に育ったとみられる。図二、マスのうろこ。四歳、一と二分の一ポンド、カイン川。うろこの輪紋や冬輪、産卵あとの違いに注意」興味をひかれたアレンは、本文を読み始めた。

「二匹のマスのうろこに同じものが二つとないことは」大佐は書いていた。「おそらく一般には知られていないだろう。二つの指紋が一致することがないように、細部まで同じではないという意味である。水中世界では、悪いマスは正義のうろことでも呼ぶべきものによって、有罪の証拠を残す——そう考えると面白い」

余白にはサイス中佐の手で、海泡石のパイプを持ち鹿撃ち帽をかぶったローチが、レンズ越しに屈強なマスのうろこを調べている、滑稽な挿絵が描かれていた。

本を読みかえす時間があったので、アレンは大佐本人を描いた口絵へと戻った。純粋な田舎の住人の顔の上に、軍人らしさと外交官らしさの両方がつけたされている。「好人物のようだな。自分の手で私に貴重な情報を提供したと知ったら、面白がってくれるだろうか」

アレンは本を元に戻し、パンフレット、小冊子、開封済みもしくは未開封の手紙、新聞、雑誌でありえないほど散らかった机のほうを向いた。机の上を見てしまうと慎重に上の引き出しをあさり始め、ほどなくカータレット大佐の間違いようのない美しい字で、「オクタウィウス・フィン様」と宛名が書かれた手紙を見つけた。

階段でフォックスの声が聞こえた時、アレンは外側に「七」と数字のふられた三十ページほどのタイプ原稿を、確かめていた。アレンは向きを変え、肖像画の正面に立った。

釣り道具を持ったミスター・フィンとフォックスが、再び部屋に入ってくる。

「このきれいな肖像画に見とれていました」アレンは言った。

「妻だ」

「マーク・ラックランダー先生と似ていると思ったのですが？」

「遠い親戚なんだ」ミスター・フィンは短く答えた。「玩具を持ってきた」

フィンは明らかに写真つきのカタログや、目新しい道具の魅力に逆らえないタイプの釣り人だった。魚籠も魚かぎも網も毛針入れもりっぱな釣り竿も、ありとあらゆる小物で補強され、アレンの見たところ、そのどれもがすこぶる高価なものだった。キャンパス生地のバッグには小物を入れる仕切りやポケットがついていて、中身を次々と取り出したアレンは、洗われたばかりの道具がきちんと並べられているのを見て取った。

アレンはミスター・フィンに尋ねた。「どの毛針でオールド・アンを釣りあげたんですか？　さぞすばらしい戦いだったでしょうね」

「橋を出してくれ」ミスター・フィンは興奮して言った。「橋があれば説明してやろう」

「わかりました」アレンはにやりと笑って譲歩した。「橋ぐらいどうにかできますし、かまいませんよ。その話をするとしましょう」

ミスター・フィンはいさんで行動にうつった。自分の武勇伝の話になったとたん、さっきまで心をとらえていた感情のことは、きれいさっぱりわすれ去ったかのようだった。恐れも父親としての苦悩も怒りも――もし、フィンが本当にそうした感情を知っており、本物の怒りにつき動かされることがあるとしての話だが――釣り人の純粋な情熱を前にすべて捨て去られていた。フィンは先に立って外へ出ると、昔の釣りにおける武勇伝を披露し、先に立って中へ入ると奇妙きてれつなパントマイムで、オールド・アンとの戦いを再現してみせた。橋の下でふざけていたオールド・アンがするりと身をひるがえし、まぎれもなくミスター・フィンの漁区に入ってきたこと。狡猾にも、逃げるところだったオールド・アンを、ミスター・フィンがさらなる狡猾さでむかえうったこと。最後に、大格闘のすえ、とうとう降伏したオールド・アンを引きあげ、とどめの一撃を与えたこと。この一撃はミスター・フィンが熱のこもったパントマイムで明らかにしたとおり、釣り人用のこん棒のようなもので与えられた。鉛の入った短く重い杖だ。

アレンはこの杖を手に持ち、バランスをとってみた。「この道具は、なんと呼ばれているのですか？」アレンは尋ねた。

「僧侶だ」ミスター・フィンは言った。「僧侶と呼ばれている。理由はわからんがね」

「別れを告げるためにあるからでしょう」アレンは杖を机の上に置き、そばにサイス中佐の矢を置いた。ミスター・フィンはじっとその様子を見つめていたが、何も言わなかった。

「本当は、サイス中佐に返さなくてはいけないんですが」アレンはぼんやりと言った。「林の木の幹に、刺さっているのを見つけたものですから」

アレンは地雷を踏んだのかもしれなかった。ミスター・フィンはみるまに怒りで顔を赤くし、サイス中佐と彼の弓の極悪非道ぶりについて、声高に語り始めた。トマシーナ・トゥウイチェットの母親はサイスのせいで死んだのだと、フィンは怒りに震えながら繰り返した。サイスはアル中のサディストで、血に飢えた怪物だ。トゥウイチェットの母親のことも、悪意をもってわざと矢で貫いた。事故だなどと馬鹿げた弁解をしていたが、本当はやりたくてしようがなかったに決まっている。飲んだくれて矢の形をした怒りにかられては、でたらめに矢を発射しまくっている。つい昨日の夜も――。フィンは言葉を続けた。カータレット大佐とのささいな行き違いのあとでカイン川から戻ると、芝生でサイス中佐の弓の音がしており、危険なほど近くの木の幹に矢のつき刺さる音が聞こえた。時刻は八時十五分すぎで、時計のチャイムが鳴ったのをおぼえている。

「それは何かの間違いだと思いますよ」アレンは穏やかに口をはさんだ。「ケトル看護婦によれば、昨夜サイス中佐はひどい腰痛でまったく動けなかったそうですから」

ミスター・フィンは不作法なあざけりの言葉を叫ぶと、言いつのった。「たわごとだ！　彼女はサイスの共犯者か情婦なのだろう。あるいは」いくらか寛大にこう言いなおす。「だまされているのかもしれないが。昨夜、あの男がぴんぴんしていたことは本当だ、誓ってもいい。カイン川までついてきたトマシーナが、母親と運命をともにするのではないかと、私はびくびくしていた。彼女は帰り道はついてこず、夕暮れの中を散歩するほうを選んだ。私が今朝、あんな時間にいささか劇的な形でハマー農園に現れたのは、実は、さまよえる毛皮をつれ戻さなくてはという思いがあったからだ。出会いがしらにきみから聞いたひどい知らせのせいで、彼女のことは頭から抜け落ちてしまったがね」ミスター・フィンはしめくくったが、信じてもらえるとは思っていないようだった。

「わかりました」アレンは言ったが、やはりフィンの言い分を信じたようには見えなかった。「不幸なできごとの連続でしたね。あなたの釣り道具を少しお借りしてもよろしいですか？　お決まりの確認の一つですから」

ミスター・フィンは絶句した。「そんな馬鹿な！」しまいにフィンは叫んだ。「私の釣り道具だって？　どうせことわることはできないんだろう」

「必要以上に長くあずかったりはしません」アレンはうけあった。

フォックスが道具をきちんと並べ、たくましい肩にかけた。

「それと申し訳ないのですが」アレンはすまなそうに言った。「釣りに出た時の靴とシャツもお願いします」

「靴にシャツだと！　いったいなぜなんだ？　気に入らんね、まったく気に入らない」

「少なくともあと四人（実際は六人となるはずだが、著者の勘違いか？）に、同様の無体な要求をするつもりだと申しあげれば、少しは気が休まるでしょうか」

ミスター・フィンは、少しだけ元気づいたようだった。「血痕かね？」ミスター・フィンは尋ねた。

「そうとはかぎりませんが」アレンは落ち着いて言った。「まあ、もろもろのものや——その他いろいろですよ。おあずかりしてもよろしいですか?」

「いやだと言ってもどうにもならんのだろう」ミスター・フィンはつぶやいた。「まあとにかく、私の服は一枚残らず好きにしてくれてかまわんよ。殺人という点から見れば、吹きだまりの雪と同じくらいきれいなものだからな」

出された服を見たアレンは、殺人という観点からすればフィンの言い分は正しいかもしれないが、その他の観点からすればはなはだ不正確だと思わざるをえなかった。その釣り用の服は恐ろしく汚れており、魚のにおいがぷんぷんしていた。アレンは古風なニッカポッカの右足についた泥を満足そうにながめた。靴も不潔そのもので、長靴下は穴だらけだった。ミスター・フィンは挑戦的なしぐさで、服の山の上に使い古しのツイードの帽子をほうった。いつも帯につけている毛針のコレクションもいっしょだった。

「好きにするといい」フィンは威厳たっぷりに言った。「受け取った時のまま、戻してくれるだろうね」

アレンはきっとそうするとおごそかにうけあってから、衣服を包んだ。フォックスがこの美しいとはいえない荷物の受領証を書いた。

「これ以上お引きとめはいたしません」アレンは言った。「万一あなたが、昨夜眠れずにどこをうろうろしていたか、真実を話してくださるのなら別ですが」

ミスター・フィンはぽかんと口をあけてアレンをながめ、そのせいでしばらく、オールド・アンそっくりの顔つきになった。

「あなたはまだ、本当のことを話されていませんよね」アレンはたたみかけた。「明かりのついた窓を見て、大佐と獲物の話をしようと思ったという話は、ラックランダー夫人に完全に論破されています。さっきの母猫を探していたという話にしても、まったく筋がとおりません。子育て中の母猫、それもあなたが特別に愛情深いと言っていた母猫が、子猫をまる六時間もほったらかしにするわけがないでしょう？　現に、私たちは昨夜十二時半ごろ、帰宅途中のミセス・トゥウイチェットに出会っているんですよ。それに、トゥウイチェットの話が本当なら、なぜ最初からそう言わなかったんです？」アレンは数秒待ってから言った。「どの質問にも答えられませんね？」

「これ以上何か言うつもりはない。黙ったままでいることにするよ」

「昨夜何があったのか、私が考えていることをお話ししましょうか。ハマー農園のフランス窓のそばであなたが最初に言ったことが、真実に近かったのではと、私は思っています。あの時間かあるいはもっと早い時間から、あなたは巨大なマスを探しに出ていたのではないですか。カータレット大佐との口論の最中に、オールド・アンを橋の上にほうり出したことを後悔していたのでしょう。大佐がオールド・アンに触れる気はないと言い、魚をそのままにして立ち去ったからには、彼が魚をどうこうするはずがないことをあなたは知っていた。あなたはカイン谷におりて、オールド・アンを取り戻そうとしたが、あなたが着いた時にはもう橋に魚はなかった。どうですか？」

ミスター・フィンは不規則なまだら模様に顔を染め、顎を引いて、とぼしい眉の下から素早くアレンを見やったが、何も言わなかった。

「あなたが何も反論しないなら、そうだったのだろうと思ってしまいますが」アレンは続けた。「もしそうなら、それからあなたはどうしたのかと考えずにはいられませんね。まっすぐハマー農園にやってきて明かりのついた窓を見つけ、結局私の魚をネコババしおってと、大佐を責めることにしたのでしょうか？　もしそうなら、ああいう言動はなさらなかったでしょう。あなたは大佐の死を知らされる前から、昼まで白くして震えていましたね。そして自分がつかまえた魚のことで、大佐と話したいと作り話をした。あなたと大佐が件の魚をめぐって口論をしていたとラックランダー夫人が話したことで、あなたの話はすぐに嘘だと証明されてしまいました。あなたと隣人たちは長いこと訪問しあうような関係でもなかったわけですし」

ミスター・フィンは顔をそむけたが、アレンはフィンの前にまわり、再びフィンと向きあった。

「あなたの昨夜の行動をどう説明すればいいでしょうね。私の考えを言いましょうか。午前一時五分にハマー農園にやってきた時、あなたはカータレット大佐が死んでいることをすでに知っていたのではないですか」

ミスター・フィンは、なおも無言のままだった。

「今回も否定なさらないようですし、もしこれが真実なら」アレンは言った。「あなたはご自分の行動について、嘘の申告をしたことになりますね。午前一時ごろ、ハマー農園に来る直前にふもとの草地に戻ったということでしたが、あなたの上着はからからに乾いていた。あなたがオールド・アンを取り戻そうと橋に戻り、魚がなくなっていることに気づいたのは、夕方のもっと早い時間、雨がふる前のことでしょう。大佐が自分の漁区の、そう遠くはない場所で釣りをしているとわかっていたから、大佐を探したのではないですか？　そして私の言うとおりだとすれば、それは誰にも見られずにすむ時間――ラックランダー夫人、カータレット夫人、ラックランダー先生が家に帰ったあとのことだったはずです。カータレット夫人は八時五分ごろハマー農園に到着し、ラックランダー先生は八時十五分に家に帰りました。どちらもオールド・アンを見ていない。つまり私の仮説では、あなたは八時十五分からケトル看護婦がやってくる八時四十五分の間に谷に戻ったことになります。そしてミスター・フィン、あなたは柳の木立の中で、カータレット大佐の死体と、あなたの巨大なマスを発見した。柳の木立で、あやうくケトル看護婦とはちあわせするところだったのではないですか？」

「ミス・ケトルがそう……」ミスター・フィンは大声をあげそうになったが、ぐっとこらえた。

「いえ、具体的な名前は出していませんよ。しかし隠れてミス・ケトルを見張り、彼女が去ってからこっそり出て行ったのはあなただろうと、私は思っています。隠れ場所から飛び出した時、意地の悪い枝に読書用めがねを帽子からもぎ取られてしまったものの、見られたのではないかと震えあがり、パニックにおちいっていたあなたはめがねを探そうとはしなかった。たぶん家に帰るまで、めがねがなくなっていることに気づきもしなかったのでしょう。あなたが雨のあとで、またこっそり外に出たのはそのせいです。嫌疑がかかりかねない場所でめがねをなくしたのではないかと不安になり、めがねを探そうとした。しかし、ハマー農園に明かりがついているのを見て、それ以上進めなくなった。大佐が発見されたのかどうか、はっきり確かめずにはいられなくなったからです。あなたは屋敷に近づき、オリファント巡査部長の懐中電灯に、まともにてらされることになった」

アレンは窓のほうを向き、ミスター・フィンの敷地の林とカイン川の上流、木の隙間からかすかに見える橋のへりを見おろした。

「昨日の夕方から夜にかけて、あなたがこのあたりで何をしていたかについての、私の考えは以上です」アレンは言い、上着の胸ポケットからめがねを引っぱり出すと、ミスター・フィンの前にぶらさげてみせた。「今すぐお返しすることはできませんが」アレンはフィンの胸ポケットに長い指をのばした。「あなたがどうにか見つけようとしていたためがねは、これではありませんか?」

ミスター・フィンは答えなかった。

「まあ、あなたの行動については、私たちにも考えがあるということです。あなた自身のふるまいと、一つ二つの周知の事実にもとづいたものですが。もしこの考えが正しいなら、そうおっしゃったほうが賢明ですよ」

ミスター・フィンは聞き取れないほどの声で言った。「私が言わないと決めたら?」

「あなたにはその権利がありますし、私たちは私たちで結論を出すだけです」

「噂に聞く有名な逮捕前の警告を、まだする気はないのかね?」

「はい」

「私は臆病な男だが、今回の殺人にかんしては絶対に無実だ」

アレンはしょっちゅう口にしてきた保証に、新鮮味を出そうとしながら言った。「無実なら、臆病になる必要はありません。恐れることは何もないのですから」

アレンはミスター・フィンを見守ったが、それは深刻な不安が表に現れるのを、横で見ているようなものだった。ミスター・フィンの心は、温泉か何かのように深い場所でかきまわされ、そのうち沸騰し始めるのではないかと思われた。

実際、ある種の限界に達したらしく、ミスター・フィンは甲高い早口でまくしたて始めた。「きみは実に利口な男だな。相手の性格や事実をよくよく考え、そしてまた戻る。わかった、認めることにするよ。すべてきみの言うとおりだ。私はカータレットと口論し、あの高貴な魚を橋にほうり出した。帰りはしたが家の中には入らず、いらいらと庭をうろついた。自分のしたことを後悔して橋に戻ったが、オールド・アンは消えていた。私はカータレットを探したが、あの犬――あの不愉快な犬のほえ声で、やつの――死体を見つけて――」ミスター・フィンはぎゅっと両目をつぶった。「ああ本当に、なんということだ！　帽子が顔にかぶさっていても、ひと目でわかった。犬はこちらを見ようともせずに、ただただ遠ぼえを続けていた。そばには行かなかったが、私の魚がそこにあった！　私のマス、私の巨大なオールド・アンが！　だがその時、彼女――ケトルがやってくる音がした。ひたひたと柳の木立を越えてくる。私は走り、体を二つ折りにし、下生えにつっぷして彼女が通りすぎるのを待った。それから家に帰った」ミスター・フィンは言葉を続けた。「その後、きみが推理したとおり、いつも帽子の帯につけていためがねがなくなっているのがわかった。私は震えあがり――そしてこうなった」

「ええ、そうですね」アレンは言った。「その内容の供述書にサインしていただけますか？」

「また供述書かね。やれやれ。退屈な仕事だが観念することにするよ」

「結構。読書用めがねの助けを借りて書けるよう、これは置いていきましょう。オールド・アンを釣りあげたところから始めてもらえますか？」

ミスター・フィンはうなずいた。

「カータレット大佐との口論の内容について、まだすべてを話してくださる気にはなれませんか？」

ミスター・フィンはまたうなずいた。

フィンは窓を背にし、アレンは窓のほうを見ていたが、オリファント巡査部長が林から出てきて庭の端に立ったので、アレンは窓へ向かった。巡査部長はアレンを見ると親指を持ちあげてみせ、林の中に戻っていった。

フォックスが衣服の包みを取りあげる。

アレンは言った。「供述書の件でまた来ます。もしくは今日の夕方、チニングの警察署まで供述書をお持ちいただけますか？」

「いいとも」ミスター・フィンはつばを飲みこみ、のどぼとけが上下した。「やっぱり、あのすばらしい魚のことをあきらめられそうにないのだが」フィンは言った。

「一度は捨てたんでしょう。なぜもう一度それができないんです？」

「私は完全に無実だからな」

「確かに。これ以上お邪魔するわけにはまいりません。さようなら、チニングに五時でいかがでしょう」

二人は横のドアから外に出ると、庭を通って林の中へ入った。小道はうねうねと木立の中をくだり、リバーパスに通じる階段へと続いていた。オリファント巡査部長が二人を待っており、階段の上にはオリファントにあずけたままだったアレンの捜査用バッグが置かれていた。二人の声を聞いたオリファントが振り返る。その手のひらには新聞紙がのっていた。

新聞紙の上にあるのは、ばらばらになったマスの残骸だった。

「見つけましたよ」オリファントが言った。

二

「橋の上流のこちら側に、彼女の小さなかけらがありました」あつかいにくい無生物を女性あつかいするくせのある巡査部長は説明した。背の高い草の中にあったんですが、そこまで引きずられたようです。歯形を見てもおわかりかと思いますが、猫のしわざですよ、警部」

「思ったとおりだな」アレンは答えた。「ミセス・トマシーナ・トゥウイチェットだ」

「二ポンドぐらいあるいい魚だったようですが、オールド・アンとはなんの関係もありません」

アレンは新聞紙と中身を階段の上に置くと、そっと魚をつまみあげた。ミセス・トゥウイチェットは、大佐のマスを手早く片づけたようだった――本当にこれが大佐のマスであり、これをやったのが彼女だとしたらだが。胴体はほとんどきれいについばまれ、小骨のいくつかはかみくだかれていた。頭は猛攻撃を受けたあとで吐き出されたらしく、しっぽも半分切り取られていた。しかし骨からはもともと魚の脇や腹部を覆っていた肉や、やぶれた皮がたれさがっており、アレンはその薄汚い皮の一部を熱心に見つめた。それ用のピンセットを二つ使い、皮をたいらにのばす。そして長い指でへこみ傷の一部らしきものを指さした。幅四分の一インチほどの傷でふちがカーブし、短い釘でつけられたような穴があいている。

「これがよき捜査官の祈りに答えるものでなかったら、びっくりだな」アレンは喜んで言った。「ほらフォックス、私たちが見つけたかった傷に見えないかい？　それにこれも」

アレンは慎重にマスをひっくり返し、もう一方の脇腹にはりついたよれよれの皮の上に、とがった三角形の穴を見つけた。

「これを調べないなんて、どうかしている」アレンはつぶやいた。

オリファントが魅せられたように見守る中、アレンはバッグをあけた。ひらたいエナメルの皿を出して階段の一番下の段に置き、ひねってつけるふたのついた小さなガラス瓶を取り出す。ピンセットを使って三角形の傷のついた皮を皿の上でのばすと、ガラス瓶からオールド・アンがのっていたとがった石の上で見つかった皮の切れ端を取り出した。小さくつぶやいたり口笛を吹いたりしながら、器用にその切れ端を最初のものと並べて広げ、ジグソーパズルのピースのようにいじりまわして中に押しこむ。二つの皮は、ぴたりと一致した。

「昨夜、ミセス・トゥウイチェットと会った時、レバーのにおいがするはずなのに、新鮮な魚のにおいがしていたわけもこれでわかった」アレンは言い、呼びかけた。「ああ運命、ネメシス、そしてその他のあらゆるものよ！　あなたの御手はここにある！」オリファントのぼんやりしたまなざしに答えてつけ加える。「こんなに早く見つけてくれるとは、実に手ぎわがいいな、巡査部長。では、説明するから聞いてくれたまえ」

説明は細部まで完璧になされ、アレンはカータレット大佐の本で読んだ一節で話をしめくくった。

「魚の専門家にたのんで、チェックしてもらおう。大佐はまじめで博識な男だったようだから、大佐が正しければ、二匹のマスが同一のうろこを持っていることはありえない。そして大佐を殺した者、大佐を殺した犯人だけが二匹のマスの両方をあつかうことができた。さてきみたち、皆の衣服を集めて結果を期待しようじゃないか」

オリファント巡査部長が咳ばらいをし、イバラの茂みの後ろでひかえめに身をかがめて言った。

「もう一つ。丘のふもとの草むらで、こいつを見つけました」

オリファントがまっすぐ体を起こすと、その手には矢があった。「血がついているようです」

「本当かい？」アレンは言い、矢を受け取った。「わかったよ、オリファント。よくやってくれた。うまい具合に進んでいるようだ。そして」アレンは喜びながらも心配そうなオリファントのために、手短に言った。「すべて私が思ったとおりなら、そろそろ事件の輪郭が見えてきたようだ。そうだろう、フォックス?」

「そう思いたいです、アレンさん」フォックスは明るく答えた。

「それじゃたのむよ、オリファント」アレンは言った。「フォックス警部を署まで送って、ヤードとロンドン自然史博物館に電話をかけさせてやってほしい。それから集めたお宝をカーティスにとどけてくれ。夕方までに残りの証拠物件も集まるといいんだが。行こうかみんな、この事件も解決が近いぞ」

アレンは先に立ってまた谷へおりると、オリファントとフォックスを道具や手がかりの山といっしょに途中まで送りとどけ、丘をのぼってナンズパードン館に入っていった。

驚いたことに、アレンはここでパーティーのようなものに出くわした。大きな家の前、真昼の太陽が当たらないようにされたテラスに、ラックランダー家の三人、キティ・カータレット、ローズが集まっていた。時刻は十二時半で、カクテルの置かれた盆が憂鬱きわまりない会議に浮かれた雰囲気を与えていた。ラックランダー夫人は穏やかで底知れない表情を残したまま、その恐るべき外見の下に引きこもっているように見えた。ジョージはつまらなそうに片手を上着のポケットに入れ、もう一方の手を椅子の背に置いていた。きちんと半ズボンをはいた足の片方を曲げ、もう一方をまっすぐにのばしている。マークは愛情のこもったしかめつらをローズのほうへ向けていた。青ざめた顔をしたローズがずっと泣いていたのは明らかで、悲しんでいるだけではなく死ぬほど不安そうに見えた。ツイードのスーツと刺繍入りの手袋を身につけ、ハイヒールをはいたキティは、ジョージと話していた。その顔は突然おとずれた悲劇に打ちのめされたかのようにやつれ、いささかむっつりしている。鎖につながれた猟犬をつれたおつきの下男だけが足りない団欒図に、キティはいささかふつりあいな音色を加えていた。キティはアレンに気づく前に何かを言い終えていたが、その声は甲高く、アレンのいる場所まで聞こえてきた。「そうよ。ブライアリー・アンド・ベントウッド」その後キティはアレンに気づき、急に体を動かしたので、皆の視線はアレンに集まった。

あと何度、気づまりな距離から庭を横切り、この一団に近づけばいいのだろうとアレンは思い、ある意味ではそれを楽しみ始めていた。今回の場合、ジョージ・ラックランダーにそれだけの力があれば、待っている者たちは機敏に散っていき、ジョージは男性用の私室に引っこむに違いない。アレンはしかるべき時間がたってから、従僕に入室を許されるのだ。

しかし実際には、ラックランダー夫人以外の者が無意識に動きかけ、すぐにやめたというだけだった。キティはまるで逃げ出そうとでもするかのように腰を浮かせたが、憂鬱そうにジョージを見やり、また椅子に沈みこんだ。

「軍事会議をやっていたのか」アレンは思った。

マークが少しばかりためらってから心を決めたように顎をあげ、大声で言った。「これは、アレンさん」マークはアレンを迎えようとやってきたが、二人の距離が近づいた時、アレンはマークの向こうにいる、ローズの不安と警戒に満ちた顔に気づいた。なりゆきを面白がるアレンの気持ちはあとかたもなく消えうせた。

「おはようございます」アレンは言った。「こんなに早くまたおしかけて、お騒がせして申し訳ありません。長くはかかりませんから」

「いいんですよ」マークが愛想よく言った。「誰にお会いになりたいんですか?」

「いえ、すみませんが実を言うと、あなたがた全員に。こんなふうにおそろいでラッキーでした」

マークはアレンと歩調をあわせ、いっしょに残りの者のほうへ行った。

「おや、ローリー」声の聞こえる距離まで来るとすぐに、ラックランダー夫人が叫んだ。「あたしたちを休ませてはくれないようだね。今度は何がほしいんだい？　服を全部よこせとでも？」

「ええ、まあ。ある意味では」

「ある意味では、とはどういうことだい？」

「昨日の夜、着ていた服を全部、ということです」

「それもあたしがどこかで読んだ、『お決まりの仕事』ってやつなのかい？」

「そういうことになりますね」アレンは冷静に言った。「これもいつもの仕事です」

「警察官が因果な商売だなんて、誰が言ったのかしらね？」キティ・カータレットが、誰に言うともなく悩み疲れた声で言った。

この発言のあとには、奇妙な間があった。こんな状況でささやかな冗談を言おうとしたことに対するもののようでもあったが、キティの発言のぎこちないなれなれしさは受け入れがたいものだったらしく、ジョージですら当惑しているように見えた。ジョージは居心地が悪そうな笑い声をあげ、ラックランダー夫人は眉をつりあげ、マークは自分のブーツをにらんだ。

「つまり」ラックランダー夫人が言った。「モーリス・カータレットが殺された時に着ていたものを出せってことだね？」

「そのとおりです」

「まあ、あたしの服は好きに持っていくといいよ。昨日あたしは何を着ていたっけね、ジョージ？」

「いや母さん、悪いけど思い出せないよ……」

「あたしもだよ。マーク?」

マークは夫人ににやりと笑いかけて言った。「緑のテント型ブラウスだったと思いますが、おばあさん。それに、日よけとおじいさんのブーツ」

「ああ、そうだった。緑のハリスツイードだったね。ロデリック、メイドに言っておくから持っていくといいよ」

「ありがとうございます」アレンはジョージを見やった。「あなたのブーツと服は?」

「ああ、スパイクシューズに長靴下、プラス・フォアーズだ」ジョージは大声で言った。「古びた時代遅れの代物だけどな、ははは!」

「私はとてもいいと思うけど」キティが陰気に言った。「ふさわしい人が着ればね」ジョージは口ひげに手をやったが、キティを見ようとはせず、実に気まずそうだった。「私はチェックのスカート、プルオーバーにカーディガンだったわ」キティが重ねて言い、必死にまた冗談を言おうとしてつけ加えた。「すごく州民じみた格好だけど、ゴルフですものね」その声は、ほとんど泣きそうになっていた。

「では、あなたの靴は?」

キティは足をつき出し、アレンはキティがきれいな足をしていることに気づいた。キティはその小さな足に、恐ろしく高いヒールのついたワニ革の靴をはいていた。「州民らしいとは言えないけど」キティはごくかすかな笑みを浮かべて言った。「これしかなかったのよ」

ジョージは明らかに当惑しきっており、苦しそうにキティの靴と母親を見やってから、敷地のはるか遠くの林をながめた。

アレンは言った。「よろしければ服や手袋や靴下もお借りしたいのですが。チニングに戻る時に、ハマー農園に立ち寄って回収します」

キティは同意し、さえない表情ながらも、特売場で本物のディオールを見つけたような目でアレンを見た。

「急いで帰ることにするわ」キティは言った。「服を準備しておかなくちゃいけないから」

「そんなに急ぐことはありませんよ」

マークが言った。「ぼくは白衣を着ていました。帰る時はブローグシューズをはいて、テニスシューズは手に持っていました」

「ラケットもですか?」

「はい」

「ボトム橋をすぎてからは、ラックランダー夫人のスケッチ道具と杖もですね?」

「そうです」

「ちなみに」アレンは尋ねた。「ナンズパードン館から、まっすぐテニスをしに行ったんですか?」

「村の患者のところへも立ち寄りました」

「うちの庭師の子の家へも来たわよね?」キティが言った。「はれものを切開したと言ってたわ」

「ええ、かわいそうなことです」マークは愛想よく答えた。

「では、仕事用の鞄も持っていたんですか?」アレンが指摘する。

「そんなに大きなものではありませんでしたし」

「それでも、かなりの荷物だったでしょう」

「ええ、まあ」

「しかし、ラックランダー夫人はスケッチ道具をきちんとひとまとめにしていたんですね？」

「まあ、それなりに」マークは祖母に向かって笑いかけながら答えた。

「馬鹿を言うんじゃないよ」ラックランダー夫人が言った。「それなりになんてことがあるものかね。あたしは几帳面な女だし、すべてきっちりまとめておいたよ」

マークがいったん口を開いて、また閉じる。

「たとえば絵具用ふきんもですか？」アレンが言い、マークが鋭くアレンを見やった。

「確かに荷造りの時はふきんのことはわすれていたけど」ラックランダー夫人はむしろ堂々とした口調で言った。「きちんとたたんで、ショルダーバッグの革ひもの下に押しこんでおいたよ。どうしてそんな顔をするんだい、マーク？」夫人はむっつりと尋ねた。

「おばあさん、ぼくが着いた時には、ふきんはきちんとたたんでしまってなんかありませんでした。六ヤードも離れたイバラの茂みの中にあったので、ぼくが拾ってバッグの中に入れたんですよ」

皆はアレンが何かを言うのを期待するように、いっせいにアレンのほうを見たが、アレンは無言のままだった。かなり長い沈黙のあとで、ラックランダー夫人が言った。「とにかく、それは重大なことだね。さて、中へ入って服をまとめてもらうといいよ。フィッシャーならあたしが何を着ていたかわかるだろうから」

「私の服もまとめてもらってくれるかい、アレンくん」ジョージが言い、この手の命令が出される家が、イギリスにどれだけ残っているのだろうとアレンはいぶかった。

ラックランダー夫人はローズのほうを向いた。「あんたはどうなんだね、ローズ？」

しかしローズは何も見えてはいない目でじっと前を見つめるばかりで、その目にはまたも涙があふれていた。ローズはハンカチで涙をぬぐい、一人で眉をひそめた。

「ローズ？」ラックランダー夫人が静かに言った。

眉をひそめたまま、ローズは向きを変えて夫人を見ると、「すみません」と言った。

「あんたが何を着ていたか、みんなが知りたいようなんだがね」

「テニスウェアではないでしょうか」アレンが言った。

「ええ、もちろんテニスウェアです」ローズが答える。

キティが言った。「今日はクリーニングの日よね？　ローズ、あなたのテニスウェアが箱に入っていたのを見た気がするんだけど」

「え……？　ええ、ごめんなさい。確かに箱に入れました」

「今から行って取り出せないかな？」マークが提案した。

ローズはためらい、マークはローズをしばらく見つめてから落ち着いた声で言った。「わかった。すぐに戻るよ」マークは家の中へ入り、ローズは顔をそむけて一団から少し離れた場所に立った。

「ローズはつらいでしょうね」意外にもキティが思いやりをこめて言ったが、またすぐにわざとらしい自己防衛に戻り、シェリーをすすった。「アレンさん、私のスカートの件はよかったわね」キティは声高に続けた。「あまりいい香りはしないと思うけど」

「おや、どうしてですか？」

「魚のにおいがぷんぷんしているはずだからよ」

三

アレンはあまり変わったところのない小さな顔をながめ、自分の顔も同じように無表情だろうかといぶかった。それからアレンはうろたえたふりをして、他の者を観察した。ラックランダー夫人はブッダのように思い悩んでおり、ジョージは仰天している最中だった。ローズはまだ顔をそむけていた。「つまり、あなたも釣り人だったのですか、カータレット夫人?」アレンは尋ねた。

「まさか!」キティは感情的に言った。「昨日の夜、猫から魚を取りあげようとしたからよ」他の者は口をぽかんとあけてキティを見た。

「キティ」ラッククランダー夫人が言った。「よく考えてものを言ったほうがいいよ」

「どうして?」キティはふいに、品なく横柄に言い返した。「どうして? 本当のことなのに。何をおっしゃりたいのかしら」神経質にこうつけ加える。「私がスカートの上に魚をのせたと言ったら、何がいけないの?」キティはアレンに向かってせまった。「ねえ、この人たちは何を言っているの?」

「いい子だから……」ラッククランダー夫人がまた口を開いたが、アレンが割って入った。

「失礼ですがラッククランダー夫人。カータレット夫人のおっしゃるとおりです。誓って申しあげますが、事実を話しているのなら、何も問題はありません」ラッククランダー夫人がぴたりと口をつぐんだので、アレンは尋ねた。「どこで猫と魚を見つけたんですか、カータレット夫人?」

「どこでって、橋のこちら側でよ」キティが怒った口調でつぶやく。

「おや、そうなんですか?」アレンは面白そうに言った。

「すごくいいマスだったし、猫にそんなことをする権利はないと思ったのよ」キティは続けた。「オッキー・フィンのところの一匹だと思うわ。いえ、その猫のことだけど。とにかく、私はマスを取りあげようとしたんだけど、すごい剣幕で魚に食いついて。マスを奪い取った時には、反対側が半分食べられてしまっていたから、返してやったのよ」キティは疲れたように言った。

「そのマスに、特徴ある傷や傷あとがあったのに気づきましたか？」

「いいえ、特には。半分食べられていたし」

「ええ、ですから残った部分にということですが」

「気づかなかったわ。それっていったいどんな傷あとなの？」キティは詰問し、不安になり始めたようだった。

「別にたいしたことではありません」

「すごくいいマスだったし、最初はモーリスが釣ったのかと思ったんだけど。そのうちオッキー・フィンが釣ったものを猫にやったんだろうと思い始めて。フィンはあの猫たちに夢中だから、なんだってえさにするだろうと思ったの。そうよね、ジョージ？」

「ああ、そうだな！」ジョージがキティのほうを見ずに、機械的に叫ぶ。

「ありそうなことですね」アレンはどちらでもよさそうに言った。

マークが戻ってきて、アレンに言った。「あなたの車が着いたようなので、服はまとめてそこに入れておきます。ハマー農園に電話して、クリーニングに出すものを取っておくようたのみました」

「ありがとうございます」アレンは言い、ラックランダー夫人のほうを向いた。「今回のような場合、私たちが事件の前のこと――場合によっては数週間、数か月前のことまで――をできるだけ正確に再現するため、右往左往せねばならないのはわかっていただけると思います。たいてい得た情報の九十九パーセントはまったく役に立たないもので、警察というのはなんと不作法で詮索好きなのかと思われることになるわけですが。ですが時には、見当違いのささいなことだと思われていた事実が、偶然に真実につながることもありえます」

ラッククランダー夫人はバシリスクのようにアレンをにらんだ。夫人は白っぽいまぶたをシャッターのようにはっきりとふせ、ゆっくりとまばたきをするくせがあった。そのいささか爬虫類じみたくせは相手を不安にさせるものだったが、夫人は今、アレンに向かって二回まばたきをして言った。「ロデリック、あんたは何が言いたいんだね？　あれこれ手のこんだ策を弄するのはやめて、何が望みなのか言ってほしいものだね」

「もちろんです。私が知りたいことはこうです。私が着いた時、あなたたちはサー・ハロルド・ラッククランダーの回顧録の話をしていましたね？」

皆が黙りこんだので、アレンは自分の推測が当たっていたことを悟った。ふいの恐怖におそわれた人間の似たような反応に驚かされるのは、これが初めてではなかった。皆一様にぼんやりと無表情になるのだ。

彼らがどんなショックを受けたとしても、最初に立ちなおったのはラッククランダー夫人だった。

「まあ実はそうだけど。あんたはたいした地獄耳のようだね」

「私自身も世話になっている、出版社の社名が聞こえましたので」アレンはすぐさま答えた。「ブライアリー・アンド・ベントウッド。実にすばらしい会社です。あの会社が、回顧録を出すつもりなんですか？」

「あんたが連中に好意的でうれしいよ。あたしもそう思うし」夫人がそっけなく言う。

「カータレット大佐が出版をまかされていたんでしたね?」

マークとローズが同時に「ええ」と答えるまで、わずかな間があった。

「それは喜ばしい仕事でしょうね」アレンは明るく言った。

ジョージが息をつまらせながら「義務だよ」といったようなことをぼやき、だしぬけにアレンに飲み物をすすめた。

「ジョージ」ラックランダー夫人がいらだった声をあげる。「ロデリックは仕事中なんだから、シェリーなんか飲むわけがないだろう。馬鹿なことをするんじゃないよ」

ジョージは怒ったように顔を赤く染め、はげましを求めるようにちらりとキティを見やった。

「とはいえ」ラックランダー夫人は、しぶしぶ気前のいいところを見せて言った。「座ったほうがいいよ、ローリー。あんたにそこにぬっと立っていられると落ち着かないんだよ。椅子もあることだしね」

「これはどうも」アレンは言い、申し出を受け入れた。「私だってなるべくぼんやり立っていたくないんですが。しかし、あなたたちがそんなふうに仲間同士かたまって、私が近づくたびにがたがたやかましい音をたてているのに、にこやかにおしゃべりできるとは思わないでほしいですね」

「馬鹿げたことを」夫人は短く答えたが、風雨にさらされた肌の下にははっきりとにぶい赤みがさしていて、一瞬、息子にそっくりに見えた。ローズ・カータレットは苦しげな訴えかけるような顔でアレンのほうを見ている。マークが彼女の手を取った。

「まあ、馬鹿だとしてもそれはわすれて」アレンは愛想よく言った。「明らかに無関係な話を続けようと思うんですが。たとえば、回顧録のこととか。今ここに、ミスター・フィンがいなくてよかったですよ。サー・ハロルドがフィン青年の悲劇について、すっかり書いているのかどうか聞きたかったので。サー・ハロルドは、そこを避けては通れないと思うのですが?」

アレンはぼんやりとこちらを見つめる顔を、順にながめた。「それとも避けて通れたのでしょうか?」

ラックランダー夫人が言った。「あたしはあの人の回顧録を読んだことはないよ。モーリス以外に読んだことがある者はいないと思うがね」

「全部を読んだことはない、ということでしょうか、ラックランダー夫人。それとも、一語一句読んでも聞いてもいないんですか?」

「内容について、議論はしていたよ。あたしがあれこれ思い出させたこともあったし」

「ルドヴィク・フィン青年の事件について話したことは?」

「一度もないね!」夫人はとどろくような声できっぱりと言い、ジョージはのどのあたりでおかしな音をたてた。

アレンはキティとローズのほうを向いて尋ねた。

「カータレット大佐から、回顧録について何か聞いていらっしゃいますか?」

「私は何も聞いていないわ」キティが答え、つけ加える。「あの人はごりっぱな紳士ですから」

他の者は当惑したようにもじもじした。

「何度もむしかえして申し訳ありませんが」アレンは言った。「できたら教えていただきたいのですが。サー・ハロルド・ラックランダーとカータレット大佐は、回顧録の中のルドヴィク・フィン事件について何かおっしゃっていませんでしたか?」

「何を言いたいのかまるでわからんね!」ジョージが口を開き、アレンは皆がこれを聞いてびっくりするのを感じ取った。「父の回顧録がモーリス・カータレットの殺人と関係あるかもしれないなどと、なぜきみが言いはるのかまったくわからない。すまない、キティ。許してくれ、ローズ。しかし、まったくけしからんことだ!」

アレンは言った。「ルドヴィク・ダンベリー・フィン青年が自殺してから十八年もたっていますし、その間に戦争も起こっています。フィン青年のことをわすれている人も多いはずです。おぼえている人間……たとえば彼の父親……は何をおいても記憶をよみがえらせたくはないと思っているに違いありません」アレンは椅子の中で身を乗り出し、命令めいたことでもしたか催眠術でもほどこしたかのように、聞き手はそれぞれアレンの動きをまねた。ジョージ・ラッククランダーの顔はまだ赤黒く染まっており、その他の者の顔は青白くなっていたが、表情は皆同じで、全員ひどく驚いているように見えた。キティ、ジョージ、そしておそらくラッククランダー夫人の顔に、安堵のような表情が浮かんでいるのをアレンは見て取った。アレンは手をあげ、言葉を続けた。「もちろん、回顧録を通じて悲劇をよみがえらせることで、フィン青年の汚名を返上できるなら、話は別ですがね」

しぼって乾かしたはずの衣類から、予期せぬしずくがたれてきたようなものだった。一同の中で最も攻撃に弱いジョージが「そんなふうに決めつける権利は……」と怒鳴ったが、それ以上何も言えなくなった。マークとローズが、恋人同士がたまにそうなるようにほとんど同時に「そんなこと……」と言いかけたが、ラッククランダー夫人が命令的なしぐさで、二人を黙らせた。

「ロデリック」ラッククランダー夫人はせまった。「オクタウィウス・フィンと話をしたんだね?」

「はい」アレンは答えた。「ジェイコブス・コテージからまっすぐこちらへ来ました」

「ちょっと待ってくれよ、母さん」ジョージが口をすべらせた。「ちょっと待って！　オクタウィウスが話したはずがないよ。だってそうだろう、でなければ、アレンがこっちで聞き出そうとするわけがないいじゃないか」

これに続く、まさにこおりついたような沈黙の中で、ラックランダー夫人が向きを変え、息子に向かってまばたきをした。

「まったく、ジョージ。あんたはどこまで馬鹿なんだろう」

ミスター・フィン、カータレット大佐、サー・ハロルド・ラックランダーの回顧録をめぐる真実をつかんだようだと、アレンは思った。

第九章　チニングとアップランズ

次に言葉を発したのはマーク・ラックランダーだった。

「ぼくに話させてもらえませんか、おばあさん。それに父さん」マークは言ったが、最後の言葉は明らかに礼儀正しくつけたしただけだった。

「実を言えば、ぼくが言わねばならないことに、もうほとんど価値はないんですが」

「なら、どうして話そうとするんだい、マーク？」

「主義の問題ですよ。わかるでしょう、おばあさん。ローズとぼくは意見が一致しています。あなたの命令で口をつぐんできましたが、ぼくたちは——そうだろう、ローズ——アレンさんには隠し事をしないほうがずっといいと思っているんです。もうおわかりでしょうが、他の道を選んでもいいことはないですよ」

「あたしは気が変わっていないよ、マーク。ちょっとお待ち」

「そうよ」キティが熱心に言った。「まったくそのとおりだわ、お待ちなさい。きっとあの人も——モーリーもそう言うはずよ」キティはふいに顔を震わせ、ハンカチをまさぐった。

ローズが無意識に言葉よりもずっと雄弁なしぐさをし、一瞬存在をわすれられていたアレンは、大佐はモーリーと呼ばれるのをさぞかし楽しんでいたのだろうと思った。

ジョージも母親を反抗的な目つきで見やると言った。「だからそう言っているじゃないか。待てって」

「どうぞご自由に」アレンがふいに言って腰をあげたので、皆は飛びあがった。「これ以上何かする前に」アレンはラックランダー夫人に向かって言った。「ミスター・フィンのご意見を聞きたいでしょう。実際、ミスター・フィンも進んでそうしたいのではないかと思いますし」アレンはラックランダー夫人を真正面から見つめた。「今回のことで、本当に危険にさらされているのはなんなのか、よくお考えください。重大な犯罪が起きた時には、長年隠されていたもろもろの秘密が明るみに出ることも多いものです。殺人事件ではよくあることです」夫人が答えらしきものを返さなかったので、少しあとでアレンは続けた。「皆さんの心が決まったらお知らせください。ではよろしければ仕事を続けさせていただきます。〈少年とロバ〉亭になら、いつでも伝言を残せますから」

アレンがラックランダー夫人におじぎをして立ち去ろうとすると、マークが言った。「車までお送りします。ローズ、きみも来るだろう？」

ローズはためらったが、マークにしたがった。アレンの見たところ、残りの三人はそうしてほしくはなさそうだったが。

マークとローズはアレンを案内して巨大な屋敷の東側をまわり、正面の広い台地に出た。パトカーに乗ったフォックスが待っていた。医者のステッカーを貼ったスポーツモデルと、アレンがカータレット家のものだろうと判断した、もう少し家庭的な車も並んで待っている。スーツケースを持った若い従僕のウィリアムが現れた。アレンはウィリアムが荷物をフォックスに渡して屋敷に戻るのを見守った。

「ぼくらの汚れた洗濯物がどこかへ行ってしまうわけですね」マークが居心地悪そうに言った。

アレンは言った。「あなたはテニスラケットをお持ちだったそうですし、サー・ジョージはゴルフバッグを持っていたのでは？　それも貸していただけませんか？」

「ああ、そうですね、わかりました。取ってきましょう」

マークが答え、階段をかけあがって姿を消した。アレンがローズのほうを向くと、ローズはマークが消えた戸口を見つめており、どこかおびえているように見えた。

「こわいんです」ローズが言った。「どうしてかわからないけれど、こわくてたまらなくて」

「何がこわいんでしょう？」アレンは穏やかに尋ねた。

「わかりません。きっとよくあることなんでしょう。こんなふうに思ったことは今までありませんでした。よく知っていたのは、父だけのような気がするんです。そして、その父も亡くなりました。誰かが父を殺し、私はみんなのことが、ちゃんとわかっていなかった気がするんです」

マークがゴルフバッグとプレスがついたラケットを持って戻ってきた。

「これです」

「防水カバーか何かはかけていなかったんですか？」

「え？　ああ、かけていきました」

「それもお借りしてよろしいですか？」

マークはまた言われたものを取りに行き、今度はしばらく戻ってこなかった。「どれだったかよくわからないのですが」マークは戻ってくると言った。「これだろうと思います」

アレンがカバーをゴルフバッグやラケットといっしょに車に入れる。

マークがローズの手を取ると、ローズは少しばかりたじろいだ。

「アレンさん」マークは言った。「ローズとぼくは今度の件で、ひどく困ったことになっています。そうだろう、ダーリン？　ちなみにぼくたちは結婚の約束をしているんですが」

「それは驚いた」

「ええ。そしてもちろんぼくは、可能なかぎりローズが困ったりやきもきしたりしないようにするつもりです。ローズはひどくショックを受けていて——」

「いえ、言わないで」ローズが言った。「マーク、お願いだからやめて」

マークはローズを見つめ、何を言おうとしていたのかわからなくなったようだったが、気を取りなおして続けた。

「つまりこういうことなんですよ。あなたとぼくら二人の家は、すべての点で率直になるべきだと、ぼくは痛感しているんです。あれやこれや言わないと約束したことがあるので、それについては言えませんが、ぼくたちは事のなりゆきをすごく心配しています。ぼくが言いたいのは、オクタウィウス・フィンのことなんですが。つまりですね、ぼくたちはたまたま、何があろうと気の毒なオッキー・フィンが殺人をおかすはずがないという、決定的な理由を知ってしまったんです。決定的な理由です。そしてもし——きっとそうだと思いますが——ぼくが言おうとしていることをあなたがもう推理してしまっているなら、それはぼくにはどうしようもないことです」

「あなたも同意見ですか、ミス・カータレット？」アレンは尋ねた。

ローズはようやく、少しばかり冷静になったようだった。涙に汚れ、見るからに疲れはててはいたが、ローズは自分を取り戻し、苦心しつつも慎重に答えを返そうとした。

「アレンさん、父とオクタウィウス・フィンがマスのことで口論していたからといって、気の毒なオッキーに――動機があると思われかねないと知ったら、父はぎょっとすることでしょう。二人は何年もマスをめぐって争っていましたけれど、それはジョークのようなもので、なんでもないことだったんです。それから――二人が別の話をしていたのを知っていらっしゃるようですが、何を言いあっていたのであれ、オクタウィウス・フィンは父に対してずっと好意的な態度になっていたはずなんです。保証しますわ。父がオクタウィウス・フィンに会いにいったのを、私は知っているんです」

アレンは素早く尋ねた。「大佐はフィンの家に行ったということですね？　昨日の午後？」

「はい。直前までいっしょにいたのですが、父はオッキーの家に行くと言っていました」

「理由は聞きましたか？　あなたは出版のことでとおっしゃっていましたね」

「はい。父は――父は――オッキーに見せたいものがあると言っていました」

「それがなんなのか、話してくださいますか？」

「それはお話しできません」ローズは気の毒なほど悲しそうに見えた。「本当は知っていますけど、個人的なことですから。でも、父がオッキーの家に行ったのは間違いありません。机から封筒を出して、ポケットに入れるのを見ましたから……」ローズは両目に手を当てた。「でもそれから、あれはどこに行ったのかしら」

「封筒は、正確にはどこにあったんですか？　机のどの引き出しでしょう？」アレンは尋ねた。

「左の下の引き出しだと思います。普段は鍵がかかっていました」

「わかりました、ありがとう。しかし当然ながら、ミスター・フィンは留守だったわけですね」

「はい。オッキーが家にいなかったので、あとを追って川におりたんだと思います。用件についてはもちろんお話しできませんが、でも」ローズは震える声で続けた。「もし仮に――苦痛を癒す旅なんてものがあるとしたら、昨日の午後の旅は、父にとってきっとそういうものだったんです」

ローズの顔はこの世ならぬもののようで、ラファエル前派の描いた美女のように見えた。まるで当世風ではないが、悲哀に満ちてひどくいじらしかった。

アレンは穏やかに言った。「わかっていますよ。心配しないでください。めったなことはしないとお約束します」

「ご親切に」ローズは言い、マークもまったく同じようなことをつぶやいた。

アレンはパトカーのほうを向いたが、ローズの声がアレンを引きとめた。「頭のおかしい人のしわざです。おかしくない人に、とてもこんなことはできません、絶対に。なんの理由もなくああいうことをする、気の変な人がいるんです」ローズはアレンのほうへ少し手をのばし、なかばためらい、なかば訴えかけるように手のひらを上に向けてみせた。「そうは思われませんか?」

「あなた自身が変になりかねないほどショックを受け、混乱しているように見えますが。昨夜はちゃんと眠りましたか?」

「それほどは。ごめんなさい、マーク。あなたのくれたものを飲まなかったの。そんなことをしちゃいけないような気がして。あの家にいるとパパが私を探しているような気がして、パパのために起きていなくちゃって思ったの」

「ミス・カータレットを家へ送っていただいたほうがいいかもしれませんね」アレンはマークに言った。「そうすればご自身とカータレット夫人が昨日着ていたものを親切に探してくださるでしょう。靴もストッキングも、すべてお願いします。卵の殻でできた陶磁器のように、だいじにあつかってくださいね」

「そんなに重要なんですか？」

「無実の人たちの身の安全がかかっているかもしれません」

「気をつけます」

「結構。私たちがいっしょに行って荷物を回収しますので」

「わかりました」マークは言い、ローズに向かって微笑んだ。「それが終わったら、きみをナンズパードン館につれ帰って、今度こそきちんと薬を飲んでもらうからね。キティは自分で車を運転して帰れるはずだし。行こう」

ローズが小さく抵抗するのを、アレンは見て取った。「マーク、私はハマー農園にいようと思うの」

「だめだよ、ローズ」

「キティをそんなふうに置いていてはいけないわ」

「キティはわかってくれるよ。とにかく、キティが帰る前にこっちに戻るからね。行こう」

ローズは訴えるようにアレンのほうを向いたが、あきらめたようだった。マークはローズの肘をつかみ、ローズをつれていった。

アレンはスポーツカーに乗りこんだ二人が長い車まわしを出て行くのを見送ると、少しばかり頭を振り、フォックスの隣の助手席に乗りこんだ。

「二人についていってくれ、フォックス」アレンは言った。「だが、落ち着いてな。急ぐことはないんだ、ハマー農園に行くだけだから」

アレンは道々ナンズパードン館での顚末を、かいつまんで語った。

「回顧録に何が書いてあったかは明らかだと思わないか」アレンは最後に言った。「わかったことを並べてみよう。完璧な自叙伝を書くつもりだったのなら、ズロムスでの情報漏洩事件はサー・ハロルド・ラックランダーにとって、無視できないものだったはずだ。悲劇が起きた時、私たち公安部の者はハロルド・ラックランダー自身から、事の次第を聞かされた。裏切りを認め、叱責されたフィン青年が自殺をはかったと。ハロルド・ラックランダーは死の床でフィン青年の名を口にし、回顧録のことをとても気にしていた。回顧録の出版をまかされたカータレット大佐は、引き出しから封筒を出し、フィンに会いにいった。ミス・カータレットはこのことを苦痛を癒す旅と表現しており、件の引き出しはそのすぐあとでこじあけられている。フィンが家にいないとわかると、大佐はフィンを追って谷へ向かった。そして最後に、二人は密漁のことで口論をし、そのあとさらに話をしている。ラックランダー夫人は会話を聞いたことは認めているが、内容については何も話してくれない。さてと、親愛なるフォックス。ラックランダー一家もカータレット一家もミスター・フィンも、なぜこの話が出ると異様にむきになるのだろうな？　きみがどう考えるかはわからないが、私に言わせれば答えは一つだと思うよ」

　フォックスは車を静かにハマー農園の車まわしのほうへ向け、うなずいた。

「あなたがそんなふうにおっしゃるからには、きっと自明のことなのでしょう、アレンさん。しかし、回顧録に殺人の十分な動機となりうるものがあるんでしょうか？」

「殺人の動機となりうるものだなんて、誰が言っているのかね？　まあきっと、動機の一つではあるのかもしれないが。『どこで（ウビ）、何を用いて（クウィブス・アウクシリース）、どのように（クオーモド）、いつ（クアンドー）。』にこだわりたまえ、子狐くん。『なぜ（クール）』には好きにさせておけばいい。それで『誰が（クウィス）』が予期せぬ時に飛びこんでこなかったら、そのほうが驚くよ」

「あなたはいつもそうおっしゃっていますな」

「わかった、わかった。私ももう年だし、くどくなってきているようだ。あそこに恋に悩む医者の先生の車があるな。二人がご婦人がたの服を探してきてくれるまで、ここで待つとしよう。カータレット夫人の服は、真新しい特別めだつツイードのようだ。スキャパレリとそれにおそらく魚のにおいがぷんぷんしているそうだし」

「少しばかりさびしいでしょうね」フォックスは考えこんだ。

「誰がだい？」

「カータレット夫人ですよ。彼女はいわば、この小さな村にぽいとほうりこまれたよそ者だ。皆は、住民全員が弓矢を使っていたような時代から、たがいの家族について知っているっていうのに。ちょっとばかりさびしすぎます。正直、夫人が村にとけこもうとすればするほど、周囲は彼女に拒否反応を示してる。そして周囲が礼儀正しくすればするほど、夫人は身の置きどころがなくなっている。そう思うんですが」

「ああ、そのとおりだ」アレンは答えた。「きみは今、世界のラックランダーたちが見て見ぬふりをしている悲劇――周囲になじめない少数派の悲劇の真ん中に、その大きな太い指をつっこんだようだ。ついでにもう一つ、言いたいことがあるんだがね、フォックス。仮にカータレット夫人が夫を殺したとわかったら――ある意味胸をなでおろさない者は、この村に誰一人いないだろう。きみの女友達も例外じゃない」

「誰一人？　まさかそんな」フォックスはぎょっとしたように叫んだ。

「いいや」アレンは彼にはめずらしい激しさで繰り返した。「ほっとしない者などいないさ。ただの一人もね。みんなにとって夫人は、外から侵入してきたよそ者であり、邪魔者だ。一部の者が彼女のためにしている努力が、かえってひそかな敵意をあおることになっている。賭けてもいい。それはそうとチニングで何かわかったのかね？」

「カーティス先生に会ってきました。病院の霊安室をうまいぐあいに改造して、検死を進めているようです。傷についての新しい事実はありません。魚のうろこの件はそのとおりだとのことで、うろこに注意して証拠品全部を顕微鏡で調べるそうです。それからスコットランドヤードが、今は亡きサー・ハロルドの遺言と、サイス中佐のシンガポールでの行動をチェックしてくれています。海軍名簿から、当時あちらにいて今は陸で任務についている者の情報をたどれれば、長くはかからないだろうと。運がよければ、二時間で電話が来るかもしれません。〈少年とロバ〉亭か、チニングの警察署なら確実に連絡がつくだろうと伝えてあります」

「よろしい」アレンは言ったが、たいして関心はなさそうに見えた。「おや、誰が来たんだろう。行ってみよう」

フォックスが答える前にアレンは車をおり、ふいに速度を変えて私道をぶらつき始めた。手にパイプを持ち、せわしなく中身をつめこんでいる。この予期せぬパントマイムのターゲットが、ペダルを踏みながらフォックスの視界に入ってきた。村の郵便配達人だ。

アレンはパイプに葉をつめながら、配達人がそばに来るまで待った。

「おはよう」

「おはようございます、旦那」配達人は自転車のブレーキを踏んだ。

「手紙があるならもらっておこうか?」アレンが提案する。

配達人は片足を地面につけてバランスをとると「そりゃどうも」と言い、かすかな悔やみの気持ちをこめてつけ加えた。「お邪魔はしないほうがいい、ってわけですね、旦那? どっちにしてもこれ一通だけです」配達人は、鞄から長い封筒を取って差し出した。「故人宛ですよ」とっておきの声で言う。「一言お許しいただけるなら、本当に悲しいことでした」

「ああ、まったくだ」アレンは興奮が高まるのを感じながら、彼にとってはもうおなじみの長い封筒を受け取った。

「谷であんなことが起きるなんて」配達人は言葉を続けた。「もちろん、殺人のことですよ。大佐はとても尊敬されてましたし、思いやりのないことは一言だっておっしゃいませんでした。谷の者は皆動転して、ご婦人がたを気の毒に思っていますよ。ああ、かわいそうなミス・ローズ! ひどすぎますよ、まったく」

配達人は本気で嘆きながらも、田舎の人間らしい好奇心ではちきれそうになって、アレンを流し目で見た。「旦那もご親戚なんでしょう?」

「きみは実に親切だな」アレンは相手の質問を物柔らかに無視して言った。「きみが気の毒がっていたと伝えておくよ」

「そりゃどうも。誰がやったにしろ、さっさとつかまってほしいですよ。ヤードの担当になって完全にバート・オリファントの手を離れちまったって聞いたけど、谷の者は驚かないでしょう。あの人も就業時間後は、〈少年とロバ〉亭で忙しくしていますけどね。それじゃ、行くとします」

配達人が行ってしまうと、アレンはフォックスのところへ戻った。

「この収穫を見てくれよ」

フォックスはじっと長い封筒をながめ、アレンが反対側を見せると、封筒の口のところにプリントされた文字を読んだ。「ロンドン西部、セント・ピーターズ・プレス、ブライアリー・アンド・ベントウッド」

「出版社ですか?」フォックスは尋ねた。

「ああ。どういう手紙なのかぜひ見てみなくてはな、フォックス。のりの貼りかたも雑だし、ちょっと引っぱれば――実に簡単だな、十分弁解もできる。だが戻しておこう、ミス・カータレットが来たようだ」

スーツケース、プレスがついたラケット、真新しいゴルフバッグとクラブを持ったマークにつきそわれて、ローズが家を出てきた。

「これです」マークは言った。「クリーニングの箱から探し出しましたが、全部きちんとそろっていますから。馬鹿馬鹿しいとは思いますが、ラケットも必要かもしれないとローズが言うので、ローズのラケットもここにあります」

「ありがとう」アレンは言い、フォックスがマークから荷物を受け取ってパトカーに乗せた。アレンがローズに封筒を見せる。

「お父さんに来たものです。すみませんが最近のものも、むろん今来たものも、郵便はおあずかりせねばならないかもしれません。もちろんお返ししますし、証拠として採用されなければ、秘密はかたく守らせていただきます。申し訳ありませんが、そういうことになっておりますので。お望みなら、正式な令状なく私に渡すことを、拒否することもできますが」

アレンはタイプされた上書きを上にして手紙を差し出したが、ローズは手紙を興味なさそうに見やった。

マークが口を出す。「いいかいきみ、そんなことは許すべきじゃないと――」

「どうぞ、持っていってください」ローズはアレンに向かって言った。「パンフレットだと思いますから」

アレンは礼を言い、ローズがマークといっしょに車で去るのを見送った。

「金をもらうのが恥ずかしくなりますな」フォックスが言った。

「このことを知っても、大佐が悪く思わないでいてくれるといいんだが」

アレンは封筒をあけ、中身を取り出して開いた。

スウェヴニングズ
ハマー農園
ロイヤルヴィクトリア勲章、殊勲章受章者、カータレット陸軍大佐どの

拝啓
三週間前にこの世を去られた今は亡きサー・ハロルド・ラックランダーが、わが社で出版予定の氏の回顧録について、話しあいを希望されていました。第七章に問題が発生し、それについて、あなたの助言を受け入れたいとのお申し出があったのです。サー・ハロルドが回顧録の出版を目にすることなく亡くなられた場合、あなたが責任を引き受けてくださるなら、回顧録をすべて編集してほしいと

もおっしゃっていました。サー・ハロルドが亡くなられた時には、他の誰でもなくあなたに連絡を取ってほしいとのことで、あらゆる点で最終決定権はあなたにあると断言していらっしゃいました。サー・ハロルド・ラックランダーとはもう連絡を取ることができず、ご指示をあおぐこともできませんので、故人の遺志にしたがい、手紙を書いている次第です。回顧録の編集を、お引き受けいただけるでしょうか。サー・ハロルドから原稿を受け取っていらっしゃいますか。七章の重要かつデリケートな部分について、お心はお決まりでしょうか。

お早めにお返事をいただけますと幸いです。よろしければ今度ロンドンにいらっしゃる時に、昼食をごいっしょしたいのですが。ご都合のいい日にちをお知らせくだされば、あけておきます。

敬具

ティモシー・ベントウッド

「フォックス」手紙をたたんで封筒に戻しながら、アレンは言った。「七章の重要かつデリケートな部分について、考えられることは二つある」

二

マークがナンズパードン館の門を入ると、ローズは私道のどこかに車を止めるようたのんだ。

「もう進まなくていいわ。話さなくてはいけないことがあるの。止めて」

「わかった」マークは私道の脇のあいた場所に車を止めた。エンジンを止め、ローズのほうを向く。

「さあ、話してくれ」

「マーク、あの人は浮浪者のしわざだなんて思っていないわ」

「アレンのことかい？」

「そうよ。あの人は——私たちの誰かがやったと思っているのよ。私にはわかるの」

「私たちの誰かって、正確にはどういうことだい？」

ローズは手で弱々しく円を描くようなしぐさをした。「彼が知っている人。パパの隣人か、家族の一人」

「どうだかわからないだろう。アレンはやるべきことをやっているだけだよ。片づけをしなくちゃならないんだから」

「あの人は浮浪者のしわざだなんて思っていないわ」ローズは繰り返した。その声は疲れきって生気を失い、少しばかり大きくなっていた。「私たちの誰かがやったと思っているのよ」

マークは長い沈黙のあとで言った。「まあ、そんなことを認めるつもりはないけど——仮に今の時点で、アレンがぼくらみんなをあやしんでいるとしても、結局——」

「ええ、結局あの人にはそう思う根拠があるし」

「どういうことだい？」

「何があったか見ていたでしょう？　わからないふりをしてるようだけど。あの人が七章についてつきとめたのは一目瞭然だわ」

マークの顔から血の気がひくのを見て、ローズは叫んだ。「ああ、私ったらなんてことを！」

「まだ、何もしちゃいないさ。はっきりさせようじゃないか。きみはアレンがぼくたちの誰かを——

ぼくや父さんやおばあさんを——きみのお父さんを殺した犯人だと疑っているると言うんだね？　おじいさんの回顧録の修正版を出版しようとしていたから」

「ええ」

「わかった、きみの言うとおりかもしれない。アレンはそう思っているのかもしれないな。ぼくが知りたいのは、ローズ——まさかきみもそんなふうに——？　いや、今でなくていい。きみがひどいショックを受けている時に、こんな質問はできない。待つことにするよ」

「待ってなんかいられないわ。こんなことを続けるのはもういや。ナンズパードン館に戻って、大切なのは薬を飲んで眠ることだけというふりをするなんて」

「ローズ、こっちを見てくれ。いや、たのむよ。ぼくを見るんだ」

マークは両手でローズの顔をはさんで、自分のほうへ向けた。

「なんてことだ。きみはぼくがこわいんだね」

ローズはふりほどこうとはせず、マークの指の間を涙が伝った。「違うわ」ローズは叫んだ。「違う。あなたをこわがるはずないでしょう、愛しているわ」

「本当に？　きみは心のどこかでお父さんがぼくらの間に割って入ろうとしたことを思い出してるんじゃないのか？　きみに愛されているお父さんに、ぼくが嫉妬していたことも。お父さんの死で、きみが相続人になったことも。事実そうだろう？　回顧録が出版されればぼくの家族が結婚に猛反対し、ぼくの名前に傷がつくことも。ローズ、きみは本当にぼくを疑ってはいないのか？」

「誓って疑っていないわ。あなたのことは」

「だったら——誰を疑っているんだ？　おばあさんかい、父さんかい？　ダーリン、こうして口に出すと、どれだけ馬鹿げたことに聞こえるかわかるかい?」

「馬鹿げているのはわかっているわ」ローズは必死で答えた。「誰かがパパを傷つけたがっていたって考え自体馬鹿げているけど、現にパパは殺されているのよ。私はそれに慣れないといけない。昨夜、誰かが私のパパを殺したの」

ローズはマークの手を顔からはずした。「慣れるのは楽じゃないと、わかってちょうだい」

「ぼくはどうすればいい?」マークが尋ねる。

「あなたにできることは何もないわ。こんな恐ろしいことってないもの。マーク、あなたは私があなたに頼り、すがってくれればと思っているのよね。私だってそうできればと思うし、そうしたくてしかたないけど、できないのよ。パパを殺した犯人が誰なのかわかっていないんですもの」

長い沈黙があり、ローズはしまいにマークがこう言うのを聞いた。

「ローズ、こんなことは言いたくなかったけど、言わないわけにはいかないようだ。容疑者はほかにもいるだろう。おばあさんや父さんやぼく――ああ、オッキー・フィンもいるけど――を疑うなら、除外してはいけない人間がいるんじゃないのか?」

「キティのことを言っているのね」

「そうだ――キティもぼくらと同じだろう」

「いや!」ローズは悲鳴をあげた。「やめて! 聞きたくないわ」

「聞かなくちゃいけないよ。ここでやめるわけにはいかないんだ。ぼくだって、きみの前でこんなことを思い出すのが楽しいわけじゃないけど――ぼくの父さんはキティと――」

「やめて! 言わないで、マーク! お願いよ!」ローズはわっと泣きだした。

愛しあっている二人が、相手にひかれているのと同じぐらい、ひそかないらだちをかかえこんでいることがある。おかしなことに、多くの場合しんどい思いをするのは愛情と同程度の憤懣をおぼえているほうなのだ。相手の涙に汚れた顔やいつまでも去らない苦悩を見せつけられ、苦痛が本物だと思い知らされ、無力感をおぼえ――そうしたことすべてがいらだちや怒りの炎となってふくれあがっていく。

ローズはマークの中に、この手の怒りのきざしを見て取った。マークはローズのそばから離れ、憂鬱そうな顔になっていた。「どうしようもないのよ、マーク」ローズは口ごもりながら言った。

ローズをいさめ、繰り返し説得しようとする声が聞こえたが、その声にもおし殺した怒りがこもっているように、ローズには思えた。二人で徹底的に議論すべきだと、マークは言い続けていた。「きちんと向きあうべきだよ」声を高めながら、マークは言った。「キティも入れるべきだ、そうだろう？　ジェフリー・サイスやケトル看護婦は？　ラックランダー家の人間だけにこだわることはないだろう」ローズは顔をそむけた。開いた窓に腕をもたせかけ、腕に顔をのせたまま、身も世もなく泣きくずれる。

「ああ、くそ！」マークは叫び、ドアをあけて外に出ると、腹立たしげに行ったり来たりし始めた。

ナンズパードン館から帰る途中だったキティが、車で通りかかったのはこの時だった。キティはマークの車を見て車を止め、ローズは必死で落ち着こうとした。キティは一瞬ためらってから車をおり、ローズのそばへやってきた。マークは両手をポケットにつっこんで離れていった。

「口を出したくはないんだけど」キティは言った。「何かできることはある？　まあ――何もないならすぐに消えるから」

キティを見あげたローズは、初めて義母の顔に、彼女が今まで懸命にとりつくろおうとしてきた混乱のあとを見た。悲しみをこらえるのにもいろいろなやりかたがあるのだとようやく気づいたローズは、初めてキティに仲間意識を感じた。

「ありがとう。車を止めてくれてうれしいわ」

「いいのよ。ただ、こう思っただけなの」キティはめずらしくためらった様子で続けた。「あなたは家を出たほうがいいんじゃないかしら。あなたが望むなら、ってことよ。あなたが言う将来の話じゃなく、今の話をしているの。つまりその、マークはナンズパードン館に来いって言っているんでしょ。そうしたいなら、そうなさいな。私はだいじょうぶだから」

自分がナンズパードン館に行ってしまったらキティは心細いかもしれないなどと、ローズは考えたこともなかった。ごたまぜになった思いと記憶が、ローズの頭の中にあふれた。キティは今、とことん金に窮しており、私には彼女に対する責任があるのだと、ローズは自分に思い出させた。義母とマークの父との不倫は疎外感から来るものではなかったのか――。やつれた化粧の濃い顔を見つめながら、ローズは思った。「結局私たちは二人とも、パパが必要だったんだわ」

「とにかく、私はもう行くから」キティがぎこちなく言う。

突然「私もいっしょに行くわ、キティ。帰りましょう」と答えたくなったローズは、ドアの取っ手を手探りした。しかし、何か言うことも動くこともできないうちに、ローズはマークの姿に気づいた。車まで戻ってきてローズのそばへ来ていたマークが、キティにこう話しているところだった。

「ぼくもずっと、そう言っていたんです。実際、医者としての命令でもあるんですがね、ナンズパードン館に来るべきだというのは。わかってくれてうれしいですよ」

キティはマークに向かって、見た目のいい男にほとんど機械的に向けている目つきをしてみせた。

「これでローズも安心できるわね」キティは小さく手を振ると、自分の車に戻っていった。

さびしさと自責の念を感じながら、ローズは走り去る車を見送った。

三

チニングへ行く道すがら、アレンは七章にかんする推理を語った。

「雑多な話から浮かびあがってくるカータレット大佐の人となりを、心にとめておくんだ。ダンベリー・フィン以外は、皆口をそろえてりっぱな道徳観念と良心を持った、心優しい好男子だと話していただろう。よし。そして最後に、死を前にしたラックランダー卿が、カータレット大佐と回顧録のことで何やら気をもんでいて、ヴィクの名を口にしながら死んだことを思い出してみるとしよう。よし。回顧録やヴィッキー・フィン青年の話が出ると、誰もかれもが、皆をやきもきさせる隠し事があると言わんばかりだ。これも間違いない。フィンもラックランダー夫人も、口論のあとで、フィンと大佐が会話をしたと認めている。だが、ラックランダー夫人はにべもなく内容について話すことを拒み、フィンは夫人が話さないなら、自分もそれにならうと言う。大佐は長年不仲だったフィンをたずねると言って家を出た。フィン青年の死の状況。回顧録はフィン青年の汚名をはらすものだというジョージ・ラックランダーの事実上の自白。父親がフィンをたずねるのは、苦痛を癒す旅だというローズ・カータレットの証言。出版社からの手紙。こうした事実を集め、考えあわせると何がわかる?」

「七章は、フィン青年の無実を証明するものだったのでしょう。カータレット大佐は本といっしょに、それに対する責任も託された。どちらの道を選ぶか決めかねた大佐は、ミスター・フィンのところへ回顧録を持っていった」フォックスが推測を述べた。「フィンがどう思うか聞くために、です。ミスター・フィンは釣りに出かけていたので、大佐はフィンのあとを追った。そして口論のあとで――口論のあとで、大佐はどうしたんでしょうね？」

「こんなふうに言ったんだろう。『なるほど、あなたは卑劣にも漁区を侵犯したわけだ。よろしい。私があなたのために何をしようとしているか、教えてあげましょう！』そして、七章のことを話した。七章は大佐の家にはなかったから、大佐からミスター・フィンの手に渡ったと見るべきだ。私がミスター・フィンの机で見た封筒が、この推理を強くあとおししてくれている。中にタイプされた原稿の束が入っていて、大佐の字でフィン様と宛名が書いてあった。というわけで子狐くん、どう結論を出すべきだろうな？」

「七章についてですか？」

「七章についてだ」

「教えてくださいよ」フォックスは重々しく笑って言った。

アレンは言われるとおりにした。

「ふむ、ありそうなことですね」フォックスは言った。「ラックランダー家の者にとっては、大佐を殺害するりっぱな動機になりそうだ」

「ただし、この恥知らずな想像が当たっているとしても、大佐がミスター・フィンに七章を渡したことを、ラックランダー夫人が立ち聞きしているんだがね、フォックス。ラックランダー家の誰かが人殺しをしようと思うなら、ミスター・フィンを狙うのが妥当だろう」

「ラックランダー夫人が話をよく聞いていなかったのかも」

「だとしたら、どうして夫人は今もあそこまで慎重なのか。そして、夫人と大佐はなんの話をしたんだろうな？」

「ああ、くそ！」フォックスはうんざりしたように言った。「なら、回顧録と第七章とズロムスで機密を盗んだのは誰なのかっていうのは、この事件と関係がないって言うんですか？」

「関係はあるが、それが一番だいじなわけではないんだと思う」

「アレンさん、あなたのご意見をよく考えてみると、そう説明するしかないようですな」

「そうだな。いいかね、フォックス。動機を考えるのは、たいてい二の次にすべきなんだ。おや、チニングのガソリンスタンドまで来たようだ。あそこで新しくぬりなおしたばかりの車にガソリンを入れているのは――おいおいフォックス、そわそわするなよ――驚くなかれ、陽気なケトル看護婦じゃないか。彼女が車に愛称をつけているのは断言してもいいな。きみが理性的にふるまえるなら、ちょっと止まってガソリンを入れていこう。おはようございます、ミス・ケトル」

「あら、警部さん。最高の朝でありますように！」ケトル看護婦は輝くような笑みを二人に向け、車の後部を尻でもたたくようにぴしゃりとたたいた。「彼女はお茶の時間なんです。ずっと美容整形に行っていたので、二週間ぶりの再会なんですよ。調子はいかがです？」

「なんとかがんばっています」アレンは言い、車をおりた。「フォックスはいささか短気になっていますが」

　フォックスがこれを無視して言う。「小さいがいい車ですね、ミス・ケトル」

「アラミンタですか？　総じてまじめないい子ですわ」ケトルはあくまでも明るく言った。「腰痛の治療のためにつれ出したんですけど」

「サイス中佐ですね?」アレンはあえて危険を冒すことにした。

「ええ」

「もう完治しているはずですが」

「まさか!」ケトルはやや狼狽したように答えた。「それにあの人、昨日の夕方はなんだか取り乱していたんですよ。おかしなことですけど」

「昨夜、あなたがそばを離れた時には、彼は寝たきりの病人だったそうですね」

「ええ、残念ながら」

「しかし」アレンは言った。「ミスター・フィンは、八時十五分にサイス中佐があの六十ポンドの弓を射ていたと断言しているんです」

ケトル看護婦はにぶい灰色の髪のつけ根まで真っ赤になり、アレンはフォックスがこっそり同情を顔に浮かべようと悪戦苦闘しているのを感じた。

「そんな馬鹿な!」ケトルが高い声で言った。「そうです、腰痛は出たり引っこんだりするものなんです!」ケトルはぱちりと鋭く指と親指を鳴らし、自分の発言に色をそえてみせた。

フォックスがぎこちない声で言った。「ミス・ケトル、サイス中佐があなたをだましていたということはありませんか? こんなことを言って申し訳ないが」

ケトルはフォックスに視線を投げたが、その目つきはひかえめに言っても落ち着きをなくした悪役のようだった。

「だとしたらなんです? そうなのかもしれませんが、馬鹿な人たちが思っているような理由じゃありませんよ」

ケトルはきびきびと車に乗りこみ、クラクションを鳴らした。「帰りましょう、ジョン。全速力で行くわよ」ケトルは明らかに二人の目を意識しながらおどけた様子で言い、走り去った。

「きみもしつこい病気をこじらせなければだめなようだな、フォックス」アレンが評する。

「実に気持ちのいい女性だ」フォックスは言い、あいまいにつけ加えた。「かわいそうに！」

二人はガソリンを入れ、警察署へ行った。

スコットランドヤードから二つの伝言を託されたオリファント巡査部長が二人を待っていた。

「えらく迅速だな。すばらしい」アレンは言った。

アレンは最初の伝言を声に出して読みあげた。「ロンドン自然史博物館、英国釣り協会、英国マス保護協会、その道の権威で第一人者であるＳ・Ｋ・Ｍ・ソロモン博士に、マスのうろこの件を照会した。皆、顕微鏡で見た場合、二匹のマスのうろこが完全に一致することはありえないとうけあい、カータレットをその道の大家であると評した」

「ほう！」フォックスが言った。「申し分ないじゃないですか！」

アレンは二枚目のメモを取りあげ、読んだ。「今は亡き、サー・ハロルド・ラックランダーの遺言についての報告」しばらく自分で読んでから、顔をあげる。「ごく簡単に言えば、使用人に遺贈されるお決まりの額をのぞき、全財産は未亡人と息子に贈られる。ほとんどの財産の相続はこの二人に限定されているな」

「ミス・ケトルが言ったとおりですね」

「ああ。さて、三番目はこれだな。イギリス海軍を退役したジェフリー・サイス中佐にかんする報告。

一九五×年三月一日から一九五×年四月九日、シンガポール。イギリス海軍シンガポール基地に所属、陸上勤務。勤務外の行動——最初はきわめておとなしく、ごく一般的な招待は受けるものの、多くの時間は一人でスケッチをして過ごしていた。のちに、タクシー・ダンスを通じて知りあったと思われる、ミス・キティ・ド・ヴィアなる女性と同棲。必要なら、ド・ヴィアの経歴をたどることも可能である。サイスはド・ヴィアのために部屋を借りていたが、ド・ヴィアはサイスの紹介で知りあったとおぼしきモーリス・カータレット大佐と何度も顔をあわせ、結婚したことが確認されている。情報の出どころは……」

そのあとには、海軍名簿から拾ったいくつもの名前と、メモがそえられていた。イギリス海軍は港に停泊中であり、しかるべき相手から「緊急かつ重要」な情報を得ることが可能である、と。

アレンはメモをオリファントの机に投げ出した。

「気の毒なカータレット」声音を変えて言う。「そしてなんなら、気の毒なサイス」

「あるいは見かたを変えるなら」フォックスも口をそろえた。「気の毒なキティ」

四

スウェヴニングズに戻る前に、アレンとフォックスはチニング病院の霊安室にいるカーティス医師をたずねた。そこは小型病院併設のごく小さな霊安室で、施設のすぐそばにあり、今や取り返しのつかないほど腐敗の進んだ大佐は、無残なありさまながらも居心地よさそうに見えた。仕事を徹底的にやるのが好きなカーティスは、すみからすみまで検死をしている最中で、まだ作業を終えていなかった。最初の打撃があり、おそらくそれよりもあとに、何かで刺された穴ができたことを確信してはいたが、打撃も穴も圧力を受けた結果できたと思われる、複合的な傷をすべて説明するものではなかった。打撃の反対側に出る、対側損傷がいちじるしい、とカーティスは言った。サイス中佐の弓や、ラックランダー夫人の傘のスパイクの線をきっぱり捨て去ることはできないが、ここに出されたとがったものの中では、夫人の杖が一番可能性が高そうだ。杖の血痕を調べれば、確定に近づくかもしれない。絵具用ふきんは間違いなく血で汚れており、なんの血なのかはまだわからないが魚のにおいがぷんぷんする。アレンは、集めたお宝の残りをカーティスに渡すと言った。

「いい子だから、魚の件はできるだけ早く連絡をくれないか。両方のうろこがついた服を見つけてほしいんだ。その服の持ち主が一人だけなら、夜が昼に続くように、あとは自然にわかるだろう」

「きみは人を、楽器から楽器へと際限なく飛びまわるジャズバンドのティンパニストのようにあつかうんだな」カーティスは悪意なく言った。「悪いがこっちは検死を終わらせることにするよ。きみのいまいましいうろこは、ウィリー・ロスキルが取りあつかってくれている。サー・ウィリアム・ロスキルは本署の高名な分析官だ」

「今から電話してみるよ」

「だいじょうぶだ、もう電話しておいたから。作業中だそうだ。何かわかったらすぐ署へ知らせるよ。この事件の何がそんなにひっかかるんだ、ローリー?」カーティスは尋ねた。「いつもは仕事の早い捜査官なんてものを馬鹿にして、ゆっくり急げと叫んでいるくせに。何をあせっているんだ? 被害者はゆうべ殺されたばかりだぞ」

「いやな事件なんだよ」アレンは言った。「それに考えてみると、この矢はこちらで持っておいたほうがいいな――血のついているほうだ、もし血だっていうのならな。いったい何に入れて運んだものかな？　彼に気づかれたくは……」アレンは自分たちが持ちこんだものの山をながめた。ジョージ・ラッククランダーのゴルフバッグを肩からぶらさげ、サイスの矢の先端を包んで中へほうりこむと、「これでよし」と言う。

「いやな事件だ」アレンは繰り返した。「心底胸が悪くなる」

「ほかの事件とどう違うんだ？」

アレンは答えず、思案顔で関係者の持ち物をながめた。所持品は解剖台の反対側の棚に、きちんとグループ分けされて並べられていた。検死の構成要素の一つであるかのように。大佐とミスター・フィンの衣服、ブーツ、釣り道具、帽子。キティの真新しい派手なツイードのスカート、セットになったカーディガンとプルオーバー。サー・ジョージのプラス・フォアーズ、長靴下、靴。マークとローズのテニスウェア。ラッククランダー夫人のテントのような服、スケッチ道具、古いが美しいブローグシューズ。アレンは立ち止まって手をのばし、ブローグシューズの片方を持ちあげた。

「サイズは四ぐらいか」アレンは言った。「ラッククランダー夫人がまだゴルフをしていたころ、ロンドンでも最高の靴屋で特別注文されたものだろう。夫人の名前がぬいこんである。きれいにされてはいるが、靴底はまだ湿っていて……」アレンは靴をひっくり返し、かかとをながめた。小さなスパイクがついている。アレンはフォックスを見やり、フォックスは無言で棚の端から皿を取ってきた。上には断食療法用の食べ物のような、大佐の魚の残骸がのっていた。小さなへこみのある皮が慎重に開かれる。皆は黙って結果を待った。

「ぴったりあいそうだ」アレンは言った。「もちろん、仕事はていねいにやってほしいが、たぶんぴたりとはまるだろう。ぴったりはまればはまるほど、ますます気に入らないんだが」

理屈にあわない発言を残して、アレンは霊安室を出て行った。

「やつは何を悩んでいるんだ?」カーティスがフォックスに尋ねた。

「自分の胸に聞いてみてくださいよ、先生。いわば、決して慣れることのできないもの、っていうやつですよ」

「あんな具合にか?」カーティスは一瞬、自分のあまりにも明確すぎる仕事をわすれたかのようにつぶやいた。「いったいなぜ、やつは警察に入ったのかと思うことがあるよ」

「私だって捜査は好きじゃありませんが」フォックスは淡々と言った。「アレンさんが来てくれたのは間違いなくうれしいですよ。さて、私もそろそろ行かないと。あなたと死体を残して」

「じゃあな」カーティスはぼんやりと言い、フォックスは上司と合流した。警察署に戻ると、アレンはオリファント巡査部長と言葉を交わした。「きみはここに残ってくれ、オリファント」アレンは言った。「サー・ウィリアム・ロスキルはたぶんまっすぐ病院に行くだろうが、何かわかったら、彼かカーティスが電話をくれることになってる。私がこれから会いにいく相手のリストはこれだ。ここのどこかにいなければ、別の場所にいるから。令状を取ることも考えておいてくれ。夕方までには犯人を逮捕できるかもしれない」

「本当ですか?」オリファント巡査部長は舌で鋭い音をたてながら言った。「そいつの名前は? 思ったとおりの相手でしたか?」

アレンは長い人差し指で、オリファントに渡したリストの名前を指さした。オリファントはしばらくの間、顔をひどくこわばらせて、その名前を見つめていた。

「まだ確定したわけじゃないが」アレンは言った。「すぐ必要になった場合にそなえて、やる気のない治安判事どのに令状のことは言っておいたほうがいいな。それじゃ、仕事を進めようじゃないか。ブライアリー・アンド・ベントウッド社に電話をつないでくれないか、オリファント？　番号はこれだ。ティモシー・ベントウッド氏を呼び出して、私の名前を言ってくれ」

アレンはオリファントが電話をつなぎ、静かな事務的な声で話をするのをぼんやりと見ていた。

「ベントウッドが協力してくれれば、七章の件は解決だ」アレンは言った。

フォックスが太い指をあげ、二人はそろって電話に耳をかたむけた。

「おや、そうですか」オリファントが言ったところだった。「本当に？　電話を切らないでいただけますか、聞いてみますので」

「どうした？」アレンが鋭く詰問する。

オリファントは大きな手のひらで、送話口を覆った。「ベントウッド氏は入院中だそうです。秘書と話をしますか？」

「くそ、なんてことだ！　いやいい。ありがとう、オリファント。行こうかフォックス、こっちは手づまりのようだから、さっさと動いたほうがよさそうだ。オリファント、時間があれば〈少年とロバ〉亭で何か食べるかもしれないが、道中で少なくとも一つ、寄る場所がある」アレンの指が再びリストの上をさまよい、オリファントはその行き着く先を目で追った。

「アップランズ？　サイス中佐ですか？」

「ああ」アレンは答えた。「準備がすべてととのい、しかるべき人数をつれてすぐ来いという連絡があったら、犯人を逮捕するということだからな。さあ行こう、フォックス」

ワッツ・ヒルへと戻る間、アレンはとても静かだった。

頂上で方向を変え、ジェイコブス・コテージに近づいた時、ミスター・フィンが子猫を肩にのせて門に寄りかかっているのが見えた。

アレンは言った。「あとにするぐらいなら、今のほうがいい。寄っていこう」

フォックスが門のそばに車を止め、アレンは車をおりた。門に近づくと、ミスター・フィンはアレンに向かって目をしばたたいた。

「これは主任警部どの」フィンは子猫を首からおろしてなでながら言った。「よく現れるものだな。小数のように何度も、としか形容しようがない」

「それが私の仕事ですから」アレンは穏やかに言った。「警察は突然現れるものだと、あなたもそのうちわかるでしょう」

ミスター・フィンはまばたきをし、小さく奇妙な笑いをもらした。「では、私はきみの興味の対象だと結論を出すべきなのかな? それとも、新たな推理の場に行く途中なのかね? たとえば、ナンズパードン館とか。きみはあの巨人国のレディ、ビヤ樽未亡人、巨大な母なる女指導者が、デイジーを踏み越えてしのび寄ったと思っているのか? あるいは新しい地位にのぼせあがったジョージが、プラス・フォアーズを着たまま、柳の木立に突進したとか。それとも傷は医療に関係するものだった? メスや探り針を手にした若き医学の神が疑われているのかね? きみは私を悪趣味だと思っているだろうが、実際、候補者はほかにもいるだろう。もっと近くを見てみるべきだな。年をくった大酒飲みの弓矢のしもべとか。素性のあやしい謎めいた魅力的な未亡人とか。申し訳ないが、まったくどれもこれも、なんと馬鹿げた話に聞こえることやら。それで、なんの用だね?」

アレンはフィンの青ざめた顔と、落ち着きのない両目を見つめた。「ミスター・フィン、七章の原稿をいただけませんか?」

子猫が口をあけ、舌を見せて金切り声をあげた。ミスター・フィンは指をゆるめ、子猫にキスをして下へおろした。

「小さきものよ、許してくれ。母親のところへ行くといい」フィンは門をあけた。「中へ入らないか?」フィンが提案したので、二人はフィンのあとについて、悪趣味な丸木の家具が点在する庭へ入っていった。

「むろん、拒否することもできます」アレンは言った。「その時は、交渉のしかたを変えねばなりませんが」

「きみはあれが机にあるのを見たが、読みはしなかったのだろう」ミスター・フィンは唇を湿らせながら言った。「私にかんするかぎり、七章がどんな形であれ有罪の証拠になると思っているなら、とんだ思い違いだよ。私にとってあれは、反対動機と呼んでもいいようなものなんだから」

「私もそう思っていました。しかしそれでも、私に見せたほうがいいとは思わなかったわけでしょう?」

長い沈黙のあとで、ミスター・フィンは言った。「ラックランダー夫人の同意がなければ、キリスト教国のどの探偵にも見せるつもりはない」

「まあ、それもいいでしょう。では便宜上、七章が作者の告白のようなものだったのかどうか、教えてもらえますか? たとえばサー・ハロルド・ラックランダーがズロムスでの悲劇の際、情報の漏洩に事実上の責任があったことを認めるものだったとか」

ミスター・フィンは、ろくに息もできない様子で言った。「その経験にもとづく、とんでもないあてずっぽう理論はいったいどこから来たのかね」

「すべてがそうではありませんよ」アレンは純粋なユーモアをこめて答えた。「今朝も申しあげたとおり、ズロムスでの事件についてはそれなりに知識がありましてね。あなたは新しく書かれた七章は、あなたにとって反対動機になるものだと言った。それなら——たとえば七章が息子さんの無実を証明するようなものなら、出版を歓迎するはずだと思うんですが」

ミスター・フィンは答えなかった。

「言っておかないといけませんね」アレンは続けた。「回顧録を出版する予定の会社に、七章の内容について尋ねるつもりです」

「あいつらは何も——」

「いえ、それどころか作者から直接聞かされていましたよ。大佐は知らなかったようですが」

「本当に?」ミスター・フィンはかすかに身を震わせた。「あいつらがわずかでも職業倫理というものを持っているなら、内容についてもらすことを拒否するはずだ」

「あなたのようにですか?」

「そうだ。この件については何も話すつもりはない。どんな圧力をかけても無駄だよ、アレン警部」

庭の門がきしみをあげる。アレンが静かにこう言った時、ミスター・フィンはもう向こうを向いていた。「おはようございます、ラックランダー夫人。今日はこれで二度目ですね」

ミスター・フィンは不明瞭な叫び声をあげて、くるりと振り返った。

ラックランダー夫人は太陽に目をしばたたかせながら立っていた。無表情だがほんの少しだけ、気おくれしているようでもあった。

「ロデリック」ラックランダー夫人は言った。「自白しにきたんだがね」

第十章　再びスウェヴニングズ

ラックランダー夫人はゆっくりと三人に向かって近づいてきた。

「ここにある妙な代物があたしの体重に耐えられるなら」夫人は言った。「使わせてもらうよ、オクタウィウス」

三人は夫人のために脇へよけたが、ふいにミスター・フィンが早口でまくしたて始めた。「いや、いや、いや！　それ以上言ってはいけません！」

夫人が丸木の椅子に腰をおろす。

ミスター・フィンは無我夢中で懇願した。「レディL、お願いですから、口を閉じてください」

「おかしなことを言うんじゃないよ、オッキー」ラックランダー夫人は少しばかり息を切らせながら言った。「口を閉じるのはあんたのほうだ」夫人はしばらくフィンを見つめ、笑いのようなものをもらした。

「なるほどね、あたしがやったと思ってるわけだ」

「いや、いや、いや、なんてことを言うんですか！」

ラックランダー夫人は巨大な体を動かし、アレンに話しかけた。「ロデリック、あたしがここにいるのは、実は夫のためなんだよ。自白っていうのは、あの人のことなんだ」

「やっと七章の話をしてくれるんですね」

「そうだよ。あんたがどれだけのことをもう知っていると思っていて、どれだけのことを聞かされたのか、わかったものじゃないからね」

「私は何も話していません！」ミスター・フィンが叫んだ。

「ふん！　いつになく気前がいいじゃないか、オクタウィウス」

ミスター・フィンは抗議を始めたが、手をあげて降参し、口をつぐんだ。

「そうは言っても、別の情報源があったろう。モーリスの奥方が、あんたにあれこれ事情を知らせていたのはわかっているからね」夫人は言葉を続け、アレンを見つめた。「ジョージがキティ・カータレットに七章のことを話したのがわかったんだろう。それで、キティがこっちにばらしたと思っているわけだ」アレンはそう思ったが、何も言わなかった。

「そういうわけだから、単なる開きなおりだと思ってくれてかまわないよ」

夫人は言い、アレンは頭をさげた。

「まあ、それだけじゃないけどね。まずはオクタウィウス、あたしたちはあの人の家族として、あんたにそれなりの恩がある」

「やめてください！」ミスター・フィンは叫んだ。「それ以上話を進めるのは。それ以上――」

「ミスター・フィン」アレンが割って入り、警察の三大決まり文句ともいえる一文を提示した。「おしゃべりをやめないなら、強硬措置を取らせていただきますよ。黙っていてください、ミスター・フィン」

「そうだよ、オッキー」ラックランダー夫人も言った。「あたしもまったく同意見だ。黙っていられないなら、向こうへ行っているんだね」夫人は小さな太った手を持ちあげ、それがミスター・フィンの飼い猫ででもあるかのように、高くかかげてみせた。「たのむから、よくよく考えたうえでのことだと信じて、静かにしていておくれ」

　ミスター・フィンがまだぐずぐずとアレンのほうを見たり唇に指を当てたりしているうちに、ラックランダー夫人は短い腕で、簡潔に多くを語るしぐさをして言った。「ロデリック、あたしの夫は裏切り者だ」

二

　居心地の悪い木のベンチの上で、四人は奇妙な一団を作りあげていた。フォックスはひかえめにメモを取り、ミスター・フィンは頭をかかえていた。ラックランダー夫人はぶあつい脂肪を盾に、微動だにせずしゃべり続けた。猫たちは、人間の事情になどまるでかまわず、優雅に行きつ戻りつしていた。

「これが、あんたが七章を読んだらわかるはずだったことだよ」ラックランダー夫人はふいに話をやめ、しばらくあとで言った。「この先はかなりしんどいし、恥をさらしたくはないんでね。少し待ってもらえるかい？」

「もちろんです」アレンは答えた。一同は夫人が前を見つめ、膝にまん丸い手のひらを打ちつけ、しゃべれるようになるのを待った。「だいぶましになった」とうとう夫人は言った。「これでどうにかなりそうだよ」そして夫人はよどみなく話を続けた。「ズロムスでの一件があった時、あの人はプロイセンのファシストと秘密交渉をしていた。ヒトラーとかかわってる幹部連中で、ハルのことをいい切り札だと思っていたらしい。自国じゃ非難しようのない家柄の」夫人の声はしっかりしていたが、きしるように甲高かった。「イギリスの外交官だからね。ハルは国を裏切り、必ずナチの計画をはたすと誓っていた」アレンは夫人の両目が悲痛な涙にぬれているのに気づいた。「保安局でも、誰も気づいていなかっただろう、ロデリック？」

「はい」

「でも今朝は、ひょっとしたら知っていたのかと思ったよ」

「そうではないかと思っただけです」

「それじゃ、彼女は何も言わなかったんだね」

「彼女とは？」

「キティだよ。モーリスの奥方さ」

「はい」

「あの手の輩は、何をするかわからないし」夫人はつぶやいた。

「他の誰であろうと同じです」

夫人の顔が、美しいとはいえない赤黒い色に染まる。

「理由がさっぱりわかりません」ミスター・フィンが突然口を出した。「ラックランダー卿は、なぜそんなことを？」

「ドイツ民族優越の理屈では？」アレンは指摘した。「戦争と共産主義を回避し、貴族階級が生き残るための道は、ドイツとの同盟しかないという。当時はめずらしくもない理屈でしたし、ラックランダー卿だけの話ではありません。きっと、大きな見返りを約束されたんでしょう」

「あの人に情けをかけたりしないでおくれ」ラックランダー夫人が小声で言った。

「どうして私にそんなことができます？　ラックランダー卿ご自身が、新たに書かれた第七章で、容赦なく自分を罰しているというのに」

「後悔していたんだよ、本当に心の底から」

「ええ、よくわかりますとも」ミスター・フィンが答える。

「ああ！」夫人は叫んだ。「そうなんだよ、オッキー。あんたの息子をひどく傷つけてしまったことを、あの人は一番気にしていた。何よりもね」

「傷つけた？」口をはさもうとするミスター・フィンを制して、アレンは繰り返した。「すみませんがミスター・フィン。聞かねばなりません」

「どうしてあたしを止めようとするんだい、オッキー？　あんたもあれを読んだんだろう。世間に公表したくてたまらないだろうに」

「サー・ハロルドはルドヴィク・フィンの嫌疑をはらしたんですか？」アレンは尋ねた。

「軽率さ以外のことはね」

「なるほど」

ラックランダー夫人はぽっちゃりした小さな手で顔を覆った。いつもの夫人のふるまいからは考えられないしぐさだったので、それはそれで、ヒステリーの発作と同じくらいのインパクトがあった。

アレンは言った。「わかったような気がします。ズロムスの鉄道認可の件で、一見イギリス政府の指示にしたがって動いているように見せていたサー・ハロルドは、ドイツ側が支配権をにぎるままにさせていたのでは?」

自分の指摘が正しいと悟って続ける。「そして、交渉の最もデリケートな段階、何をおいても毛ほどの疑いも招きたくない時に、個人秘書が中央ヨーロッパでの乱痴気騒ぎに出かけ、サー・ハロルドが解読をまかせていただいじな暗号の内容をドイツの諜報部員に知られることになってしまった。政府から情報の漏洩を知らされたサー・ハロルドは、大使の怒りを演じてみせるしかなく、フィン青年を呼び出すしかありませんでした。サー・ハロルドはフィン青年のふるまいを責め、致命的な漏洩や不面目や堕落について叱責した。フィン青年は出て行き、すべてにけりをつけた。こういうことですね?」

アレンは顔から顔へと視線をうつした。

「ああ、そうさ」ラックランダー夫人はつらい訓練を繰り返していたかのように、声をはりあげた。「ハルはこう書いていたよ。ヴィッキー・フィンを死に追いやったのは自分だ、この手で殺したようなものだとね。ナチの上司にそうするよう命じられたんだと。自分が何をしてしまったのかあの人が理解し始め、どこまでもドイツの仲間にこきつかわれることになると悟ったのは、その時だった。当時からハルは不幸でみじめだっただろうけど、それはヴィッキーの死と――それにもちろん、裏切りのせいだとあたしは思っていた。でもね、オッキー。裏切り者はあたしたちの家族だ。あんたのヴィッキーはちょっとばかり血のめぐりが悪くて、悲惨なほどに考えなしだっただけなんだよ」ラックランダー夫人はミスター・フィンを見やり、顔をしかめた。「昨日あんたとマスのことで口論したあとで、モーリスはあたしのところへ来て言った。七章の修正版の原稿をあんたの家に置いてきたと。どうしてそれを見せなかったんだい、オッキー? どうしてこの期におよんで、あたしを止めようとするんだい？　まさか――」

「違います」ミスター・フィンは、ひどく穏やかな口調で言った。「誓って、変な遠慮をしているわけではありません。私の言うことを信じていただけるなら、これは息子の遺志なのです。ヴィッキーは自害する前に、妻と私に手紙をよこしたんです。自分の無実を信じてほしいと。ただし、将来何があろうとサー・ハロルド・ラックランダーを傷つけるようなことだけは絶対にしてくれるなと。親愛なるレディL、あなたは気づいていなかったかもしれないが、愚かな息子はご主人を英雄のように崇拝していた。だから私たちは、息子の遺志を尊重しようと決めたのです」

ミスター・フィンは立ちあがったが、その姿はひどくふけこんで見えた。「ラックランダー家の良心も動機も後悔も、私にはかかわりのないことです。ラックランダー家の人たちに、息子のことでこれ以上苦しんでほしくはない。人間の手による贖罪など、もう私は信じておりませんからな。さて、よろしければ、これで失礼させてもらいます。それから主任警部どの、私が七章をどうしたか知りたいなら、半時間前に灰にさせてもらったよ」

ミスター・フィンはぶかっこうな円筒形の帽子をあげ、ラックランダー夫人に挨拶すると、猫たちをしたがえ、家の中に入っていった。

ラックランダー夫人は立ちあがり、門に向かって歩き始めたが、気を取りなおしたように足を止めて言った。「ナンズパードン館に帰るよ」アレンが門をあけると、夫人はアレンを見ずに門を抜け、巨大な車に乗りこんで走り去った。

「痛ましいですね。フィン青年は最後の会見の時に、何が起きたか察していたんでしょう。胸が悪くなる」フォックスが言った。

「まったくだ」

「しかし本人も言ってましたが、七章のおかげでミスター・フィンは、カータレット大佐殺しにかんしてはシロということになりますね」

「そういうわけでもないんだが」

「え?」

「正確に言えばな。大佐は七章をジェイコブス・コテージへ置いていったが、フィンは口論のあとで家には入らなかったと、自分で証言していた。柳の木立へ戻って死体を見つけ、めがねをなくしたんだ。フィンは今朝初めて七章を読んだのだと思うよ。拡大鏡の助けを借りて」

三

「もちろん、あれはコピーですよね。大佐はオリジナルを渡したりはしていないでしょう」サイス中佐の屋敷の私道へ車を入れながら、フォックスは言った。

「ああ。大佐は机の左下の引き出しに鍵をかけて、オリジナルをしまっていたんだと思う」

「ああ、なるほど!」フォックスは満足そうに言った。「そうかもしれませんな」

「その場合、大佐の家族か、ラックランダーの誰かか、原稿に関心のある人間がオリジナルを盗み、原稿は兄弟同様、煙とともに消えうせたことになる。あるいは下の引き出しは空っぽで、オリジナルは大佐の金庫にあるのかもしれない。どちらにしろ、たいしたことではないよ、フォックス。出版社が作者から、替えの原稿を使うようにとしっかり指示されていたのは明らかだ。いつでも呼び出せるし、証拠として本物の原稿を提出する必要はない。そう願いたいものだ」

「夫人が急に、あそこまですっぱり白状する気になったのはどうしてでしょうね?」

「思いつくことならいやというほどあるよ」アレンはむっつりと答えた。「好きなのを選んでみたまえ、フォックス」

「そうですね」フォックスは言った。「夫人は実に老猾な女性です。どのみちつきとめられると思ったんでしょう」

アレンはあいまいにつぶやいた。「これまでどおり、いろいろさ。さてと、特別に気分の悪い会見をしないといけない。覚悟してくれよ、フォックス。おやおや! あれを見たまえ!」

そこにはケトル看護婦がいた。ナプキンを手にしたサイス中佐につきそわれ、玄関から出てきたのだった。ケトルは車に乗りこもうとしていたが、その動きは素早かった。パトカーが近づいてくることをサイス中佐が知らせたのは明らかで、サイスはのろのろと車のそばへ行くとドアをあけ、狼狽した様子でケトルが車に乗るのを待った。ケトルは中佐には目もくれず、エンジンを見つめていた。

「嘘の腰痛が見やぶられたと、ケトル看護婦が話したんだろう」アレンは不機嫌に言った。

「当然、親切心からでしょうね」フォックスがかたい声で答える。

「もちろんそうだろうな」アレンはケトルに向かって帽子をあげてみせたが、大あわてで低速ギアを入れたところだったケトルは、飛びはねるエランドのように、二人の前を走りすぎた。その顔は真っ赤だった。

サイスが二人を待っている。

フォックスが車を止め、二人は外に出た。アレンはゴルフバッグを肩からぶらさげ、サイスに声をかけた。

「中でお話しできませんか?」

サイスは何も言わずに先に立ち、居間に入っていった。小さなテーブルの上に半分たいらげられたわびしい食事が並べられ、すぐそばには濃い色のウイスキーと水があった。

即席のベッドはまだ使用中で、足元にはきちんとたたまれたガウンが置いてある。

「座ったらどうだ?」サイスはいきなり言ったが、本人に座る気がないのが明らかだったので、アレンもフォックスも申し出を受けなかった。

「今度はなんなんだ?」サイスは詰問した。

「いくつか質問をしたいのですが、あなたにとってはどれも恐ろしく不作法な質問になるでしょう。あなたが最後にシンガポールにいた時のことですが。今朝、話をした時、今のカータレット夫人を大佐に紹介したのは自分だとおっしゃったのをおぼえているでしょう?」

サイスは答えず、上着のポケットに手をつっこんで、窓の外をながめていた。

「すみませんが、そのことについてもう少しくわしく質問せねばなりません。要するに、あなたが当時ミス・ド・ヴィアとごく親しい仲ではなかったのかどうか聞きたいのですが」

「無礼千万だな」

「まあそうですが、殺人とはそういうものです。よく考えればおわかりでしょうが」

「いったい何が言いたいんだ?」

「やれやれ!」アレンは、彼としてはひどくめずらしいしぐさで叫んだ。「なんて馬鹿げたやりとりでしょうね。私が何を言いたいかぐらい、よくよくご存じでしょうに。なぜへたくそな新米剣士のぺアさながら、いちいちけつまずく必要があるんですか。いいですか。私は考えうるかぎりの最高の情報源から、カータレット夫人が結婚前に、シンガポールであなたと暮らしていたという情報を得ているんです。カータレット大佐と彼女を引きあわせたのは自分だと、あなたはおっしゃいましたね。こっちへ戻ってきたあなたは、二人が夫婦になっていることを知った。二人を結びつけるつもりなどまるでなかった、というのもあなたがお話しになったことです。さて。カータレット大佐は昨夜ふもとの草地で殺害され、頭には矢でつけられたような穴があいていました。あなたは腰痛で寝ていたということですが、あなたがベッドに寝たきりになっているはずの時間に、例の六十ポンドの弓を放つ音が聞こえたという証言があります。そうしたければ弁護士を呼んでもかまいませんし、弁護士が来るまで何も話さないとおっしゃるなら、それもいいでしょう。ですが、私が何を言いたいのかわからないふりをするのだけはやめてくださいよ」

「畜生！」サイスは猫の話をした時とまったく同じ調子で叫んだ。「私だってカータレットのことが好きだったんだ」

「ええ、あなたは大佐を好きだったのかもしれない。しかし、彼の奥方を愛していたのでは？」

「愛か」サイスは顔を赤黒く染めて繰り返した。「まったくなんて言葉だ」

「それでは言いかたを変えましょう。カータレット夫人は、あなたのことを愛していたのでしょうか？」

「おい、彼女が私をそそのかしたとか——私が彼女をそそのかしたとか、その手のたわごとを言うつもりなのか？　トンプソンとバイウォーターズだとでも？」サイスが怒った声をあげる。

「なぜその二人が出てきたんですか？　海の男と気の毒な不実な妻、という偶然の一致があるからでしょうか？」

「それ以上おかしな皮肉を言うなら、本当に弁護士を呼ぶぞ」

「気難しいかたですね」アレンは悪意なく言った。「昨夜着ていた服を拝見させていただけませんか？」

「いったいなんのために？」

「たとえば、大佐の血がついていないかどうか調べるためです」

「実に無意味だな」

「おあずかりしてよろしいでしょうか」

「くそ、今着ている服なんだがな」

「別の服に着替えていただくわけには？」

サイス中佐は少しばかり充血した濃いブルーの目で、じっと遠くを見つめながら言った。「着替えてくる」

「ありがとうございます。腰痛が続いている間ずっと、あなたがここを居間兼寝室にしていたのは、よくわかっています。とりあえず、ガウンとスリッパに着替えられたらどうですか」

サイスはこの提案を受け入れた。かすかなウイスキーのにおいをただよわせ、手は震えていたが、サイスは船で訓練した無駄のない動きで、着替えを終えた。脱ぎ捨てた衣服をたたんでひもをまきつけ、適当な結び目を作りフォックスに渡す。フォックスが受領書を書いた。

サイスがガウンの紐を荒々しく引っぱってしばると、アレンは言った。

「腰痛がぶり返しませんでしたか？」

サイスは答えなかった。

アレンは続けた。「なぜ、自分から言わなかったんですか？　私がこの手の事情を見過ごしたりしないことは、よくわかっていたはずです。昨夜はなぜ腰痛のふりをしたんですか？　女性の愛を得るためでしょうか」

サイス中佐が顔を赤くしたという表現は、この場合正確とは言えなかった。サイスの顔は会見の間じゅう、真っ赤に染まっていたからだ。とはいえ、この時点でその顔色は危険なまでに赤黒くなっていた。

「どうなんです？」アレンはいらだたしげに言いつのった。フォックスが衣服の包みを、ぽんとテーブルの上にのせる。

「どういうものなのか、わかる気がするんだ」サイス中佐はわけのわからぬことを言い、ハマー農園の方角へ手を振ってみせた。「恐ろしいほどの孤独。気の毒なキット！　保証がほしいとしてもしかたがない。あの芝居を見たことは？　一、二年前に再演されたと思うんだがな。女にへつらう男を支持するつもりはないが、あれは本当だ。かわいそうに、最後に彼女は窓から身を投げることになる。州民から締め出されて」

「『第二のタンカレー夫人』のことですか？」

「たぶん。皆がやりかたを変えないかぎり、キティも同じことをするだろう。孤独。わかる気がする」

サイスは隅にある食器棚に視線をうつすと「きみも何かしなくては」と言い、それから軽食テーブルのタンブラーを見やった。「酒をすすめても無駄なんだろうが」不明瞭に口の中でつぶやく。

「ええ、そうですね。あいにくですが（ワース・ラック）」

「ああ」サイスは言い、「運か（ラック）」といったようなことをつけ加えてから、ふいにタンブラーを空にした。

「実のところ、もうやめようと思っているんだ、酒は」

「酒はいい守り神ですよ、うまくあつかえばね」アレンがシェイクスピアのイアーゴーのせりふを引用する。

「今のところはだいじょうぶだが、いったいどんな卑劣漢が方角を決めているのやら」意外なことにサイスは応じた。「下劣なうえに最低の嘘つきときている」

「まったくです。しかしそうは言っても、私たちはイアーゴーや酒について議論しているわけではなく、あなたと腰痛について議論しているのでして。なぜ――」

「わかった、それはもう聞いたよ。どう言えばいいか考えていただけだ」

サイスは隅にある食器棚まで行き、半分になったウイスキーの瓶を持って戻ってきた。「考えなくてはならないが、それはひどく難しいことだとわかってもらいたい」サイスは自分でトリプルのウイスキーをついだ。

「この場合、あなたが今そそいだ刺激物がないほうがうまくいくのではないですか?」

「そう思うか?」

フォックスが見事に予想外の技をしかける。「彼女ならそう思うでしょうよ」

「誰だって?」サイスはおびえたように叫び、ウイスキーの半分を飲みほした。

「ミス・ケトルです」

「彼女がどうした？」

「酒を飲まないほうがいいと思ってるってことですよ」

「彼女は私を止めたかったらどうするべきかわかっている」サイスはつぶやいた。「いや、どちらかと言えば、わかっていないのかもしれないが。彼女に話すつもりはない」サイスはアレンが思っていたよりも、深みのある声でつけ加えた。「何があっても、絶対に話したりするものか」

「もうかなり酔っていらっしゃるようですね」

「こんなに早くに飲むのは、これが最後だ。これからは、太陽が帆桁の端を越えるまで待つことにする。約束もしてしまったし」

「ミス・ケトルにですか？」

「ほかに誰がいる？　かまわないだろう」サイスは堂々と言った。

「実にすばらしい考えです。昨夜腰が痛いふりをしたのも、ひょっとしてミス・ケトルのためですか？」

「ほかに誰がいる？」変更不能のギアが入ってしまったかのように、サイスは告白した。「別にかまわんだろう」

「ミス・ケトルは知っているんですか？」

フォックスが、何やら聞き取れないことをつぶやく。サイスは「気づいていると思う」と答え、悲しそうにこう続けた。「喧嘩をしてしまったが」

「嘘をついたからですか？」アレンは思いきって尋ねた。

「違う。腰痛のことじゃない」サイスがタンブラーを指さす。「だから約束したんだ。明日からは、帆桁の端を越えたあとにすると」

「幸運を祈ります」

アレンはできるかぎりの素早さでゴルフバッグから矢を取り出し、サイスの鼻先にかかげてみせた。

「これに見おぼえは?」

「私のだ。きみが持っていったんだろう」

「いいえ。それとは別のものですよ。ワッツ・ヒルのふもとの草地で見つかったんです。調べてもらえれば、違いがわかるでしょう」

アレンは矢の先につけた覆いを、さっとはぎ取った。「さあ」

サイスがフクロウのような顔で、矢の先端を見つめる。

「血がついているな」サイスは言った。

「そのようです。なんの血ですか?　誰の血ですか?」

サイスは取り乱した様子で、うすくなった髪の毛に指をつっこんだ。「猫の血だ」サイスは言った。

四

サイスの主張によれば、その矢は数週間前、サイスがうっかりトマシーナ・トゥウイチェットの母親を殺してしまった時のものだった。サイス本人が猫の死体を見つけ、心を痛めながら矢を抜いて、手近なやぶにほうった。猫をミスター・フィンのところへ持っていったが、説明も謝罪も受けつけてもらえず、サイス中佐の言いかたによれば、彼とも喧嘩別れしてしまったという。

矢をでたらめに隣人の林に向けて発射するのは、危険だと思わないのかとアレンが尋ねると、うろたえ、恥じ入った反応がかえってきた。サイスの酒の量と弓に対する自制心は密接な関係があるのだろうとアレンは解釈した。確信というよりは推測だったが。このころになるとサイスはむっつりと不機嫌になり、何かを聞き出すことはもうできそうになかった。

車でその場を去りながら、アレンは言った。「彼は完全に酔っぱらってはキューピッドの情熱に取りつかれ、周囲にやみくもに矢を発射しているというわけだな。矢の行き先のことなど考えもせずに。そう思うと恐ろしいが、隣人たちも身を守るすべを心得ているんだろう」

「ミス・ケトルは手に負えない相手とかかわっているようで、心配です」フォックスが重々しく言った。

「いいかね、フォックス。女がわざわざ苦労を選ぶことはいくらでもあるんだ」

「確かに」フォックスは憂鬱そうに答えた。「ミス・ケトルはいわば、その訓練をつんでいるわけですし、まあそういうことでしょう」

「むしろ、甘やかす相手が必要なタイプに見えるがね」

「そうですね。なんだか妙にむしゃくしゃしますが、ふたをしたので、もう平気です。次はどうしますか、アレンさん?」これ以上の個人的な会話をきっぱりとはねつける態度で、フォックスが尋ねた。

「カーティスが手がかりをくれるまでたいしたことはできないが、それでも、ジョージ・ラックランダーに話を聞きにいくとしようか、フォックス。しかしルドヴィク・フィン青年の亡霊からは、もうのがれたいものだな。一時半だし、彼らにも昼食を取らせたほうがいいかもしれない。〈少年とロバ〉亭で、何が食べられるか見にいこうじゃないか」

二人はまともな食事ができず、機会があった時だけ不規則に食事をする人間特有の集中力で、冷肉、ジャガイモ、ビートルートをたいらげた。食べ終える前に、カーティスが中間報告の電話をしてきた。カータレット大佐が釣った魚の上にうずくまっている時に、鈍器でこめかみを殴られたのは、もはや間違いない。二番目の傷はとがった凶器でつけられたが、その時大佐は横向きにたおれており、意識がなかったか、すでに死んでいた。二番目の傷が最初の傷をほとんど消してしまっている。最初の凶器を自信を持って特定することはできないが、二番目の凶器がラックランダー夫人の杖であることは、疑問の余地がない。ウィリアム・ロスキルが円盤のでっぱりの下に、最近ついた血のあとを発見した。ウィリアム・ロスキルは今、血液型のチェックをしている。

「わかった」アレンは言った。「ということは杖は――」

「親愛なるアレン、普通に使われたと思わざるをえない」

「間違いないんだな？　故意に押しこまれて、椅子にされたと。なんておぞましいことを」

「実に残酷だな」カーティスが冷静に答える。

「まったく残酷きわまりない。ウィリーはうろこと格闘しているのか？」

「少し時間をやってくれ。だが、そうだ、もう始めているよ。まだ報告はないのか？」

「これからナンズパードン館に行く。何かあったら電話してくれないか、カーティス？　きみかウィリーが」

「わかった」

電話を終えて向きを変えたアレンは、ベイリー巡査部長が無関心ながらもむっつりした顔つきで待っているのに気づいた。何か面白い知らせを持ってきたということだ。実際ベイリー巡査部長は、カータレット大佐の書斎の、より徹底的な捜索から戻ったところだった。左下の引き出しに指紋があり、サー・ジョージ・ラックランダーのものだと確認されたという。

「サー・ジョージが使ったグロッグ酒のグラスとてらしあわせました」ベイリーはブーツを見つめながら言った。「引き出しはきれいにふかれていましたが、下側についた指紋は見のがされたか何かしたんでしょう。確かにサー・ジョージのものでした」

「実に有益な情報だ」アレンは言った。

フォックスは事件が終わりに近づくにつれ出てくる、温和ながらも底知れない表情を浮かべていた。証人や容疑者、仲間や上司の言葉に注意深く耳をかたむけながら、ふと目をあげて遠くのまったく取るに足らないものに視線を動かすのだ。このくせは、話を変えるのと同じ効果があり、まるでフォックス氏がぼんやりするのを楽しんでいるかのように見えるのだった。フォックスを知る者からすれば、それは彼独特の狡猾さの現れだった。

「遠くの地平線に注意を向けるのをやめて、すぐ前にあるものを見たまえ、フォックス」アレンは言った。「ナンズパードン館に行くぞ」

ふもとの草地での仕事を終えたヤードの運転手が、二人をつれていった。

ナンズパードン館の境界を示す長い塀の脇をはしっている時、フォックスが考察を始めた。「ここは一般に公開されることになるんですかね。おそらくそうせざるをえないのでは？　でなかったら、やっていけないでしょう」

「あの家は異常な幸運で持ちこたえてきたのさ。世界宝くじで何度か一等を当てたのは、ここ二世代のことだ。ジョージ・ラックランダーがカルカッタの賞金レースでうまくやった時のこともおぼえているよ。そのころ私はまだ外務局にいたからね。おまけに彼らは信じられないほど幸運な競馬馬のオーナーで、イギリスでも有数のきらびやかな宝石コレクションを所持している。財布が軽くなったら、それを福袋にすることもできるわけだ。実際ラックランダーは、まったくの運だけで栄えている、州の旧家の生き残りの一つなんだよ」

「そうなんですか?」フォックスが穏やかに言った。「ラックランダー家は千年もの間、州で高い地位にあったと、ミス・ケトルが言っていました。醜聞は一つもなかったそうですが、それはえこひいきというものでしょう」

「そうだろうな。千年といったら相当の時間だ。自称罪なきラックランダーにとっても」アレンはそっけなく言った。

「まあ、ミス・ケトルの知っている範囲では、今も昔もそんな気配は毛ほどもなかったということでして」

「いったいいつ、ミス・ケトルとそんな雑談をしたのかね?」

「昨日の夜、あなたが書斎にいた時です、アレンさん。ミス・ケトルはその時、大佐は昔気質の本物の紳士だとか、そういったことをしゃべっていたんですが、彼女が雇い主の奥方とその午後話したばかりだという話題を持ち出してきたんですよ」フォックスは話すのをやめて顎をさすり、ぼんやりした顔つきになった。

「それで? どんな話だったのかね?」

「ええと——階級の義務とかそういったことです。あの時点ではあの一家とそこまでかかわってませんでしたし、昨夜は何か意味があるとは思いませんでした」

「続けたまえ」

「ミス・ケトルの話では、雇い主は――ええと、その――つまり――『貴族の義務（ノブレス・オブリージュ）』ってやつのことを話して、心配だともらしたとか」

「何が心配なんだ？」

「理由は特に言わなかったそうです」

「それできみは今、七章のせいで罪なきラックランダーの仮面がもうじきはがれてしまうと、夫人が危惧していたと思っているわけだな」

「考えさせられる話でしょう」フォックスが言った。

「そうだな」アレンが同意する。車はナンズパードン館の長い私道へと入っていた。

「見あげた女性ですね」

「夫人の人柄や社会的地位、ミスター・フィンが彼女の巨体につけていたあだ名を思い出させるつもりなのか？」

「ゆうに十七ストーンはありそうですな」フォックスは考えこんだ。「賭けてもいいですが、息子もあの年になったら同じようになりますよ。ずっしりした肥満体に」

「おまけに前途多難ときている」

「カータレット夫人はそうは思っていないようですが」

「きみがすでに指摘しているとおり、この地区でキティになんらかの関心を示しているのは、旦那をのぞいて彼だけだからな、フォックス。しかも存分に」

「つまりキティはサー・ジョージを愛しているわけではないと？」

「本当のところはわからないさ——絶対に。彼は彼で、厄介な魅力の持ち主だから」

「確かに」フォックスは気分を変えたいというように、前をにらんだ。やさしい感情やらジョージ・ラックランダーの人柄やら、キティ・カータレットのあやふやな感謝の念に思いをはせているのかどうか、おしはかることはできなかった。「サー・ジョージも心の中では、いつまで待てばキティに求婚できるのかと思っていたかもしれませんな」フォックスはため息をついた。

「私はそうは思わないし、キティもそれをあてにしていたわけじゃないと思いたいね」

「むろん、もう心を決めているんでしょう?」フォックスはしばらくして言った。

「まあな、フォックス。私にできるのはすべての手がかりにあう答えを、見つけることだけだから。チニングの専門家たちがゴーサインを出してくれなければ、それだけの証拠がないし、また失敗になってしまう」

車は私道の最後の角を曲がり、今やおなじみになったナンズパードン館の正面に出た。

執事が二人を中に入れ、何をするわけでもなく、アレンは一家の友人だがフォックスはまるで自分の眼中にないということをほのめかしてみせた。サー・ジョージはまだお昼を召しあがっています、お知らせしてまいりますのでどうぞこちらへ、と執事は言った。アレンはまったく動じないフォックスとともに、ジョージ・ラックランダーの書斎へと通された。二人がおとずれるべき、最後の書斎だった。アレンが見たところ、その部屋はいまだにサー・ハロルド・ラックランダーの面影を残しており、アレンは四半世紀前、自分が外務局の期待の若手だったころに作られた、かつての上司の額入りの戯画を興味深くながめた。その絵は、サー・ハロルド・ラックランダーにかんする記憶をよみがえらせるものだった。職業にふさわしい魅力、きちんと配列されたタイプ文字、突然ひらめく機知、批判をひどく気にする態度。机の上にはジョージの大きな写真がのっていたが、愚鈍さや無関心さといったものが加わることによって、そうした要素がゆがめられ、姿を変えてしまうのを見るのはおかしな気分だった。愚鈍さ？　結局ジョージは単なる馬鹿なのだろうか？　それは例によって、「馬鹿をどう定義するか」にかかっていた。

アレンがそこまで考えた時、昼食を終えたジョージがむっとした様子で部屋に入ってきた。その顔つきは獰猛そのものだった。

「アレン、きみには一言言っておくべきだったな」ジョージは言った。「昼食の時間ぐらい、そっとしておいてほしいと」

「すみません。もう終わったと思ったもので。料理の合間に煙草を吸っていたんですか？」

ジョージは腹立たしげに、煙草を暖炉に投げこんで言った。「腹がへっていなかったんだ」

「それならほっとしました。結局お邪魔はしていなかったということですね」

「いったい何が言いたいんだ？　きみの物言いはまったく好きになれんね、アレン。何が望みだ？」

「真実です」アレンは答えた。「あなたが昨日の晩、何をしていたか。昨夜ハマー農園に行ったあとで何をしたか。もうわかっているつもりですが、お父さんの回顧録第七章は、本当はどんなものなのか。人一人が殺され、私は警察官です。ほしいのは真実だけです」

「そんなものはカータレットの死とは何も関係がない」ジョージは言い、唇を湿らせた。

「議論をはねつけられているのに、納得できるわけがないでしょう」

「議論するつもりはないと、誰が言ったかね？」

「わかりました」アレンはため息をついた。「では、さっそく。昨夜、カータレット大佐の引き出しをこじあけたのは、七章の原稿が手に入ると思ってのことですか?」

「なんてことを、私を侮辱するつもりだな!」

「引き出しをこじあけたことを否定するんですか?」

ジョージは小さく唇を開き、両手で無意味なしぐさをした。それから少しばかり図太い態度で言った。「もちろん、私はそんなことはしていない。あれは——家族の希望でしたことなんだからな。人に知らせたりとか、いろいろやらなくちゃいけないことがあるのに、鍵をなくしてしまったらしいんだ。彼女ときたら、カータレットの事務弁護士の名前も知らなくてな。電話しなくちゃいけない相手もいたし。アドレス帳があそこにあるかもしれないと思ったんだ」

「アドレス帳が? 鍵のかかった引き出しの中にですか?」

「ああ」

「あったんですか?」

ジョージはしばらく逡巡してから言った。「いいや」

「私たちが到着する前に、それをやったんですね?」

「ああ」

「カータレット夫人のたのみで?」

「そうだ」

「それにミス・カータレットも? 彼女もアドレス帳探しを手伝ったんですか?」

「いいや」

「それで引き出しの中には何か入っていたんですか?」

ていた。

「いや、何もなかった」ジョージはきっぱりと言ったが、その顔ははりつめ、粗暴なものになり始めていた。

「カータレット夫人のたのみで引き出しをこじあけたわけではないでしょう。そうしたいと言いはったのは、あなたのほうじゃないんですか。回顧録七章の改訂版がどこにあるのか知りたくて、大汗をかいていたから。あなたとカータレット夫人の仲なら、あなたが指示を出すこともできたでしょう」

「違う。くそ、きみにそんなことを言う権利は――」

「お父さんが事実上の告白である新七章を書いたことを、あなたはよくご存じだったはずです。新七章でサー・ハロルドはまず、ルドヴィク・フィン青年が自殺したのは自分のせいだと言っている。次に、ドイツの一派と共謀し、政府を裏切っていたのは自分だとも書いている。これが出版されれば、父親の名前に大いに傷がつくことになる。それを止めるためなら、そのぐらいのことは進んでやったでしょう。あなたは非常に虚栄心の強い男で、一族の名誉がからむと分別をなくし、狂信者のようになりますからね。何か言いたいことはありますか?」

ジョージ・ラックランダーの両手が震え始めた。ジョージは自分の手を見おろし、社交の場での不手際を隠そうとするように、両手をポケットにつっこんだ。そして意外なことにジョージは笑い始め、息継ぎをしながら弓のこぎりのように耳障りな、聞き苦しい音をたてた。

「馬鹿らしい」肩をまるめ、腰を曲げて痙攣しつつジョージはあえいでいたが、面白がっている姿をへたにまねただけのように見えた。「まったく、お粗末にすぎる!」

「何がおかしいんですか?」アレンが落ち着いて尋ねる。

ジョージは頭を振って目を細め、あえぐように言った。「申し訳ない。ひどいのはわかっているが、しかしまさか」ジョージが動揺し、警戒しつつその閉じかけたまぶたの下からこちらを盗み見ているのを、アレンは見て取った。「まさか、こう言いたいわけじゃないだろうな。私が――」ジョージはしみのついたピンク色の手を振り、あとの言葉をはらいのけた。

「あなたがカータレット大佐を殺したと?」

「実に馬鹿げているな！　私がどうやって、いつ、何を用いて?」

ジョージを見つめていたアレンは、ジョージのおふざけが続かなくなってきていることに気づいた。

「笑ってはいけないのはわかっているが」ジョージがぺらぺらとしゃべり続ける。「あまりに空想がすぎるんじゃないかね。私がどうやって、いつ、何を用いて?」アレンの心の中を、調子はずれの一節が走り抜けた。「どうやって（クオーモド）、いつ（クアンドー）、何を用いて（クウィブス・アウクシリース）?」

「大佐は殴られ、刺されて死亡しました。傷は昨夜の八時五分ごろつけられ、犯人は古い小舟の上に立っていました。『何を用いて』にかんして言えば……」

アレンはあえて、ジョージ・ラックランダーを見やった。なおも偽りの陽気さを装い、くしゃくしゃになったその顔は、できの悪い仮面のようだった。

「刺し傷はあなたのお母さんの杖でつけられ、最初の打撃は……」ピンクの両手がさかんにのびたりちぢんだりを繰り返す。「ゴルフクラブ、おそらくはドライバーによるものです」

その瞬間、机の上の電話が鳴った。カーティスからアレンへの電話だった。

アレンがまだしゃべっているうちにドアが開き、マークにつきそわれたラックランダー夫人が入ってきた。マークとラックランダー夫人はジョージの横に並び、三人はそろってアレンを見つめた。

カーティスが言った。「話してもいいか?」

「ああ、いいとも」アレンは快活に答えた。「残念ながら手助けはできないが、落ち着いて言うべきことを言ってくれ」

「ラックランダー家にいるんだな?」カーティスの声がひどく低いものになる。

「そういうことだ」

「わかった。うろこの件で電話したんだ。ウィリーは二種類のうろこを見つけられなかった。服にも道具にも」

「そうなのか?」

「ああ。二つのうろこが見つかったのはふきんだけ——絵具用ふきんだ」

「両方あったんだな?」

「ああ。それと、小舟のシートの上にも」

「本当に?」

「ああ。続けるか?」

「たのむよ」

カーティスは話を続け、アレンとラックランダー一家はじっと見つめあった。

第十一章　ハマー農園とナンズパードン館

スウェヴニングズでの午後の仕事を終えたケトル看護婦は、チニングに戻る前に、ハマー農園の庭師の家にいるはれものの子供を見にいくことにした。カータレット家にふりかかった災いのせいで、ケトルはこの仕事に慎重になっていた。今のところ、静かに屋敷の周囲をまわり、誰もわずらわせずに庭師のコテージに向かうことができていたが、庭師の妻は悲劇的なゴシップの一つや二つは仕入れているはずだった。葬儀の日取りはいつだとか、警官たちが何をして、女性二人がどう耐えしのんでいたとか。ミス・ローズとマーク医師のいささか早い結婚に、皆は賛成しているかどうかとか。ケトル個人はむしろ、カータレット夫人とサー・ジョージ・ラックランダーがどう言われているのかが気になっていた。だが、一家への忠誠心から、その手のたわごとはすべてはねつけねばならないのだと、ケトルは自分に言い聞かせていた。

おそらく、つい最近のサイス中佐との一幕のせいで、ケトルは少しばかり動揺していた。サイスが真っ昼間から明らかに酔っているのを見つけたケトルは、予期せぬ苦い失望を味わうことになっていた。サイスにあんなにがみがみつらく当たってしまったのは、そうした失望――いやむしろ、心配のせいだろうとケトルは思った。ワッツ・ヒルを車で走りながら、サイスのことをひどく心配していた自分を、ケトルは思い出していた。もちろん、サイスが自分に来てほしいがために腰痛で弱ったふりをしているのをケトルはよくよく承知しており、その嘘のせいで胸の奥が温かくなっているのを認めなくてはならなかった。だが、アレン主任警部は、その嘘をまったく違う意味——おそらくぞっとするような意味でとらえているのだった。この年になって、そわそわ気をもんでもいいことはない。ハマー農園の私道へと入りながらケトルは考え、素朴な俗物根性で自分をなぐさめた。夕刊で「ハンサムなアレン」と呼ばれているあの人は、ラックランダー一家と同じくできのいい人なのだ。自分やフォックスやオリファント——キティ・カータレットもそこに入れなくてはならないが——とは違って。ここまで考えた時、ケトルの鷹揚な口元がひきしまった。キティ・カータレットのエキゾチックな水彩画を何気ない顔で隠そうとした、サイス中佐の姿がよみがえってきたのだった。どんなに頭の外に追いやろうとしても、その記憶は不快な頻度で何度もよみがえってくるのだった。

このころにはケトルは車をおり、ぎくしゃくと屋敷の周囲をまわって、庭師のコテージへ行く小道を進んでいた。バッグをかかえ、まっすぐ前を見ていたケトルは、自分の名前が呼ばれるのを聞き、ほとんど飛びあがった。「あら、こんにちは！　ケトル看護婦！」

テラスのティーテーブルの向こうに、キティ・カータレットが座っていた。「一杯飲んでおいきなさいよ」キティは呼びかけた。

おいしいお茶が飲みたくてたまらなかったし、キティ・カータレットには言ってやりたいこともあった。ケトルは誘いを受け入れ、すぐにテーブルの前に腰をおろした。

「自分で好きについでちょうだい」

キティはげっそりとやつれ、やたらと顔をぬりたくるミスもおかしていた。ケトルはきびきびと、ちゃんと眠っているんですかと尋ねた。

「ええ、昨夜はいやというほど睡眠薬を飲んだのだけれど。薬を飲んだあとって、あまり気分がよくないでしょう」

「いけませんね。そういうものを使う時にはよくよく気をつけないと」

「どうだっていいわ！」キティがいらいらと言い、吸いかけの煙草に火をつける。その手元は震えており、指をこがしたキティはヒステリックに毒づいた。

「さあさあ、落ち着いて」しぶしぶながら職業意識の高まりを優先することにしたケトルは、キティが話すきっかけを作ろうと尋ねた。「今日は一日何をしていたんですか？」

「何をって、そんなことわからないわ。今朝はなんの因果か、ラックランダー家に行くはめになったけど」

ケトルはこの発言を、二つの意味で実に腹立たしいと思った。キティはラックランダー家の名をどこぞの店か何かのように下卑た口調で口にしたばかりか、彼らは退屈だとほのめかしたのだ。

「ナンズパードン館にいらっしゃったんですか？」ケトルは品よく言い、「あの古いお屋敷は本当にすてきですね。間違いなく、名所ですわ」と続けるとお茶をすすった。

「屋敷は悪くないんだけどね」キティは小声でつぶやいた。ラックランダー家へのあからさまな侮辱にケトルはいっそう腹を立て、お茶の誘いを受けなければよかったと思い始めていた。ケトルはキュウリのサンドイッチを皿に戻し、カップと受け皿をテーブルの上に置いて言った。

「きっとアップランズのほうがお好きなんでしょう」

キティはまじまじとケトルを見つめ、「アップランズ？」と繰り返した。少し考えてから、たいした興味もなさそうに「ねえ、いったい何が言いたいのかしら？」と尋ねる。

ケトルは頬に血をのぼらせながら答えた。「アップランズならナンズパードン館より、趣味にあうお相手がいるんじゃないかってことです」

「ジェフ・サイスのことを言ってるの?」キティは短い笑い声をあげた。「あんな抜け殻みたいな男! かんべんしてよ!」

ケトルは真っ赤になった。「サイス中佐が昔とは違うとしても、それは誰のせいなんでしょうね?」

「彼自身のせいだと思うけど」キティがそっけなく言う。

「私に言わせれば、事件の陰に女あり(シェルシェ・ラ・ファム)、ってこともよくあると思いますよ」ケトルは慎重に言った。

「なんですって?」

「りっぱな男性が一人でお酒を飲み始める時には、たいてい女性がそうさせている、ってことです」

キティは憂鬱な気分にひたりながらも、一瞬屈折した興味を持ったかのようにケトルをながめ、聞いた。「私がその女だと言いたいわけ?」

「私は何も言ってませんよ。でも東洋にいたころ、サイス中佐とお知りあいだったのでは?」ケトルは形だけは礼儀正しくつけ加えた。

「ええ、そうよ」キティが馬鹿にしたように同意する。「確かに彼を知っていたわ。彼から聞いたの? あの人はいったい何を話したのかしら?」キティは詰問したが、意外なことにその声はどこか必死だった。

「あなたが文句を言うようなことは、誓って何も言ってませんよ。あなたがどう言おうと、サイス中佐は紳士ですから」

「本当におめでたいのね」キティが物憂げに答える。

「まあ！」

「私の前で紳士の話なんかしないで。そんなものはもううんざり。私に言わせれば、紳士なんて、地位が高くなればなるほど希少種になるものよ。ジョージ・ラックランダーを見てごらんなさいな」キティは残酷に言い放った。

「教えてください、あの人はあなたを愛していたんですか？」ケトルは叫んだ。

「ジョージ・ラックランダーのこと？」

「いいえ」ケトルはつばを飲みこむと、重々しく訂正した。「サイス中佐のことです」

「子供みたいな口をきくのね。愛ですって！」

「ひどい！」

「いいこと？　あなたは何もわかっていないのよ。そのことを自覚なさいな。あなたは何一つものを知らないし、糸口さえもつかめていないんだわ」

「まあ！　一言言わせていただきますけど、あなたは看護婦の訓練なんて――」

「ああ、そうね。そういう意味ではもちろん別だけど、私に言わせればあなたはまるでなっていないわ」

「なんの話をしているのかわかりません」ケトルは当惑した声で言った。

「そうでしょうね」

「サイス中佐は……」ケトルは途中で言葉を切り、キティはケトルをあやしむように見た。

「それじゃ、私が思ったとおりなの？　まさかあなたとジェフ・サイスが……面白いわ！」

ありとあらゆるせりふや言いまわしが、ふいにケトルの中からあふれ始めた。心の中の最も敏感な部分を傷つけられたケトルは、反射的に驚くべき反応を返していた。自分が何を言っているのかほとんどわからないまま、ケトルは自分でも定義できないものを言葉をつくして守ろうとしていた。サイス中佐への感情――冷静な時ならば不適切だと思うような感情――で傷つきやすくなっていたケトルは、キティ・カータレットの侮辱がラックランダー夫人の言う、「階級への信仰」を言外におびやかすものであることに気づいていたのかもしれなかった。濃い化粧をし、どこまでもわざとらしく、まったく「完璧ではない」キティの言葉に、言外の痛烈な非難がふくまれていることを、ケトルは感じ取っていた。まるでキティ・カータレットが、ケトルにとっては完璧さの象徴であるヒエラルキーに全身全霊でいどもうとしているかのようだった。

「あなたにそんな権利はありません」ケトルは自分の声を聞いた。「そんな場所にいる権利も、そんなふるまいをする権利もないんですから。何があったのだろうと、私はかまいません。シンガポールだろうとどこだろうと、あなたをどう思っていたかは彼の問題であって、私が気にすることではありませんからね」

キティは感銘を受けた様子もなく、この熱弁を聞いていた。実際、キティはほとんどケトルに関心を向けておらず、憂鬱な気分に苦しんでいるようだった。とうとうケトルの息が切れ、言うべきことがなくなると、キティは向きを変えてぼんやりとケトルを見つめた。

「なぜそんなに興奮するのかわからないけど、サイスとの結婚をねらっているわけ?」

ケトルはみじめな気分で、「こんなこと言わなければよかった」とつぶやいていた。「もう行くことにしますから」

「サイスは世話をされるのが好きかもしれないわよ。嘆くことなんかないわ。私がシンガポールでサイスと友達だったからって、それがなんなの？　迷わずおやりなさいよ。このいまいましい村にどっぷりつかって、好きに楽しめばいいんだわ」

「村の人たちをそんなふうに言わないでください」ケトルは叫んだ。「そんなふうに言わないで！　あなたは何も知らないんです、ここの人たちのことを。世界で一番善良な人たちなのに」

「ねえ！」キティはお茶のトレイを注意しながら脇へどけた。ケトルのそばへ行くのに、それが邪魔だとでもいうように。テーブルのふちをつかみ、身を乗り出してキティは言った。「聞いてほしいの。こっちへ来て座って、話を聞いてちょうだい。話さなくちゃならないの。あなたはいくらか人間らしいと思っていたのに、あの時代遅れの化石どもの奴隷だったとはね。まったく胸が悪くなるわ！　あいつらがあなたにないものを何か持っているっていうの？　お金やえせ紳士の地位以外に？」

「多くのものをお持ちです」ケトルはきっぱりと断言した。

「そんなわけがないでしょ！　だめよ聞いて、聞いてちょうだい！　ええ、私はシンガポールであなたの男友達と同居していたわ。死ぬほど退屈な男だったけど、私も少しばかり困っていたから、おたがい都合がよかったのよ。そしてサイスは、私をモーリスに紹介した。『ぼくの見つけたものを見て』と言わんばかりの、お決まりのやりかたでね。巨大な船で出て行ったサイスは、戻ってきて私が隣の家のモーリス・カータレット夫人になっているのを見て、心底ぎょっとしていたわ。そしてどうしたか。もちろん私がどうなろうと知ったことではなかったとしても、普通に友人として氷河期を生き残る手助けをすることはできたんじゃないかしら？　なのに、そうしなかった！　まるでいやなにおいでもするみたいに私を避けまくって、お酒にのめりこんだ。まあ、昔からお酒はかなりたしなんでいたけどね」

ケトルは立ちあがるそぶりを見せたが、キティは鋭い身振りでケトルを止めた。「そこにいてちょうだい、話をしているんだから。そんなわけで、私はこの村に来ることになった。私にはさっぱりわからないけど、りっぱな人だと言われている男と結婚して。私には、ちょっとごりっぱすぎたけどね。モーリスが孤独でローズがいないのをさびしがっていなかったら、シンガポールでもうまくいったとは思えないわ。モーリスはローズがそばにいないとがまんできないのよ。でも他の女に対しては、赤ん坊も同然。経験豊富な男どころか、ママのかわいいぼうやみたいで、笑わずにはいられなかったわ。私の好みじゃなかったけど、そうするしかなかったし、彼みたいな男は私に借りがあるもの」

「まあ!」ケトルは小声で嘆いた。「なんて、なんてひどいことを!」キティはケトルをちらりと見てから、話を続けた。

「そしてどうなったか。結婚してここに来ると、モーリスは何やらぞっとするような本を書き始め、いつもローズにべったりだった。地元の人間が家にたずねてきた。そう、たずねてくるのはいいけど、自分たちだけの言葉でしゃべって、私には別の言葉を話すのよ。オッキー・フィンは完全にいかれていて、身ぎれいにすることすらできない。ナンズパードン館の太っちょ女は、私をひと目見るなり、妙に礼儀正しく接してくれたわ。ローズは愛想よくしようと必死だったけど、爆発しなかったのが不思議なくらいよ。牧師もその妻も半ダースばかりの女たちも、ラバの尻みたいな顔でバケツを持ち、ツイードのずた袋みたいな服を着こんでいる。いったいあいつらが何を持っているっていうの?面白味もなければ陽気でもなく、何もせず、まるで『ヘスペラス号の難破』さながらに生ける屍そのもの!　そして私は袋みたいにそんな中に投げこまれて、それをありがたがることになってる!」

「あなたにはわからないんです」ケトルは口を開きかけたが、あきらめた。キティは左手をにぎりしめ、エナメルをぬった爪にそぐわない妙に男性的なしぐさで、右の手のひらにぐいとねじこんだ。

「だめです！」ケトルが鋭く言った。「そんなことをしないで」

「親しくしてくれる人なんか、ただの一人もいなかったわ」

「まさか！　なら、サー・ジョージはどうなんです！」ケトルは腹を立て、よく考えもせずに叫んだ。

「ジョージね！　ジョージは男みんながほしがるものがほしかっただけよ。困ったことになったら、そっぽを向いたわ。ジョージ！　あの何代目かの准男爵は今、大汗をかいているわよ」キティは容赦ないものまねをつけながら言った。「何も言われないとは思ってないみたいだし。自分でそう言っていたもの。もし私がジョージについて知っていることを、あなたが知ったら……」キティの顔が、まるで鎧戸を閉めた家のように、突然無表情になった。「うまくいかないことばかり。ついてなかったのよ」

ケトル自身はほとんど理解できないたぐいの考えが、ケトルの頭の奥でのたうっていた。海の底に生えている海草をケトルは思い出した。恐ろしい新事実が今にも現れ出てきそうだったが、心の表面のあわのようなものにおさえられていた。これ以上無邪気な偶像をこわされる前に、キティ・カーターから逃げ出したかったが、気がついた時には身動きがとれなくなっていた。因習がケトルをその場にしばりつけていた。キティはしばらくの間陰気にしゃべり続けていたが、ケトルはもう聞いていなかった。そしてケトルの耳は支離滅裂な言葉を拾った。

「あいつらが悪いのよ！」キティが言ったところだった。「せいぜい好きなように言えばいいけど、何があろうとそれは、あいつらのせいなのよ！」

「やめて、やめてください！」ケトルは悲鳴をあげ、ちっぽけな手を打ちあわせた。「どうしたらそうなるんです！　ぞっとするわ！　何が言いたいんですか！」

二

「何が言いたいんだ？」アレンがようやく受話器を置くと、ジョージ・ラッククランダーが詰問した。「誰と話をしていたんだね？　さっき――」ジョージは母親と息子の顔を見まわした。「凶器の話をしていた時の、きみのせりふはどういう意味だ？」

「ジョージ、ロデリックとなんの話をしていたのか知らないけど、黙っていたほうがいいと思うよ」ラッククランダー夫人が言う。

「弁護士を呼びにやったよ」

夫人は机の端をつかみ、椅子に腰をおろした。顎の下の肉を震わせながら、アレンのほうを向く。

「さて、ローリー」夫人はせまった。「どういうことだい？　あんたは何を言おうとしているんだい？」

アレンは少しためらってから言った。「ここは、息子さんと二人きりにしてもらいたいのですが」

「だめだね」

「おばあさん、そうしたほうがいいのでは？」マークがいささか必死の表情で言う。

「いいや」夫人は肉づきのいい指を、アレンのほうへつき出した。「あんたはジョージに何を言い、何を言おうとしていたんだね？」

「カータレット大佐は、ゴルフクラブで殴り殺されたと話しました。あなたたちもここにいたいということですので、ラックランダー夫人、大佐はあなたの杖でとどめを刺されたと、全員に伝えておきます。こめかみを刺されて。そして、あなたの絵具用ふきんが、犯人の手から二匹のマスのうろこをぬぐうのに使われました。犯人はワッツ・ヒルの上から見られるのを避けるため小舟に乗り、小舟の上でスケッチをする時あなたもよくやっているように、長い引き綱を使って流れをくだりました。流れに運ばれた小舟は、柳の木立のそばの小さな入り江で止まり、犯人はぼんやり小舟の中につっ立ったまま、入り江の端に咲くデイジーのほうへクラブを振りました。犯人は大佐のよく知る人間だったので、大佐はたいした注意をはらわず、釣りあげたマスのことを口にして、魚を包むための草を刈る作業を続けました。大佐が最後に見たのは、地面を猛スピードで横切るゴルフクラブの影で、こめかみへの一撃が加えられました。犯人はその後、あなたの杖を持って戻ってきたのだと、私たちは考えています、ラックランダー夫人。そして犯人は、カータレット大佐へ故意に杖を置き、腰をおろしたのです。今朝、あなたが庭の小道でやったのと同じように。傷のついたこめかみの上に杖を使った。なんですって？　なんでもない？　グロテスクで胸のむかつく考えですよね？　しかし立ちあがって杖を引き抜く時に、文字どおり事故があったのだと思います。引き抜くのは相当骨がおれたと思いますし、後ろによろめくか何かしたのでしょう。犯人は、大佐の釣ったマスの上にかかとをのせてしまいました。魚が鋭くとがった石の上に置かれていなければ間違いなくすべっていたでしょうが、踏みつけられた魚はいわば、石に串刺しにされることになりました。たれさがった皮がやぶれ、足はすべらずに沈みこみ、あとを残すことになりました。ゴルフシューズのかかとについたスパイクのあとを」

ジョージ・ラックランダーがよく聞き取れない声で言った。「全部憶測だろう！」

「いいえ、断言しますが憶測ではありません」アレンは、ラックランダー夫人とマークを見て言った。「続けましょうか？」

ラックランダー夫人はいつものように胸のあたりにとめてあったブローチを、おかしなまとまりのないしぐさでもてあそぶと答えた。「ああ、続けておくれ」

「どうぞ、ぜひ続けてください」アレンが話をする間、じっと父親を見つめていたマークも言う。

「わかりました。こうして犯人は、正体をあかしてしまいかねない証拠と向きあうことになりました。きらきら光るマスの皮の上にくっきり残る、かかとのスパイクのあと。マスを川や柳の木立に投げこんで逃げることは、やめたほうがよさそうでした。横たわる大佐の両手からは、魚のにおいがしていましたし、まわりには刈られた草が散らばっていたからです。ことによると、大佐の獲物を見たという人間もいるかもしれない。犯人の素性が疑われないなら、もちろんそれはたいしたことではありません。しかし、暴力的な犯罪はたいていあとでパニックがやってくるもので、犯人がよけいな考えを起こして致命的なことをしでかすのも、こうした圧力のせいなのです。恐怖をこらえて立ちつくしていた犯人は、ボトム橋に置かれたままのオールド・アンを思い出したのでしょう。ダンベリー・フィンと大佐は、オールド・アンをめぐってたびたび大声でやかましく口論をしていたし、今日の午後もそのことで口論をしていなかったか？　大佐の獲物とミスター・フィンの密漁の成果をすりかえればいいではないか。偽装工作をするよりも、道いっぱいに広がるあの巨大なマスを持ってくればいいのだ。そうすれば周知の敵のほうへ注目が集まり、隠れた敵からは注意がそれるのではないだろうか？　そうしたわけで、小舟での最後の旅がなされ、大佐のマスはどけられて、かわりにオールド・アンが置かれました。ミセス・トマシーナ・トゥウイチェットという運命の女神が現れ、犯人に味方したのはこの時でした」

「たのむから、もうやめてくれ……」ジョージ・ラックランダーが叫んだ。品の悪い悪口を口にしかけて途中でやめ、小声で何か聞き取れないことをつぶやく。

「誰の話をしているんだい、ローリー?」ラックランダー夫人が詰問した。「ミセスなんだって?」

「ミスター・フィンの飼い猫ですよ。ふもとの草地で食べかけのマスをくわえた猫に会ったと、カータレット夫人が話していたのをおぼえているでしょう。私たちは、その残骸を見つけたんです。そのマスには、つき出た石の上でやぶれた三角形の皮にぴったりあう、三角形の傷がありました。復讐の女神か何かが猫の食欲をぎりぎりのところで満たしたかのように、かかとのスパイクのあとと傷がはっきりついた皮も残っていました」

「ですがそれは……」マークが口を開いた。「つまり、あなたが一致したとおっしゃるのは――」

「断言しますがこの事件は、きわめて明確な科学的証拠にもとづくものとなるでしょう。今は順を追って話を続けます。大佐の釣ったマスは猫に与えられ、ラックランダー夫人の絵具用ふきんは、杖と殺人者の手をぬぐうのに使われました。ラックランダー先生はおぼえていらっしゃるかもしれませんね。ラックランダー夫人が絵の道具をすべてきちんと片づけたと言ったのに、あなたはふきんがイバラの茂みにひっかかっていたと言った」

「ではあなたは」マークは冷静に言った。「殺人は祖母が家に戻った八時十分前から、ぼくが家に戻った八時十五分の間になされたとおっしゃるんですね」しばらく考えて、言葉を続ける。「十分にありえると思います。犯人は、ぼくがやってくるのを聞きつけたか、ぼくの姿を見たかしてパニックになり、ふきんをほうり出したのかもしれません。手近な隠れ場所に逃げこんで、ぼくが道具を集めて立ち去ってからまた出てきたのかも」

　ラックランダー夫人が長い沈黙のあとで言った。「ぞっとするような推測だね。胸が悪くなる」

「ええ、いまわしいとしか言いようがありません」アレンはそっけなく同意した。

「科学的証拠とおっしゃいましたが」マークが言う。

　アレンは、魚のうろこはそれぞれまったく違うものであることを説明した。「すべてカータレット大佐の書いた本にありました」アレンは言い、ジョージ・ラックランダーを見やった。「あなたはわすれていたようですが」

「わ、私は——モーリスの本など読んだおぼえはないし」

「私から見れば、魅力的でためになる本でしたよ。うろこにかんしては間違いは一つもありませんでしたし。大佐に言わせれば、それがわかる人にとっては、マスのうろこはマスのそれまでの一生が記録された日記のようなものなのです。うろこが一致するのはまったく同じ一生を送った場合だけです。幸運なことに、私たちが持つ二組のうろこは、大きく異なっていました。Aグループは生涯ずっと同じ環境で暮らしていた九歳か十歳のマス。Bグループはもっと小さい魚——四年間ゆっくり成長してから環境を変え、海へくだることを選んで急成長し、おそらくカイン川に来てまもないマス。この話がどこへ行きつくか、もちろんおわかりでしょう?」

「わかるわけがないだろう」ジョージ・ラックランダーが言った。

「そうですか、まあいいでしょう。ご自身もしくはそのほかの証言から、いずれかの魚を手に取ったとされているのは、ミスター・フィン、カータレット夫人、そして大佐自身です。ミスター・フィンはオールド・アンを釣りあげ、カータレット夫人はトマシーナ・トゥウイチェットから魚を取りあげようとしたと証言している。大佐は自分の釣った魚を手に取りましたが、オールド・アンに触れるのは拒否しました。ラックランダー夫人の絵具用ふきんには両方の魚のうろこがついており、殺人犯と思われる何者かが、両方の魚に触れたことを示唆しています。わずかな血痕が発見されたことからも、杖のスパイクが土である程度きれいにされてから、ふきんでぬぐわれたことがわかります。ゆえに、顕微鏡の助けを借り、皆さんの服のどれかに両方のうろこを発見できれば、その服を着ていた者が大佐殺しの犯人ということになる。私たちはそう信じておりました」

「信じていた?」マークが素早く口をはさみ、ヴィクトリア時代の滑稽な狩りの版画をながめていたフォックスは、上司のほうへ視線を戻した。

「はい。先ほどの電話は、本署の病理学担当の者からです。うろこにかんする専門知識は、彼が提供してくれています。彼によれば、提出されたどの衣服にも両方のうろこはついていなかったということです」

ジョージ・ラックランダーの顔に、いつもの赤黒い血の色が戻ってきた。「だから最初から言っているじゃないか」ジョージは叫んだ。「浮浪者のしわざだって。なのにいったいなぜ」あたりさわりのない言葉を探し、続ける。「こんなふうに私たちをわずらわすんだ……」アレンが手をあげたので、その声は小さくなっていった。「え?」ジョージが再び大声をあげる。「なんだよ、いったいなんだっていうんだ?　何か言ったかい、母さん」

「馬鹿なまねはおやめ、ジョージ」ラックランダー夫人は機械的に言った。

「病理学者が見つけたものを、正確にお伝えしましょう」アレンは言った。「彼は期待どおりの場所でうろこの痕跡を見つけました。大佐の両手と袖口の端、ミスター・フィンの上着と半ズボン。そして本人が証言したとおり、カータレット夫人のスカート。最初の一つはBグループのうろこ、残りの二つはAグループのうろこでした。なんです？」アレンは、口を開きかけてふいにやめたマークを見やると言った。

「なんでもありません」マークは答えた。「ただ――いえ、続けてください」

「ほぼこれで終わりですよ。最初の一撃は、ゴルフクラブ、おそらくはドライバーでなされたと言いましたが。今のところ、どのクラブにも血痕は見つかっていないということも、お伝えしたほうがいいでしょう。もっとも、クラブは皆、きれいに洗われていましたがね」

「もちろんだ。私のはうちの者がやったんだろう」ジョージが言う。

「しかし、靴にかんしては話が別です」アレンは続けた。「靴もきれいに洗われてはいましたが、ゴルフシューズの右足に、かなりはっきりした痕跡が見つかっています。病理学者は大佐のマスに残っていた傷は、間違いなくこの靴のかかとのスパイクでつけられたものだと、断言しています」

「でたらめだ！」ジョージ・ラッククランダーがわめいた。「誰のことを言っているんだ？　それは誰の靴なんだ？」

「特別注文で作られたもので、サイズは四。作成は十年ほど前。バーリントンアーケードの、超一流の高級老舗店の靴です。あなたの靴ですよ、ラッククランダー夫人」

夫人の肉づきのよすぎる顔には、なんの表情も現れなかった。ただ、思案するようにアレンを見つめただけだったが、その顔は真っ青になっていた。とうとう夫人は微動だにしないまま言った。「ジョージ、本当のことを話さないといけないね」

「そう言ってくださると思っていました」アレンは答えた。

三

「何が言いたいんですか？」ケトルは繰り返し、キティの顔に浮かんだ表情を見て叫んだ。「いいえ！　言わないでください！」

キティはかまわず話し始めた。「あいつらは自分のことしか頭にないのよ。みんな同じ。ジョージ・ラッククランダーが私を笑いものにできるつもりでいるなら、自分が面白い考えなんか浮かばないような場所にいるって気づくことになるでしょうよ。そうしたら、旧家の名声とやらはどうなるのかしら。ねえ！　ジョージが私に何をやらせたか知ってる？　モーリスがハロルド・ラッククランダーにかんする本を出版しようとしていてね、一番に手に入れたいからって、モーリスの机をこじあけさせたのよ。そこに原稿がないとわかったら、遺体が身につけていないか調べてほしいって。この私が！それでも原稿が手に入れられなかったら、なんて言ったと思う？」

「知りません。言わないでください！」

「いいえ、言わせてもらいますとも。よく聞いてどう思うか確かめなさいよ。結局、お遊びでゲームでしかなかったのよ！　私にスイングのやりかたを教えて……」キティはのどの奥で何かを吐き戻すような奇妙な音をたて、どこか驚いたようにケトルを見た。「わかるでしょ、ゴルフよ。それで、ジョージはどうしたか？　今朝、私の車まできて、もうおたがいあまり会わないほうがいいと思うって言ったのよ！」キティはふいに、ケトルがとても文字にできないと思うような形容詞を並べたてた。「それが、ジョージ・ラッククランダーって男なのよ」キティはしめくくった。

「あなたはひどい人ですね」ケトルは言った。「そんな口をきいてはいけません。サー・ジョージはあなたに夢中になって、分別をなくしていたんでしょう。きっとあなたは世間でよく言われるように、それなりのものを持っているんでしょうし、サー・ジョージはやもめですから。私に言わせれば、殿方には試練の時というものがあって、それと同じように――まあ、そんなことはさておき。私が言いたいのは、サー・ジョージが馬鹿だというなら、そうさせているのはあなただってことですわ」彼女のような女性が持つ、不変の価値観にすがってケトルは続けた。「大佐をつかまえただけでは満足せずに、気の毒なサー・ジョージの気まで引こうとする。誰が心を乱そうが、不幸になろうがおかまいなし。あなたのような人のことはよく知っていますが、感心しませんね。まったく感心できません。あなたが何があろうと責任を取るつもりがないとしても、私はちっとも驚きませんよ」

「いったいどういうつもりなの？」キティは囁き、椅子の中で体をまるめてケトルをにらんだ。「あなたも気の毒なサー・ジョージとやらも！　私がそのサー・ジョージをどう思っているか、知ってるの？　あなたのだいじな大佐を殺したのは彼だと思うんだけど、ミス・ケトル」

ケトルははじかれたように立ちあがり、鉄製の椅子がテーブルのほうへ揺れた。陶器ががちゃがちゃと音をたて、ミルク入れがキティの膝にひっくり返る。

「よくもまあ！」ケトルは大声をあげた。「なんて、なんて、なんてひどい！」自分の声が甲高くなっているのがわかったが、そうした激情のさなかに、大切なルールの一つをケトルは思い出した――決して声を荒らげてはいけない。そんなわけで、列車のような金切り声をあげるほうがずっと楽だとわかりはしたが、ケトルはどうにか穏やかに話そうとした。場違いにありふれた言葉が飛び出し、キティは目をつりあげてそれを聞いていた。「言葉を選んで話すよう、ご忠告しますよ。そんなことを言ったら、えらく厄介なことになりますからね」ケトルは震える声で言い、小さく悲壮な笑いをもらすことに成功した。「大佐を殺しただなんて！」声を震わせ、必死に言いつのる。「ずいぶんなお言葉ですね。ここまでひどい話でなかったら、笑ってしまうところです。凶器は何で、どうやったんですか？」

キティもまた腰をあげたので、台無しになったスカートからミルクがテラスにこぼれ落ちた。キティは怒りで我をわすれていた。

「どうやったですって？」どもりながら言う。「凶器は何でどうやったか。教えてあげるわよ。凶器はゴルフクラブと、ジョージのママの杖よ。ゴルフボールみたいなものだったわ、毛がなくて、光っていて、打ちやすくて。それとも卵かしらね。とっても――」

キティは音をたてて息を吸いこんだ。ケトルではなく、ケトルの左肩の向こうをじっと凝視する。はりつめた顔には恐怖がきざまれており、耳を後ろにふせてでもいるかのように見えた。庭の林のほうをキティはじっと見おろしていた。

ケトルは振り返った。

午後も遅い時間で、林の中を近づいてくる男たちの影が芝生の上に長くのび、キティ自身の上にもとどいていた。一瞬キティと目をあわせてから、アレンが前へ出る。その右手にはとても小さな古風な靴――かかとにスパイクのついたブローグシューズ――があった。

「カータレット夫人」アレンが言った。「サー・ジョージ・ラックランダーとゴルフをされた際、サー・ジョージからお母さんの靴を借りたかどうか、お尋ねしたいのですが。お答えになる前に警告いたしますが――」

ケトルは警告を聞こうとせず、キティ・カータレットの顔を見やった。キティの有罪は一目瞭然だった。その恐ろしい事実を前にケトルの怒りはゆらぎ、職業柄とも言うべき感情――静かでためらいがちな、役に立たない同情心――に変わっていった。

第十二章　後日談（エピローグ）

「ジョージ」ラックランダー夫人は息子に向かって言った。「できたら今回の一件にきちんとけりをつけておきたいんだがね。マークやそれから――」夫人は肉づきのいい手を、遠くの椅子に静かにぽつんと座っている人影に向かって振ってみせた。「オクタウィウスの前でも例外はなしだ。あとですぐ明らかになることだしね。あたしたちの間でも、今どんな状況なのかを確認しておいたほうがいい。言い逃れは許さないからね」

ジョージが目をあげ、「わかったよ、母さん」とつぶやく。

「もちろん」夫人は続けた。「あんたがあの不幸で哀れな女とさえない不倫をしていたのは知っていたし、あんたがハルの回顧録のことや、七章をめぐるごたごたをしゃべるような馬鹿をしでかしたんじゃないかとあやぶんでもいたよ。あたしが知りたいのは、あんたとの浮気が、キティのやらかしたことにどれだけ影響したのか、ってことなんだけどね」

「くそ！　わからないよ」

「キティはあんたと結婚したがっていたのかい、ジョージ？　『きみが独身だったら』みたいなことを、あんたは言わなかったかい？」

「ああ、言ったよ」ジョージは苦しげに母親を見やり、つけ加えた。「だけど、キティは結婚していたんだから、たいしたことじゃないと思ったんだ」

ラックランダー夫人は鼻を鳴らしたが、いつもの威勢はなかった。「それじゃ、回顧録のことは？回顧録について、キティに何を言ったんだい？」

「いまいましい七章のことを話しただけだよ。モーリスに相談されたら、こちらの味方をしてほしいとたのんだ。それから……。それじゃうまくいかないとわかって、こう言った――もしモーリスがどうしても出版をするっていうなら、家同士の仲が悪くなって――私たちは――」

「ああ、わかったよ。続けておくれ」

「キティはモーリスが七章の原稿を持って出かけたのを知っていた。あとで――今朝、私にそう言った。警察から七章のことを聞くことはできなかったけど、モーリスが持っていたのは知っていたって」

ラックランダー夫人が少しばかり身じろぎし、ミスター・フィンが咳ばらいする。

「なんだい、オッキー？」夫人が言った。

電話で呼び出され、奇妙なぐらいおとなしいミスター・フィンは言った。「親愛なるレディL、すでに申しあげたことを繰り返すことしかできないが。私の自由意志――カータレットもそこにすべてをまかせてくれたと認めねばなりませんな――を信頼していただけませんか。あなたたちが七章について心配する理由はありません」

「実に見あげたものだね、オッキー」

「いえいえ、まったくそんなことは」

「あたしは本気だよ。あんたを見ているとはずかしくなってくる。それで？　ジョージ」

「それ以上何かがあるとは思わなかったけど、ただ――」

「答えておくれ、ジョージ。キティを疑っていたのかい?」

ジョージは大きなやや年をくった手を、両目に当てて言った。「わからないよ、母さん。すぐに疑ったわけじゃないし、昨日の晩は疑ってなかったんだけど。でも、今朝キティは、一人でここに来ただろう? マークがローズを迎えにいったから。下におりたら、キティが玄関ホールにいたんだ。なんだか様子がおかしかった。よからぬことでもしていたみたいに」

「ローリーの話からすると、あんたがことわりなくキティに貸したあたしの靴を、下の物置に入れていたんだろうね」ラックランダー夫人がけわしい顔で言う。

「私にはさっぱりわけがわからんのですが」ミスター・フィンがふいに口をはさんだ。

「それはそうだろう、オッキー」夫人はフィンに靴のことを説明した。「キティはもちろん靴をどうにかしないとと思っていただろうね。あれはつま先を痛める前、スケッチの時に使っていたものなんだけど。馬鹿なメイドがほかのものといっしょにまとめて荷物に入れてしまったんだよ。それで? ジョージ」

「そのあと、アレンが帰って皆が中に入ってから、キティと話をしたんだけど。彼女、なんだか様子がおかしかったんだ」気の毒なジョージは続けた。「すごくあつかいにくいっていうか。こんなふうに言わんばかりで――いやその、はっきり言ったわけじゃないけど」

「あんたももう少し、はっきりものが言えないものかね。キティはすぐに結婚してくれるわねと言ったんだろう?」

「ああ、まあ――」

「それから？」

「どう答えたかはおぼえていない。でも、こっちは困惑した顔をしていたと思う。そしたらキティは
――恐ろしいことに――別にそうほのめかしたわけじゃないけど――」

「わかった、ほのめかしたんだね」

「――七章のことを知ったらきっと、警察は私――というか、私たちが――」

「ああ、わかったよ、ジョージ。動機があるってことかい」

「心底ぞっとした。それで、もうあまり会わないほうがいいと思うって言ったんだ。急に、もう会いたくないと思ってしまったから。それだけだ。誓うよ、母さん、それにオクタウィウス」

「なるほど」「了解したよ、ジョージ」二人は口をそろえて言った。

「でもそう言ったらキティは突然」ジョージは意外な素早さであとを続けた。「蛇みたいな形相になって」

「そしてかわいそうなジョージ、あんたは間違いなくことわざに出てくるウサギみたいに見えるね」夫人が口をそえる。

「自分でも、ウサギみたいなことをしているとは思ってたけど」ジョージが独特のユーモアで答えた。

「もちろん、あんたのふるまいはまるでなってなかったさ」夫人は悪意なく言った。「自分の価値を地に落としたんだから。気の毒なモーリスも同じだけどね――モーリスのほうが深入りしたってだけで。節操のかけらもないあばずれ女に、未亡人になれば結婚してもらえると思わせるなんて。間違いなく、モーリスより彼女をうんざりさせただろうよ。とはいえ、あんたの地位と財産とナンズパードン館が十分なうめあわせをすると申し出れば、オッキーには許してもらえるかもしれない。それに考

えてみると、キティはあんたにひかれていたのかもしれないね、ジョージ。あんた自身の魅力を、過小評価すべきじゃない」ラックランダー夫人は言いそえ、打ちひしがれた息子をしばらくしげしげと見つめてからあとを続けた。「結局、こういうことなんだよ。数日前、ケトルにも同じようなことを言ったんだがね。あたしたちには恥ずべきふるまいをする余裕はないんだよ、ジョージ。たいしたものではないにしろ、あたしたちなりの規範を守り、自分の価値を地に落としてはならない。マークとローズには、彼ら二人で事態を収拾してもらうとして」夫人は、ミスター・フィンを振り返った。「この恐ろしい事件から、何かいいことが生まれるとすれば。オッキー、何年先のことになるかわからないけど、カイン川を渡ってナンズパードン館へ来ておくれ。そんなことを期待できる立場じゃないのは神様がよく知っているけどね。オッキー、つぐなうことなどできはしないし、つぐなうふりをすることすらできない。だけどそういうことなんだよ。今風の言いかたをすれば、決めるのはあんた、というわけだ」ラックランダー夫人は手を差し出し、ミスター・フィンは一瞬ためらってから、その手を取ろうと前に出た。

二

「さてと、オリファント」アレンはいつもどおりのひかえめな態度で言った。「この事件は最初からきみたちが口をそろえて教えてくれた、大佐の人柄と深くかかわっていたわけだ。大佐はなみはずれて几帳面な男だった。『異常なくらい堅苦しく、礼儀正しすぎるところがあった。特に好意を持っていない相手や、もめている相手に対しては』と、本部長は言っていたね。大佐はラックランダー家ともめていたんだから、小舟に乗って現れたのがジョージ・ラックランダーやその母親だったら、しゃがみこんで作業を続けるなんて、とてもありえないだろう。大喧嘩をしていたフィンも同じだ。そして、きみやグリッパーが指摘してくれたとおり、最初の傷は採石夫が、がけから膝の高さにつき出ているくさびを打ちこむような一撃、もしくはアンダーハンドサーブのような一撃――あるいはつけ加えるなら、ゴルファーのような一撃でできたものだ。犯人は小舟の習性もカイン川の逆流も、小舟が林で完全に隠れ、柳の木立の入り江のどこで止まるかも、よく知っているようだった。小舟の中の何本もの吸い殻――口紅がついているものもそうでないものもあったが――にまじって、カータレット夫人の特徴的な黄色いヘアピンが見つかったのをおぼえているだろう」

「ああ」オリファント巡査部長が言った。「小舟でいちゃついていたんでしょうね、間違いなく」

「そうだな。流れをくだって入り江に入り、デイジーの花がどうちぎれてどこに落ちたのかを調べていたら、小舟にいた人物がぼんやりクラブを振りまわしていたのもわかってきたんだよ。とても親しい相手だったから、大佐は目をあげて挨拶したあとも、草を刈る作業を続けた。たぶんキティはジョージ・ラックランダーに要求されたとおり、新七章を公表しないでくれとたのみ、拒絶されたんだ。のぼせあがったジョージは、きみが独身なら結婚できるのにとでも言っていたんだろう――怒りと不満がふいに彼女の小さく残忍な脳にあふれ、腕から手へととどいた。目の前には、巨大なゴルフボールのようなはげ頭がある。浮かれたジョージの教えでさんざん打ってきた球が。ぼんやりデイジーの花をたたいていたキティは完全なバックスイングに切り替え、一瞬で夫は彼女のゴルフクラブのあとをこめかみにつけたまま、土手に転がることになった。キティがパニックと戦いながら、必死で証拠を消そうとし始めたのは、この時だった。杖を使った悪夢のような工作のおかげで、ゴルフクラブのあとは完全に消されてしまった。おりてくる時に、ラックランダー夫人の杖が置いてあるのにも気づいていたんだろう。そしてキティは大佐の釣ったマスを踏んでしまい、皮にかかとのスパイクのあとをつけてしまった。マスをつかみ、どうにかしなくてはとやっきになっていた時に、ミスター・フィンの猫を見つけた。魚を食べてくれるかどうかトマシーナを見張り、食べてくれた時にはほっとしたことだろう。キティは橋の上のオールド・アンにも気づいていただろうし、少なくとも大佐とフィンが大声で口論していたのも聞いていたはずだ。たぶんオールド・アンはにせの証拠として使われたんだ。キティはオールド・アンを持ってきて死体のそばに置いたが、巨大なマスを手に持った時に、スカートにマスをこすりつけてしまった。それからキティはラックランダー夫人の杖を、元の場所に戻すことにした。ラックランダー夫人の絵具用ふきんは、バッグの革ひもの下にたたんで置いてあった。手が魚くさくなっていたので、キティはふきんで手をぬぐった。そして、杖を地中に戻そうとしたが、杖のスパイクのでっぱりのまわりに、いまわしい仕事のあとを見つけた。キティは杖を、当然絵具であちこち汚れていただろうふきんで、夢中でぬぐった。間違いなく、ふきんをたたんで戻しておくつもりだったのだろうが、ラックランダー先生がやってくる音が聞こえた。姿も目に入ったのかもしれない。キティはふきんをほうり出して隠れ場所に逃げこみ、出てきた時にはラックランダー先生が道具をすべて回収してしまっていた」アレンは一息つき、鼻をこすった。「ラックランダー夫人をまきこめるかもしれないという考えが、頭にあったのか。そもそも自分がラックランダー夫人の靴をはいているということを、正確にはいつ思い出したのだろうな」

アレンはフォックスを見やり、それからオリファントと熱心に耳をかたむけているグリッパーを見た。

「家に帰るとすぐに」アレンは続けた。「キティは風呂に入り、着替えをしたはずだ。ツイードのスカートをクリーニングに出し、かかとに特に注意してラックランダー夫人の靴を洗った。キティはこのかかとが何よりも気になっていたと思う。ジョージが靴を貸したと母親に伝えていないことは見当がついていたようだが、今朝確認したところでは、キティは自前の適当な靴を持っていなかったし、義理の娘よりもずっと小さい足をしていたからな。今朝、車でナンズパードン館にやってきたキティは、ベルを鳴らさずに中に入り、階下の物置に靴を入れた。ラックランダー夫人のメイドは、女主人がそれを使ったと信じこんだ。だから、実際に夫人がはいていた今は亡きサー・ハロルドのブーツのかわりに、問題の靴を服といっしょに提出した」

フォックスが言った。「あなたが全員の服を出せと言った時、カータレット夫人は当然、スカートが魚くさくなっていることを思い出したんでしょうな」

「ああ。キティはスカートをドライクリーニング用の箱に入れていた。私たちがスカートを差しおさえるつもりだとわかった時、巨大なマスがスカートにこすれたのを思い出した。虚勢と悪知恵が入りまじった実に特徴的な態度で、キティは大胆にも、魚のにおいがするかもと告白した。おまけにトマシーナを使って事実に近い説明をする、狡猾さと思いきりのよさも披露したわけだ。キティが事実を改変したのは一か所だけ——猫に魚をやったのを、猫から魚を取りあげようとしたと言いかえただけだ。もしキティが死んだ夫の本を読んでいたら、猫は飛びついたりするはずがないし、いささかうさんくさい話だとわかったはずだがね。ついているうろこが違うんだから」

オリファントがだしぬけに言った。「谷でこんなことが起きるとは。あれこれ恐ろしいことも明るみに出るでしょう！　サー・ジョージはどう思われるでしょうね？」

「あきれた愚か者と思われるだけだろうさ」アレンはいくらかの熱をこめて言った。「彼にはそれがお似合いだ。母親にはっきり指摘されていたようだが、ジョージのふるまいはまるでなっていなかった。おまけに気のいい息子のマークや、心優しいローズ・カータレットにまで、不愉快なつらい思いをさせているんだから。サー・ジョージ・ラックランダーは、周囲の期待を裏切っていたと言わざるをえないし、むろん、キティのような胆のすわった女の相手など、とてもつとまるはずがない。気の毒なキティ・カータレット、あるいは旧姓ド・ヴィアよりは、毒蛇のほうがよほど安全だったのに」

「警部、いったい何を——?」オリファントが口を開いたが、アレンの顔を見て、また口をつぐんだ。

アレンは荒々しく言った。「この事件はこれまでにない、専門的証拠にもとづくものになるだろう。弁護士が利口で幸運にめぐまれれば、キティは無罪になるだろうが、弁護士がそこまで利口ではなく、いささか運が悪ければ、終身刑だろうな」アレンはフォックスを見ると言った。「行こうか?」

アレンはオリファントとグリッパーの働きに礼を言い、車へと向かった。

「フォックス警部、アレン主任警部の様子がおかしいようですが?」オリファントが言う。

「心配しなくて結構」フォックスは答えた。「あの人が好かないタイプの事件だったんだ。女性の重罪。あの人が第一の原因と呼んでいるものを考えることになるからな」

「第一の原因?」オリファントはぼんやりと繰り返した。

「社会とか、文明世界とか、そういったものさ。上司を待たせるわけにはいかない。失礼するよ」

三

「ぼくの大切なローズ」マークが言った。「ひどい事件だったのはわかっているよ。だけどローズ、ぼくらはいつもいっしょだし、ぼくはきみのそばにいてきみを見守るつもりでいる。すべて終わったら、以前よりももっと、おたがいわかりあえると思うんだ。ねえ、そうだろう?」

「そうね、そのとおりだわ」ローズは答え、マークにしがみついた。

「今回のことから、何かいいことが生まれるといいね。今にきっとそうなるから」

「ええ、私たちがいっしょにいれば」

「ああ。いっしょにいれば、すべてうまくいく」

記憶のいたずらで、生前最後に見たカータレット大佐の姿が、鮮やかにマークの心によみがえってきた。憐れみに満ちた笑みを浮かべている。

二人はともにナンズパードン館に帰っていった。

四

ケトル看護婦は低速ギアでワッツ・ヒルのてっぺんにのぼり、車を止めた。衝動と、自分でも気づかないわずかな期待につき動かされ、ケトルは車をおりて、スウェヴニングズの村を見おろした。谷に夕暮れがゆっくりとしのび寄っていた。立ち並ぶ屋根が周囲の緑に寄りそい、一つ二つの煙突からは、こじんまりとした煙が出ている。よくよく計算されつくした光景だった。ケトルはかつての幻想を心に思いおこした。「絵画みたいにきれいだわ」ケトルは希望的観測を入れつつ考え、絵地図のことも思い出した。ため息をついて、かすかに震えている車のほうへ向きなおる。車に乗りこもうとした時、息をつまらせたような呼び声が聞こえた。振り返るとそこには、夕暮れの中、足を引きずりこちらへやってくる、サイス中佐の姿があった。中佐がケトルに近づくたびに、二人の顔は赤く染まった。少しばかり動転したケトルはあわてて車に乗り、エンジンを切ったりかけたりした。「しっかりするのよ、ケトル」ケトルはひとりごとを言い、身を乗り出して不自然な声で叫んだ。「最高の晩でありますように！」

サイス中佐がケトルのところまでやってきて、運転席の開いた窓のそばに立つ。混乱しながらも、むっとするアルコールのにおいがしないことに、ケトルは気がついた。

「ははは！」サイスはうつろな笑い声をあげたが、最初の言葉がそれではおかしいと思ったのか、また口を開いた。「驚いたぞ！　さっき聞いて、胸がむかついた。だいじょうぶか？　混乱していないか？　なんてことだ！」サイスは叫んだ。

ケトルは大いに胸をなでおろした。キティ・カータレットの逮捕に、サイス中佐はまったく違う反応をするものと思っていたからだ。

「あなたはどうなんです？」ケトルは切り返した。「あなたにとっては、やっぱりショックだったでしょう」

サイスは持っていた白いもので、気づかいをしりぞけるような奇妙なしぐさをして言った。

「私のことは気にしないでくれ。それより」襟を熱心に引っぱりながら言いなおす。「ちょっと待っていてくれないか……」

白いものがまるめた紙であることにケトルは気づいたが、サイスはそれをケトルに向かってつき出した。「受け取ってくれ。つまらないものだ。何も言わなくていい」

ケトルは夕闇の中で紙を広げて中をのぞき、喜びの声をあげた。「まあ、まあ、なんてきれい！ 絵地図だわ！ あら！ ふもとの草地でスケッチをしているのはラックランダー夫人ですね！ 頭の上にコウノトリを飛ばしたマーク先生もいる。まやかしなんかじゃありませんよね。ここに私もいる――でも、あなたは私に少し優しすぎます」ケトルは窓の外に身を乗り出し、愛らしい地図をうすれゆく光のほうへ向けた。そのせいでサイス中佐に近づくことになり、サイス中佐は小さくおかしな悲鳴をあげてかたまった。ケトルは地図の生き生きした人物をたどっていった――店主、牧師、さまざまな地元の名士。ハマー農園には庭師のコテージと子供が描かれ、庭で優雅に膝をついているローズがいる。だが、夕暮れの光の中でも、屋敷の近くに、絵具をあつくぬった箇所があることが見て取れた。

まるで何かをぬりつぶしたみたい。ケトルは驚きつつ考えた。

柳の木立の中の大佐のお気に入りの釣り場も、同じようにぬりつぶされていた。

「しばらく前に、描き始めたんだ――きみが――最初に家に来た時から」

ケトルが顔をあげ、奇妙な取りあわせの二人は黙りこんだ。

「六か月くれ。心を決めるまで。かまわないだろう？」

かまわないと、ケトルはうけあった。

訳者あとがき

本書は、ロンドン警視庁犯罪捜査課のロデリック・アレン主任警部を主人公とするシリーズの、長編第十八作目にあたります。原題 *Scales of Justice* は、正義の女神が持つ天秤のことですが、Scales には本書にとって重要な、二重の意味がふくまれています。気になるかたは作品読了後に、辞書を引いてみていただければと思います。

Scales of Justice
(1958,Fontana Books)

四つの旧家が住む、スウェヴニングズという美しい村。村の名士のハロルド・ラックランダー卿がカータレット大佐に自叙伝の原稿を託し、「ヴィク」という謎の言葉を残して病死する。数日後、大佐が頭を殴られて殺され、そのかたわらには地元の釣り人のあこがれである巨大魚、オールド・アンの死体も転がっていた。アレンは調査に乗り出すが、殺人以外にも何やら隠しごとがあるらしき関係者の前で苦戦する。オールド・アンをめぐり、大佐と対立していたミスター・フィン。彼はオールド・アンを釣りあげたのは自分だが、目を離した隙に、魚がどこかへ消えてしまったと主張していた。大佐の娘、ローズへの恋に悩む若きマーク・ラックランダー。大佐の後妻、キティと火遊びを続けていたジョージ・ラックランダー。過去に大佐とあれこれあったらしい、アルコール中毒のサイス中佐。はたして犯人は誰なのか。村の伝説的巨大魚、オールド・アンがアレンに囁いた秘密とは？

今作では、アレンは母親の旧友である未亡人の依頼で、ロンドンを離れ、地方の小さな村に出向くことになります。一見絵画のように美しいが、裏では複雑な人間関係をかかえた排他的な田舎の村、というのは本格ミステリによく出てくる王道パターンだと思いますが、今回、アレンはそうした舞台の中で、大いに苦悩することになります。作中で「レディ・ガルガンチュア」「老バシリスク」などと評され、男顔負けの貫録を見せつける貴族の未亡人も、こうした封建的な田舎の村ならではの特異なキャラクターですが、彼女とアレンのやりとりも、今作の読みどころの一つと言えるでしょう。多彩な登場人物とアレンのかけあいを楽しみつつ、死んだ大佐その人とオールド・アンがアレンに示唆してくれる、意外な手がかりに注目していただければと思います。

なお、原文にはキャラクターの各所の証言（特に時間）にずれや食い違いが見られるなど、少々気になるところが散見されます（八十頁、一五二頁など）。本書の担当編集者と相談のうえ、極力そのまま訳しましたが、読者に不便と判断した部分は修正を施しました。

また、本作の時代背景を考慮し、現在では「看護師」とされる職業を「看護婦」と訳したことをおことわりします。

作中に出てくるシェイクスピアについては、小田島雄志氏、大塚定徳氏、村里好俊氏の訳を引用させていただきました。

著者ナイオ・マーシュは、ニュージーランド生まれの女流作家で、クリスティ、セイヤーズ、アリンガムとともに、英国ミステリ黄金時代の四大女性作家と言われています。当初は画家を目指していましたが、大学時代に執筆した戯曲をきっかけに、イギリスの劇団に戯曲作家、女優、演出家として参加。その後、一九三四年に『アレン警部登場』を発表し、作家としてデビュー。アレン警部シリーズは人気を博し、一九五五年に出版された本書は、英国推理作家協会（ＣＷＡ）賞シルバー・ダガー賞を受賞しました。アレン警部シリーズには全部で三十二作の長編があり、日本語に訳されていない作品もまだまだたくさん残っています。

訳者の一人、ミステリファンの一人として、日本でもさらにアレン警部シリーズの翻訳刊行が進むことを願ってやみません。

マーシュ版〈猫は知っていた〉——旧植民地作家の眼が捉えるもの

横井　司（ミステリ評論家）

1

ナイオ・マーシュは、アガサ・クリスティー、ドロシー・L・セイヤーズ、マージェリー・アリンガムとともに、イギリス四大女性作家のひとりに数えられるが、他の三人に比べると、翻訳に恵まれていないという印象を受ける。これまでのマーシュの邦訳リストは以下の通りとなる。

1　殺人鬼登場　大久保康雄訳　六興出版部　一九五七・四
2　病院殺人事件　妹尾アキ夫訳　『別冊宝石』一九五七・七
3　ヴァルカン劇場の夜　村崎敏郎訳　ハヤカワ・ミステリ　一九五七・七
4　死の序曲　瀬沼茂樹訳　ハヤカワ・ミステリ　一九五九・三
5　殺人者登場　大久保康雄訳　新潮文庫　一九五九・四　＊1と同訳
6　恐怖の風景画　中村能三訳　『カッパまがじん』一九七七・三　＊抄訳

7　ランプリイ家の殺人　浅羽莢子訳　国書刊行会・世界探偵小説全集　一九九六・一〇
8　アレン警部登場　岩佐薫子訳　論創海外ミステリ　二〇〇五・四
9　ヴィンテージ・マーダー　岩佐薫子訳　論創海外ミステリ　二〇〇五・一〇
10　道化の死　清野泉訳　国書刊行会・世界探偵小説全集　二〇〇七・一一

日本で初めてマーシュの長編が紹介されたのは、一九五七（昭和三十二）年のことだが、同じ年に一挙に三作品も上梓されているのには驚かされる。その二年後、やはり同じ年に二作上梓されているが、一冊は一九五七年に出たものの改題再刊となる。五十年代後半に、再刊を除けば一挙に四冊も紹介されたわけだが、それ以降は、一九九〇年代に入ってのクラシック紹介ブームまで、紹介の勢いは収まってしまう。例外は一九七七年に『カッパまがじん』に掲載された「恐怖の風景画」で、雑誌一挙掲載長編としてマーシュ作品がセレクトされた理由はよく分からない。だが、抄訳だったこともあってか、これも後が続かなかった。先にあげた四大作家の他の三人にしても、クリスティーは例外として、紹介された作品数は同じようなもので、セイヤーズ、アリンガムもまた未紹介の時期が続いた。

一九九〇年代に入ってからのクラシック・ミステリ翻訳ブームをきっかけに、セイヤーズは最終的に全長編が紹介されたのだが、やはりアリンガムやマーシュは振るわなかった。特にマーシュは振るわず、二〇〇〇年代に入ってアリンガム作品が、複数の出版社にまたがって、旧訳の再刊や完訳も含めて七冊ほど上梓されたにもかかわらず、マーシュは九〇年代に一冊、二〇〇〇年代に入ってから三冊と、その半数にも満たなかった。アリンガムの場合、二〇一〇年代後半にも二冊刊行されたことを思えば、その受容の差は明らかだろう。

二〇二〇年代に入って、ようやく刊行されることになった『オールド・アンの嘆き』（一九五五）は、実に十四年ぶりの新訳ということになるのである。

マーシュの邦訳長編については、もうひとつ著しい特徴がある。先に掲げた邦訳リストを、原書の刊行順に並べ替えてみると、その傾向がよく分かるのではないかと思う（タイトル前の数字は全長編中の何作目かを示す）。

1 アレン警部登場 *A Man Lay Dead*（一九三四）＊デビュー作
2 殺人鬼登場→殺人者登場 *Enter a Murderer*（一九三五）
3 病院殺人事件 *The Nursing Home Murder*（一九三五）＊ヘンリー・ジェレットとの共作
5 ヴィンテージ・マーダー *Vintage Murder*（一九三七）
8 死の序曲 *Overture to Death*（一九三九）
10 ランプリイ家の殺人 *Death of a Peer*（一九四〇）英版タイトル *Surfeit of Lampreys*
16 ヴァルカン劇場の夜 *Opening Night*（一九五一）米版タイトル *Night at the Vulcan*
18 オールド・アンの囁き *Scales of Justice*（一九五五）＊本書
19 道化の死 *Death of a Fool*（一九五六）英版タイトル *Off With His Head*
25 恐怖の風景画 *Clutch of Constables*（一九六八）

一見して分かる通り、第二次世界大戦前の作品が全体の半分以上を占めている。今回、『オールド・アンの囁き』が刊行されたことで、ようやく半々近くになったものの、マーシュの最後の長編

Light Thickness が一九八二年の刊行であり、大戦前の作品数が十三、大戦後の作品数が十九であることを鑑みれば、作品紹介のバランスの悪さは歴然としている。そしてまた、邦訳長編に目を通して気づかされるのは、演劇界を扱った作品や、何らかの形で演劇が絡む作品が多いということだ。演劇界を扱ったものは『殺人者登場』、『ヴィンテージ・マーダー』（レパートリー劇団のニュージーランド公演）、『ヴァルカン劇場の夜』の三編。素人演劇を扱った『死の序曲』は、舞台上の殺人という意味では演劇界を扱った作品に準ずる。『アレン警部登場』はカントリーハウスで殺人ゲームを興じている最中の殺人であり、『道化の死』は地方の民族舞踊が公開中に起きた殺人を扱っている。残り三作の内、『ランプリイ家の殺人』には活人画を演じる場面があり、役者の勉強をしている娘が登場するという具合。『病院殺人事件』ですら、事件の内容が、病院内の殺人を描いた公演中の舞台と酷似しているという疑惑を招くといった次第だ。これらを一通り読んだ読者は、マーシュの作品舞台設定について、引き出しの少なさに驚かされるのではないかと思わずにはいられない。その意味で、マーシュは紹介に恵まれなかったといっていいのである。

浅羽莢子はマーシュの作品舞台について次のように述べたことがある。

作品の舞台は大きく分けて、英国のどこか、演劇の世界、マーシュの母国ニュージーランド、そして（海外とは限らないが）船旅の四タイプで、特に、ミステリを書く前は紀行文を新聞に発表していただけに、ニュージーランドや旅ものは全てといっていいほど魅力的である。（「知られざる巨匠たち⑨ナイオ・マーシュ――楽しい舞台、趣味の味つけ――」『世界探偵小説全集月報9』一九九五・一一）

邦訳長編でいえば『ヴィンテージ・マーダー』がニュージーランドもの、『恐怖の風景画』が船旅もの（イギリス国内）である。前者はともかく、後者が抄訳であってみれば、紀行文に見られるという才能の一端を窺うことは難しい。「英国のどこか」を舞台としたものとしては、『アレン警部登場』、『死の序曲』、『道化の死』、そして今回邦訳なった『オールド・アンの囁き』があげられようか。

また浅羽は「旅と演劇に次ぐマーシュの第三の趣味」として絵画をあげて、主役探偵ロデリック・アレン警部（のち警視）の妻、アガサ・トロイが画家であるという設定に、その趣味が活かされているると述べている。邦訳長編の中でトロイが登場するのは『恐怖の風景画』のみで、同作品においてはトロイが画家である点がプロットに有機的に絡んでいる。いわば絵画ものの一編であるわけだが、他に絵画ものというべき作品が紹介されていないのは、いかにも残念だ。

浅羽は右に引いてきたエッセイの冒頭で、マーシュが英米ではクリスティーやセイヤーズと並び称されながら「日本ではふたりの亜流のように見られ、紹介もおざなりにされてきた感がある」と書いている。これは一九九五年時点での見解だったわけだが、その傾向は二〇〇〇年代に入っても変わらないということができよう。

マーシュの長編作品数はそれなりに多く（全32作）、どれを優先的に紹介していけばいいのか、悩みどころではあったかと思う。しかし、例えば『道化の死』と並んで、英国推理作家協会（ＣＷＡ）賞の候補となった本書『オールド・アンの囁き』などは、優先的に翻訳されても良かったはずだ。その『オールド・アンの囁き』が、『道化の死』から数えて十四年ぶりに、ようやく紹介される運びになったことは欣快に堪えない。今回の紹介がきっかけとなって、マーシュの復権が進むことを期待したい。

以下、本書『オールド・アンの囁き』について解説していく。本作品の今日的意義を称揚するためには、ある登場人物の状況、置かれた位置に、どうしてもふれざるを得なかった。犯人名は曖昧にしたつもりだが、勘の良い読者なら気づいてしまう書き方になっているかもしれない。未読の方は、読書の興趣を削ぐことを避けるため、以下は読了後に目を通すようにしていただけると幸いである。

2

『オールド・アンの囁き』はマーシュの十八番目の長編小説であり、先にも述べた通り、英国推理作家協会賞の最終候補となった一編である。当時の授賞は大賞のみで、現在のように副賞にあたるシルヴァー・ダガー賞は設けられていなかった。最終候補作四作の内、大賞を受賞したのはウィンストン・グレアムの *The Little Walls* で、マーシュの他、マーゴット・ベネットの『飛ばなかった男』、リー・ハワードの *Blind Date* が次点となった。ちなみにマーシュは『道化の死』でも同賞の最終候補となり、この時も次点にとどまっている。大賞受賞作はジュリアン・シモンズの『殺人の色彩』（一九五七）だった。[1]

本作品は、先にも書いた通り、「英国のどこか」を舞台とする作品の系列に入る。〈「英国のどこか」もの〉では表現として据わりが悪いので、ここではコリン・ワトスンがアガサ・クリスティーの作品を論じた際に用いた造語「メイヘム・パーヴァ」を使って、〈メイヘム・パーヴァもの〉ということにしよう。[2] 舞台となるスウェヴニングズは、イギリスでもっとも古い村のひとつで、アレン曰く「ぱっと見はこぎれいで、本当に美しい場所」（第四章）。地名は「夢を見ること」という意味らしいので、まさにメイヘム・パーヴァそのものといった場所だ。住人は全員がお互いの顔を知っており、それが何世紀も続いている。特にラックランダー、サイス、カータレット一族は何世代もの間、交友を持ってきた、いわゆる上流階級に属する。ことにラックランダー家のレディ・ハーマイオニーは、村全体を取り仕切り、村人もまたその封建的なありようを受け入れていた。

邦訳されたものの中では『アレン警部登場』と『死の序曲』、『道化の死』がメイヘム・パーヴァものにあたる。アガサ・クリスティーの作品に触発されて書かれたデビュー作『アレン警部登場』の場合、途中から一時的にロンドンに舞台を移した挿話も加わるため、純粋なメイヘム・パーヴァものとは言い難いところもある。その意味では『死の序曲』、『道化の死』だけしか訳されてこなかったとも見なせよう。そこに今回、『オールド・アンの囁き』が加わったわけだが、それによって明らかになったのは、戦前の長編『死の序曲』に比べると、本作品や『道化の死』では、村に住む人間以外の住人――人間に飼われている動物や野生の生物が点綴されている点が特徴であることだ。『道化の死』では、ライオンのように凶暴だといわれる、領主の屋敷に飼われているアヒルが登場していたが、本作品の場合はさらに動物が登場する度合いが増しており、変人で知られるオクタウィウス・ダンベリー・フィンの飼い猫たちやモーリス・カータレット大佐の飼い犬、カイン川に棲むマスなどが、物語世界に独特の彩りを添えている点が見逃せない。マーシュは実際に猫を飼っていたようで、亡くした猫への追悼の意味も込めて本作品を執筆したと伝えられる。(3) 猫の描写がリアルで愛情あふれたものであるのは、そのためでもあろう。また、カイン川の主であり、全ての釣り人の憧憬の的ともなっているマス（通称オールド・アン）は重要な役割を果たすのだが、実をいえばそのマスに関する、ある事実がもとになって本作品のプロットが立てられたのだと、のちにマーシュが発言していることも付け加えておこう。[4]

ところでメイヘム・パーヴァものの特徴として、クリスティーの作品に典型的なように、性格や存在様式が決まりきったキャラクターが登場することが多い。それを弊害と考えるなら、マーシュもその弊害からは逃れられてはいないのだが、そうした固定化したキャラクター（ストック・キャラクター）によって演じられる風俗喜劇というジャンルが、シェイクスピアの時代以来、イギリスで好まれてきたことは、よく知られているとおりである。演劇人として活躍したマーシュが、英国伝統の風俗喜劇の作法を作品を書く際に意識したことは充分に考えられるだろう。その意味でアンソニー・バウチャーが、スパイ小説の隆盛を論じたエッセイ「トロイの木馬たち――スパイ工作オペラ」において、マーシュのことを「社会風習コメディ派」と名付けていることは見逃せない。[5]ニコラス・ブレイクがエッセイ「なぜまた探偵小説が？」の中でマーシュ作品に言及して「異常心理学の教科書からは何一つ影響を受けていない」と述べているのも、この点を踏まえるなら腑に落ちるだろう。[6]

そうした見解の一方で、ジュリアン・シモンズは『ブラッディ・マーダー　探偵小説から犯罪小説への歴史』（一九七二。以下引用は宇野利泰訳、新潮社、二〇〇三から）において、「人間相互のなごやかな交流の裏面に、思わぬ憎悪感情が潜在しているのを察知する特殊な才能」がありながら、事件の謎は「登場人物の人柄を究明することで解決する」方向には向かわず、「昔ながらの警察官による捜査と容疑者への訊問」という「安易なテクニックに逃げてしまった」ことを遺憾に思う、と論じている。しかし右にも述べた通り、マーシュの作品は風俗喜劇的なものであり、異常心理学の影響を受けていないものであるならば、人柄の究明、性格の研究に基づく推理や謎解きを求めるのは、ないものねだりという他はあるまい。
シモンズは「登場人物の人柄を究明することで解決する」方向へと進まなかった原因を、マーシュの発言に基づいて、その創作姿勢に見出している。シモンズが引用しているマーシュの発言は、その作品世界を特徴づけるものとして興味深いので、以下に引いておくことにする。

「わたくしはどの作品でも、まずもってわたくしの書きたい男か女を何人か登場させます。そしてこれらの主要人物を凶悪な犯罪事件に引き入れ、結局はそのうちの誰かを犯人に仕立てあげます。ですけれど、その人々の〝性格〟をいっそう深く、忠実に検討しているうちに、ストーリーを成り立たせる必要からとはいえ、トリックの操作で彼らを犯人に陥れることに後ろめたさが感じられてくるのです」（略）「たしかにそれがこのジャンルの重要な限界点でして、わたくしたち作家の誰もが、この難問を克服できずにおります[7]」

くだいていえば、マーシュは登場人物を描いているうちに、その人物が好きになって、犯人に仕立てあげることが嫌になる、ということだろうか。そうしたマーシュのキャラクター愛とでもいうべきものが、邦訳作品の中で最も顕著に現れているのが『ランプリイ家の殺人』であるように思われる。同作品では、読者が好意を抱かざるを得ない一家が生き生きと描かれているために、その一家の誰かが真犯人であると指摘されることに、読者自身も耐えられなくなってくるほどだ。クリスティーの場合、そのように好感を抱かざるを得ない人物ほど、真犯人である場合が多いものだが、マーシュの場合はそうした事態が避けられることが多い（かもしれない）のである。

こうしたマーシュの姿勢をふまえるなら、本書『オールド・アンの囁き』における犯人像も腑に落ちよう。と同時に、本作品における犯人の立ち位置が、結果的には親密なコミュニティに対する批判としても作用している。実をいえば、そこに本作品の新しさ（もしかしたら書き手のマーシュも意識しなかったかもしれない新しさ）が存在するのであり、本作品が一般的なメイヘム・パーヴァものにとどまらず、現代的な作品に近づいている所以ともなっているように思われるのである。

本作品を読み終わった後、もう一度、読み返してみると、マーシュがあまりにも露骨に犯人の心情を描いている場面があったことに気づくだろう。また、犯人がいかに古くからの伝統が形成したコミュニティの中に溶け込めず、孤独感に苛まれていたかが、ひしひしと感じられるに違いない。そしてそれはもちろん、イギリス社会に厳然として存在する階級認識によって醸成されているものなのである。アレンの相棒的同僚であるフォックス警部が、アレンと共にナンズパードン館を訪れた時の執事の態度にも、階級社会のありようは見て取れるわけだが、そのフォックス警部がある登場人物の置かれている状況について述べていることは、フォックスならではの視点として腑に落ちるものである。だが、それに対するアレンの発言は、フォックスの発言以上に強烈な印象を残さずにはいられまい。

「少しばかりさびしいでしょうね」フォックスは考えこんだ。

「誰がだい？」

「カータレット夫人ですよ。彼女はいわば、この小さな村にぽいとほうりこまれたよそ者だ。皆は、住民全員が弓を使っていたような時代から、たがいの家族について知っているっていうのに。ちょっとばかりさびしすぎます。正直、夫人が村にとけこもうとすればするほど、周囲は彼女に拒否反応を示してる。そして周囲が礼儀正しくすればするほど、夫人は身の置きどころがなくなっている。そう思うんですが」

「ああ、そのとおりだ」アレンは答えた。「きみは今、世界のラックランダーたちが見て見ぬふりをしている悲劇――周囲になじめない少数派の悲劇の真ん中に、その大きな太い指をつっこんだようだ。ついでにもう一つ、言いたいことがあるんだがね、フォックス。仮にカータレット夫人が夫を殺したとわかったら――ある意味胸をなでおろさない者は、この村に誰一人いないだろう。きみの女友達も例外じゃない」

「誰一人？　まさかそんな」フォックスはぎょっとしたように叫んだ。

「いいや」アレンは彼にはめずらしい激しさで繰り返した。「ほっとしない者などいないさ。ただの一人もね。みんなにとって夫人は、外から侵入してきたよそ者であり、邪魔者だ。一部の者が彼女のために にしている努力が、かえってひそかな敵意をあおることになっている。賭けてもいい。

（略）」（第九章）

本作品が単なるメイヘム・パーヴァものに終わらず、それを対象化した批判を内包させた作品になっているのは、こうしたやりとりが描かれていることからも、明らかであるように思う。

右で話題となっているカータレット夫人を通して、男性という存在が、いかに情けなく、頼りにならず、当てにならないかも活写されていることも付け加えておこう。地元看護婦のケトルとの会話を通して爆発する場面（第十一章）は迫力があり、マーシュの面目躍如ともいうべき名場面である。マーシュがニュージーランドという旧植民地人だからこそ、イギリスの階級社会やそれを支える封建性を、冷徹に見つめることができたのだともいえる。同時にマーシュは、ケトル看護婦の視点に象徴されるように、そうした古き良きイギリスを否定することなく受け入れ、愛しんでもいるようだ。

これらが相俟って、アレンは本事件の真相を、いつも以上に不愉快に感じている。地元の警官オリファントがそれを敏感に気づいたのか、フォックス警部に対してアレンの様子がおかしいのではないかと聞くと、フォックスは次のように答える。


「心配しなくて結構」フォックスは答えた。「あの人が好かないタイプの事件だったんだ。女性の重罪。あの人が第一の原因と呼んでいるものを考えることになるからな」

「第一の原因?」オリファントはぼんやりと繰り返した。

「社会とか、文明世界とか、そういったものさ。(略)」(第十二章)

フォックスがここで、社会の矛盾や文明世界の限界を考えさせるからだと解釈している点は興味深い。犯人は己の欲望のために犯行に至ったのではあるけれど、犯人を取り囲む人間関係や環境がフェアなものであれば、犯人の欲望は外に出なかったに違いない。欲望に基づく犯罪ではあるけれども、犯行のスイッチとなったのは単なる欲望ではないこと、社会構造的な問題があることを、マーシュの眼は捉えているように思われてならない。

ちなみに本作品におけるマーシュが用意したトリック、というかギミックは、マスに関わるものだったわけだが、それとは別に、アレンが死体の状況から犯人に気づくポイントも、ささやかながら膝を打たせるものがあるように思う。そしてそれは伝統的で親密なコミュニティーを前提としなければば成り立たない手がかりであるという点において、ますます本作品の出来栄えを高めているのである。マーシュ作品ではしばしば、アレンがなぜ真犯人に当たりをつけたのかが問題となる（謎として提示される）のだが、本書の手がかりは、翻訳作品の中では群を抜いて巧妙なものだと思われる。本格ミステリとしてはそこが読みどころといってもよい。

『道化の死』に描かれたような、不可能犯罪的な派手なギミックは見られないものの、小説家としての技巧を駆使した繊細な筆致で読者を誤導するだけでなく、説得力ある犯人像を示し得ている本書は、『道化の死』の解説「才人の到達点」での小池啓介の評言を借りれば「推理小説のひとつの到達点を極めた」作品といえるだろう。刊行当時の『サンデー・タイムズ』の書評において「本格探偵小説を一般文芸に近づけているという意味において、セイヤーズが退いてしまった玉座に、現在、マーシュが座っている」[8]と書かれたのも頷ける秀作の邦訳を喜びたい。

註

（1）『道化の死』は一九五六年にアメリカで最初に刊行された。イギリスでは一九五七年に改題刊行され、そちらが候補となっている。

（2）ルーシー・ワースリー『イギリス風殺人事件の愉しみ方』（二〇一三。邦訳は中島俊郎・玉井史絵訳、NTT出版、二〇一五）には、メイヘム・パーヴァを「クリスティの小説に登場する架空の村セント・メアリ・ミードのような平穏なイギリスの村を舞台にしている一九二〇年代から三〇年代の推理小説」を指ろう。

す言葉だと説明されている。要するにメイヘム・パーヴァとは「どこにもない場所（エレホン）」だと考えればいいだ

（3）Drayton, Joanne. *Ngaio Marsh: Her Life in Crime*. London: Harper, 2008, p.279.

（4）一九七八年四月に、ニュージーランドのナイオ・マーシュ・ハウス学芸員、ブルース・ハーディングが行なったインタビューでの発言（Harding, Bruce. *Ngaio Marsh*. Jefferson, North Carolina: McFarland, 2019, p.173.）。

（5）「トロイの木馬たち」は、同エッセイを収録したハワード・ヘイクラフト編『推理小説の美学』（一九四六）に書き下ろされたもの。「社会風習コメディ派」というのは内藤理恵子の訳文による（邦訳は鈴木幸夫訳編『推理小説の詩学』研究社、一九七六所収）。原文は the social comedy of manners で、comedy of manners が「風俗喜劇」を指すことから「社会風俗喜劇派」とでも訳すのが妥当ではないかと思われる。ちなみに、仁賀克雄編訳『ミステリの美学』（成甲書房、二〇〇三）に収められた須藤昌子の新訳「トロイの木馬劇――第二次大戦前後のスパイ小説」では「社会風俗コメディ」と訳されている。なお、バウチャーのエッセイがスパイ小説について述べたものである以上、マーシュのスパイ小説について「社会風習コメディ派」と評したことになるわけだが、これはマーシュのほとんど全ての作品についても当てはまる評言ではないかと思う。

（6）「なぜまた探偵小説が?」は、ハワード・ヘイクラフト『娯楽としての殺人』イギリス版（一九四二）の序文として書かれたもの。「異常心理学」というのは伊沢佑子の訳文による（邦訳はハワード・ヘイクラフト編、鈴木幸夫訳編『推理小説の美学』研究社、一九七四所収）。原文は morbid psychology で、文字通り訳せば「病的な心理学」であり、「異常心理学」と訳すのは少々ニュアンスが強調されすぎるように思わ

れる。さて、ニコラス・ブレイクはそのように書くのだが、例えば『病院殺人事件』などはまさに「病的な心理学」に基づいたものといえるだろうし、また『死の序曲』においては、オールドミスを性格分析する登場人物の言葉の端々に、フロイト心理学からの影響がうかがえる点が見逃せない。

(7)このマーシュの発言が何から引かれたものか、いつ頃の発言なのか、シモンズはどこにも記していない。ちなみに、註4で引いたブルース・ハーディングのインタビューにおいてマーシュが語ったところによれば、シモンズはのちに、『ブラッディ・マーダー』における批評は厳しすぎるものであり、正当な評価とはいえず、訂正したいと考えていたという。

(8)引用は前掲 *Ngaio Marsh: Her Life in Crime.* 280ページから拙訳による。ここでは原文の the true detective story を「本格探偵小説」、the straightforward novel を「一般文芸」と訳したことを付け加えておく。

●参考文献(本文および註にあげたもの以外)

Sobin, Roger M., ed. *The Essential Mystery Lists: For Readers, Collectors, and Librarians.* Scottsdale: Poisoned Pen Press, 2007.

〔著者〕
ナイオ・マーシュ
1895年、ニュージーランド、クライストチャーチ生まれ。ニュージーランド大学在学中に書いた戯曲A Terrible Romantic Dramaが劇団主宰者の目に留まり、女優や演出家として活躍。1929年に渡英し、『アレン警部登場』(1934)で作家デビューする。演出家や脚本家としての仕事を続けながら小説の執筆も行い、英国推理作家協会賞シルヴァー・ダガー賞を二度受賞し、78年にはアメリカ探偵作家クラブ巨匠賞を受賞した。62年にカンタベリー大学の名誉博士号を授与、67年には大英帝国勲章の称号を得ている。1982年死去。

〔訳者〕
金井美子(かない・よしこ)
東京女子大学文理学部英米文学科卒業。訳書に『終わらない悪夢』、『十二の奇妙な物語』(ともに論創社)。

オールド・アンの囁(ささや)き
――論創海外ミステリ 266

2021年5月20日　初版第1刷印刷
2021年5月30日　初版第1刷発行

著　者　ナイオ・マーシュ
訳　者　金井美子
装　丁　奥定泰之
発行人　森下紀夫
発行所　論創社
〒101-0051　東京都千代田区神田神保町2-23　北井ビル
TEL:03-3264-5254　FAX:03-3264-5232　振替口座 00160-1-155266
WEB:https://www.ronso.co.jp

組版　フレックスアート
印刷・製本　中央精版印刷

ISBN978-4-8460-2017-0
落丁・乱丁本はお取り替えいたします

論　創　社

月光殺人事件◉ヴァレンタイン・ウィリアムズ
論創海外ミステリ 216　湖畔のキャンプ場に展開する恋愛模様……そして、殺人事件。オーソドックスなスタイルの本格ミステリ「月光殺人事件」が完訳でよみがえる！　**本体 2400 円**

サンダルウッドは死の香り◉ジョナサン・ラティマー
論創海外ミステリ 217　脅迫される富豪。身代金目的の誘拐。密室で発見された女の死体。酔いどれ探偵を悩ませる大いなる謎の数々。〈ビル・クレイン〉シリーズ、10年ぶりの邦訳！　**本体 3000 円**

アリントン邸の怪事件◉マイケル・イネス
論創海外ミステリ 218　和やかな夕食会の場を戦慄させる連続怪死事件。元ロンドン警視庁警視総監ジョン・アプルビイは事件に巻き込まれ、民間人として犯罪捜査に乗り出すが……。　**本体 2200 円**

十三の謎と十三人の被告◉ジョルジュ・シムノン
論創海外ミステリ 219　短編集『十三の謎』と『十三人の被告』を一冊に合本！　至高のフレンチ・ミステリ、ここにあり。解説はシムノン愛好者の作家・瀬名秀明氏。
本体 2800 円

名探偵ルパン◉モーリス・ルブラン
論創海外ミステリ 220　保篠龍緒ルパン翻訳100周年記念。日本でしか読めない名探偵ルパン＝ジム・バルネ探偵の事件簿。「怪盗ルパン伝アバンチュリエ」作者・森田崇氏推薦！［編者＝矢野歩］　**本体 2800 円**

精神病院の殺人◉ジョナサン・ラティマー
論創海外ミステリ 221　ニューヨーク郊外に佇む精神病患者の療養施設で繰り広げられる奇怪な連続殺人事件。酔いどれ探偵ビル・クレイン初登場作品。
本体 2800 円

四つの福音書の物語◉Ｆ・Ｗ・クロフツ
論創海外ミステリ 222　大いなる福音、ここに顕現！　四福音書から紡ぎ出される壮大な物語を名作ミステリ「樽」の作者フロフツがリライトし、聖偉人の謎に満ちた生涯を描く。　**本体 3000 円**

好評発売中

論　創　社

大いなる過失◉M・R・ラインハート

論創海外ミステリ 223　館で開催されるカクテルパーティーで怪死を遂げた男。連鎖する死の真相はいかに？〈HIBK〉派ミステリ創始者の女流作家ラインハートが放つ極上のミステリ。　**本体 3600 円**

白仮面◉金来成

論創海外ミステリ 224　暗躍する怪盗の脅威、南海の孤島での大冒険。名探偵・劉不亂が二つの難事件に挑む。表題作「白仮面」に新聞連載中編「黄金窟」を併録した少年向け探偵小説集！　**本体 2200 円**

ニュー・イン三十一番の謎◉オースティン・フリーマン

論創海外ミステリ 225　〈ホームズのライヴァルたち９〉書き換えられた遺言書と遺された財産を巡る人間模様。法医学者の名探偵ソーンダイク博士が科学知識を駆使して事件の解決に挑む！　**本体 2800 円**

ネロ・ウルフの災難 女難編◉レックス・スタウト

論創海外ミステリ 226　窮地に追い込まれた美人依頼者の無実を信じる迷探偵アーチーと彼をサポートする名探偵ネロ・ウルフの活躍を描く「殺人規則その三」ほか、全三作品を収録した日本独自編纂の短編集「ネロ・ウルフの災難」第一弾！　**本体 2800 円**

絶版殺人事件◉ピエール・ヴェリー

論創海外ミステリ 227　売れない作家の遊び心から遺された一通の手紙と一冊の本が思わぬ波乱を巻き起こし、クルーザーでの殺人事件へと発展する。第一回フランス冒険小説大賞受賞作の完訳！　**本体 2200 円**

クラヴァートンの謎◉ジョン・ロード

論創海外ミステリ 228　急逝したジョン・クラヴァートン氏を巡る不可解な謎。遺言書の秘密、降霊術、介護放棄の疑惑……。友人のプリーストリー博士は“真実”に到達できるのか？　**本体 2400 円**

必須の疑念◉コリン・ウィルソン

論創海外ミステリ 229　ニーチェ、ヒトラー、ハイデガー。哲学と政治が絡み合う熱い論議と深まる謎。哲学教授とかつての教え子との政治的立場を巡る相克！　元教え子は殺人か否か……。　**本体 3200 円**

好評発売中

論　創　社

楽園事件 森下雨村翻訳セレクション◉J·S·フレッチャー

論創海外ミステリ230　往年の人気作家Ｊ・Ｓ・フレッチャーの長編二作を初訳テキストで復刊。戦前期探偵小説界の大御所・森下雨村の翻訳セレクション。[編者＝湯浅篤志]　本体3200円

ずれた銃声◉Ｄ・Ｍ・ディズニー

論創海外ミステリ231　退役軍人会の葬儀中、参列者の目前で倒れた老婆。死因は心臓発作だったが、背中から銃痕が発見された……。州検事局刑事ジム・オニールが不可解な謎に挑む！　本体2400円

銀の墓碑銘◉メアリー・スチュアート

論創海外ミステリ232　第二次大戦中に殺された男は何を見つけたのか？　アントニイ・バークリーが「1960年のベスト・エンターテインメントの一つ」と絶賛したスチュアートの傑作長編。　本体3000円

おしゃべり時計の秘密◉フランク・グルーバー

論創海外ミステリ233　殺しの容疑をかけられたジョニーとサム。災難続きの迷探偵がおしゃべり時計を巡る謎に挑む！〈ジョニー＆サム〉シリーズの第五弾を初邦訳。　本体2400円

十一番目の災い◉ノーマン・ベロウ

論創海外ミステリ234　刑事たちが見張るナイトクラブから姿を消した男。連続殺人の背景に見え隠れする麻薬密売の謎。三つの捜査線が一つになる時、意外な真相が明らかになる。　本体3200円

世紀の犯罪◉アンソニー・アボット

論創海外ミステリ235　ボート上で発見された牧師と愛人の死体。不可解な状況に隠された事件の真相とは……。金田一耕助探偵譚「貸しボート十三号」の原型とされる海外ミステリの完訳！　本体2800円

密室殺人◉ルーパート・ペニー

論創海外ミステリ236　エドワード・ビール主任警部が挑む最後の難事件は密室での殺人。〈樅の木荘〉を震撼させた未亡人殺害事件と密室の謎をビール主任警部は解き明かせるのか！　本体3200円

好評発売中

論　創　社

眺海の館◉R・L・スティーヴンソン

論創海外ミステリ237　英国の文豪スティーヴンソンが紡ぎ出す謎と怪奇と耽美の物語。没後に見つかった初邦訳のコント「慈善市」など、珠玉の名品を日本独自編纂した傑作選！　本体3000円

キャッスルフォード◉J・J・コニントン

論創海外ミステリ238　キャッスルフォード家を巡る財産問題の渦中で起こった悲劇。キャロン・ヒルに渦巻く陰謀と巧妙な殺人計画がクリントン・ドルフィールド卿を翻弄する。　本体3400円

魔女の不在証明◉エリザベス・フェラーズ

論創海外ミステリ239　イタリア南部の町で起こった殺人事件に巻き込まれる若きイギリス人の苦悩。容疑者たちが主張するアリバイは真実か、それとも偽りの証言か？　本体2500円

至妙の殺人 妹尾アキ夫翻訳セレクション◉ビーストン&オーモニア

論創海外ミステリ240　物語を盛り上げる機智とユーモア、そして最後に待ち受ける意外な結末。英国二大作家の短編が妹尾アキ夫の名訳で21世紀によみがえる！［編者＝横井司］　本体3000円

十二の奇妙な物語◉サッパー

論創海外ミステリ241　ミステリ、人間ドラマ、ホラー要素たっぷりの奇妙な体験談から恋物語まで、妖しくも魅力的な全十二話の物語が楽しめる傑作短編集。　本体2600円

サーカス・クイーンの死◉アンソニー・アボット

論創海外ミステリ242　空中ブランコの演者が衆人環視の前で墜落死をとげた。自殺か、事故か、殺人か？サーカス団に相次ぐ惨事の謎を追うサッチャー・コルト主任警部の活躍！　本体2600円

バービカンの秘密◉J・S・フレッチャー

論創海外ミステリ243　英国ミステリ界の大立者J・S・フレッチャーによる珠玉の名編十五作を収めた短編集。戦前に翻訳された傑作「市長室の殺人」も新訳で収録！　本体3600円

好評発売中

論　創　社

陰謀の島◉マイケル・イネス

論創海外ミステリ 244　奇妙な盗難、魔女の暗躍、多重人格の娘。無関係に見えるパズルのピースが揃ったとき、世界支配の陰謀が明かされる。《アプルビイ警部》シリーズの異色作を初邦訳！　**本体 3200 円**

ある醜聞◉ベルトン・コッブ

論創海外ミステリ 245　警察内部の醜聞に翻弄されるアーミテージ警部補。権力の墓穴は“どこ”にある？　警察関連のノンフィクションでも手腕を発揮したベルトン・コッブ、60 年ぶりの長編邦訳。　**本体 2000 円**

亀は死を招く◉エリザベス・フェラーズ

論創海外ミステリ 246　失われた富、朽ちた難破船、廃墟ホテル。戦争で婚約者を失った女性ジャーナリストを見舞う惨禍と逃げ出した亀を繋ぐ“失われた輪”を探し出せ！　**本体 2500 円**

ポンコツ競走馬の秘密◉フランク・グルーバー

論創海外ミステリ 247　ひょんな事から駄馬の馬主となったお気楽ジョニー。狙うは大穴、一攫千金！　抱腹絶倒のユーモア・ミステリ〈ジョニー＆サム〉シリーズ第六作を初邦訳。　**本体 2200 円**

憑りつかれた老婦人◉M・R・ラインハート

論創海外ミステリ 248　閉め切った部屋に出没する蝙蝠は老婦人の妄想が見せる幻影か？　看護婦探偵ヒルダ・アダムスが調査に乗り出す。シリーズ第二長編「おびえる女」を 58 年ぶりに完訳。　**本体 2800 円**

ヒルダ・アダムスの事件簿◉M・R・ラインハート

論創海外ミステリ 249　ヒルダ・アダムスとパットン警視の邂逅、姿を消した令嬢の謎、閉ざされたドアの奥に隠された秘密……。閨秀作家が描く看護婦探偵の事件簿！　**本体 2200 円**

死の濃霧 延原謙翻訳セレクション◉コナン・ドイル他

論創海外ミステリ 250　日本で初めてアガサ・クリスティの作品を翻訳し、シャーロック・ホームズ物語を個人全訳した延原謙。その訳業を俯瞰する翻訳セレクション！［編者＝中西裕］　**本体 3200 円**

好評発売中

論 創 社

シャーロック伯父さん◉ヒュー・ペンティコースト
論創海外ミステリ 251　平和な地方都市が孕む悪意と謎。レイクビューの“シャーロック・ホームズ”が全てを見透かす大いなる叡智で難事件を鮮やかに解き明かす傑作短編集！　本体 2200 円

バスティーユの悪魔◉エミール・ガボリオ
論創海外ミステリ 252　バスティーユ監獄での出会いが騎士と毒薬使いの運命を変える……。十七世紀のパリを舞台にした歴史浪漫譚、エミール・ガボリオの“幻の長編”を完訳！　本体 2600 円

悲しい毒◉ベルトン・コッブ
論創海外ミステリ 253　心の奥底に秘められた鈍色の憎悪と殺意が招いた悲劇。チェビオット・バーマン、若き日の事件簿。手掛かり索引という趣向を凝らした著者渾身の意欲作！　本体 2300 円

ヘル・ホローの惨劇◉Ｐ・Ａ・テイラー
論創海外ミステリ 254　高級リゾートの一角を占めるビリングスゲートを襲う連続殺人事件。その謎に“ケープコッドのシャーロック”ことアゼイ・メイヨが挑む！
本体 3000 円

笑う仏◉ヴィンセント・スターレット
論創海外ミステリ 255　跳梁跋扈する神出鬼没の殺人鬼“笑う仏”の目的とは？　筋金入りのシャーロッキアンが紡ぎ出す恐怖と怪奇と謎解きの物語をオリジナル・テキストより翻訳。　本体 3000 円

怪力男デクノボーの秘密◉フランク・グルーバー
論創海外ミステリ 256　サムの怪力とジョニーの叡智が全米 No.1 コミックに隠された秘密を暴く！　業界の暗部に近づく凸凹コンビを窮地へと追い込む怪しい男たちの正体とは……。　本体 2500 円

踊る白馬の秘密◉メアリー・スチュアート
論創海外ミステリ 257　映画「メアリと魔女の花」の原作者として知られる女流作家がオーストリアを舞台に描くロマンスとサスペンス。知られざる傑作が待望の完訳でよみがえる！　本体 2800 円

好評発売中

論 創 社

モンタギュー・エッグ氏の事件簿◉ドロシー・L・セイヤーズ

論創海外ミステリ258 英国ドロシー・L・セイヤーズ協会事務局長ジャスミン・シメオネ氏推薦！「収録作品はセイヤーズの短篇のなかでも選りすぐり。私はこの一書を強くお勧めします」 本体2800円

脱獄王ヴィドックの華麗なる転身◉ヴァルター・ハンゼン

論創海外ミステリ259 無実の罪で投獄された男を“世紀の脱獄王”から“犯罪捜査学の父”に変えた数奇なる運命！ 世界初の私立探偵フランソワ・ヴィドックの伝記小説。 本体2800円

帽子蒐集狂事件 高木彬光翻訳セレクション◉J・D・カー他

論創海外ミステリ260 高木彬光生誕100周年記念出版！「海外探偵小説の“翻訳”という高木さんの知られざる偉業をまとめた本書の刊行を心から寿ぎたい」—探偵作家・松下研三 本体3800円

知られたくなかった男◉クリフォード・ウィッティング

論創海外ミステリ261 クリスマス・キャロルの響く小さな町を襲った怪事件。井戸から発見された死体が秘密の扉を静かに開く……。奇抜な着想と複雑な謎が織りなす推理のアラベスク！ 本体3400円

ロンリーハート・4122◉コリン・ワトソン

論創海外ミステリ262 孤独な女性の結婚願望を踏みにじる悪意……。〈フラックス・バラ・クロニクル〉のターニングポイントにして、英国推理作家協会賞ゴールド・ダガー賞候補作の邦訳！ 本体2400円

〈羽根ペン〉倶楽部の奇妙な事件◉アメリア・レイノルズ・ロング

論創海外ミステリ263 文芸愛好会のメンバーを見舞う悲劇！「誰もがポオを読んでいた」でも活躍したキャサリン・パイパーとエドワード・トリローニーの名コンビが難事件に挑む。 本体2200円

正直者ディーラーの秘密◉フランク・グルーバー

論創海外ミステリ264 トランプを隠し持って死んだ男。夫と離婚したい女。ラスベガスに赴いたセールスマンの凸凹コンビを待ち受ける陰謀とは？〈ジョニー&サム〉シリーズの長編第九作。 本体2000円

好評発売中